内心的命令

内心的命令

丁伯刚 著

江右新散文

人民文学出版社

图书在版编目(CIP)数据

内心的命令/丁伯刚著. —北京:人民文学出版社,2014
(江右新散文)
ISBN 978-7-02-010575-5

Ⅰ.①内… Ⅱ.①丁… Ⅲ.①散文集—中国—当代 Ⅳ.①I267

中国版本图书馆 CIP 数据核字(2014)第 181198 号

责任编辑 陈彦瑾
装帧设计 李思安
责任校对 罗翠华
责任印制 张文芳

出版发行 人民文学出版社
社　　址 北京市朝内大街 166 号
邮政编码 100705
网　　址 http://www.rw-cn.com

印　　刷 北京智慧源印刷有限公司
经　　销 全国新华书店等

字　　数 197 千字
开　　本 880 毫米×1230 毫米 1/32
印　　张 8.5 插页 3
版　　次 2015 年 1 月北京第 1 版
印　　次 2015 年 1 月第 1 次印刷

书　　号 978-7-02-010575-5
定　　价 28.00 元

目录

内心的命令

辑二 虚实之间

辑三 战栗的手指

筛面上的生活（自序）

读书的时候，学校发过一套《新文学运动史料》，厚厚几大本，都是现代文学史上一些文化人吵架的文章，有的对骂单挑，有的群起攻之，红脸白脸和事佬一齐上场，还有什么双簧之类。我一本本津津有味地读完，每一页还做满密密的划痕和批注。如果说官方文学史的描述给我们提供的是一幕幕精心排演出来的舞台正剧，那么这些史料则撩开了台后幕布的一角，让我们一窥演员们形态各异、精彩纷呈的台下生活。不过看得多了，渐渐也有些无聊起来，发现这争的闹的都是些什么呀，隔过几十年的云烟，当年那些脸红脖子粗甚至拼死拼活争论的所有话题已全然过时，失去应有的价值，只剩下争论者声嘶力竭、张牙舞爪的动作剪影般固定在历史的某一面幕墙之上，就像让雨水浸渍出的一块块污迹霉斑，显得夸张而怪异。从这里我领悟到一个道理，所有的观念和话题，特别是那种没有很高视点、受具体的时代和社会语境所局限的话题都是没意思的，是苍白的、单面的、速朽的，是被反复割裂抽干，因此僵硬而僵死的，相比而言，文章之道唯有感性生命长青。从那以后，我不只不喜欢诸如此类什么论争什么问题，甚至连表达这种问题与观念的文体，如杂文、随笔等等也一概讨厌起来，不看，更不愿写，直到今天仍然如此。即便有时需要表达某种想法和思考，也尽量加以艺术化、感性化，如设置一个具体的情境，生拉硬扯弄成一篇散文等。这是我给自己的一个规定，也是私下里的小小追求。

最近几天，把自己历年所写的一些短文四处搜拢，放在一起排排，列出目录，不免有些发愣。数量太少不说，绝大部分竟然恰恰是我素所厌恶、避之唯恐不及的那种东西，所谓随笔和杂文。即便剩下几篇我自认为的散文，实际上也没多少具有艺术性的东西，表达的仍是一种抽象的理性观念甚或概念。有一刻我简直无法相信，想是不是什么地方搞错了。平日我辛辛苦苦所写的，怎么都是这种邦硬干枯艰涩的东西，并且明明亲手写下了，自己却似乎无半点知觉？面对这些奇形怪状的长短篇章，我就似面对一面从哪里随手捡起的明镜，头一次看清了自己的真实面目，认识到自己文学上的全部局限。真实说来，我并不是一个适合搞创作的人。多年前我就常常同朋友们说起，我的才气太差，天分太不够，尽管费尽心力扑腾，其结果只是把自己的写作生活活活弄得痛苦不堪，这基本上已说不上是什么创造，反而成了一种苦役。缺少才气与天分，说具体点就是缺少基本的艺术感觉能力和表达能力，至少，我的感性生命感性世界是残缺的，不完整的，是畸形的。二十多岁以前，我基本上没有写出过一篇完整的散文式作品，哪怕再短的东西也没有。总有许多话想说，可就是说不出，明明有许多冲动、许多感受，也是苦于无法很好地表达。有时候也能说点写点什么了，但写着写着又觉没什么意思，不值得费许多工夫来对付，最后只能不了了之。当时还自以为得意，感觉是对自己的要求高，不轻易下笔。我不知道，这所谓的没意思，这没意思的过程，其实便是一种非艺术化的过程，是从一种既定的观念与概念出发，对生活进行筛选、过滤、切割、肢解，把感性的鲜活的东西全部筛除了，只剩下一点生硬的所谓意义、意思如沙砾，突兀地留在筛面上。只有把这硬邦邦的所谓意义抓住了，我才能勉勉强强凑成一篇文章。

不只写散文的时候，平日写小说，甚至自己的日常生活，莫不如此。

记得从年轻的时候起，可能还在高中读书吧，我就渐渐养成一种习惯，喜欢用一种很激烈的态度，在作业本上画线打格子那般将生活进行认真严肃的划分，哪一块是有意义的、高贵的，是我所希望、所热衷的；哪一块是黑暗的、庸俗的，是我所厌恶、不屑、排斥的，是属于垃圾性质的，只适合蛆虫们所有的。生活分区域，生活于每个不同区域的人当然同样界限分明。我花了很大力气将生活进行切割、粉碎，然后晒干甚至烘烤，再拿来一只网眼细密的竹筛筛选一遍、淘洗一遍、过滤一遍，簸掉自认的无意义，留下所谓精华，并且所有这些动作基本都在下意识或无意识之中完成。直到现在，几十年过去，差不多整整一辈子了，性格各方面也调整多多，但早年的某种认定、某种划分，始终没有丝毫改变。我始终不能接受，也无法容忍某种人某种生活，包括某种行为动作、娱乐方式，比如人人都会的打麻将，比如酒桌上的猜拳行令、呼喝劝止、语来舌往，还有诸多小人物或大人物的种种世俗钻营，不说去做了，连看一眼都感觉极其痛苦。我把很大的精力放在对这种痛苦的感受上思考上，一心要追索从这种痛苦中超脱出来的路径，追索一种我所认为的有意义的生活。为着不让自己分心，其实可能也是一种逃避吧，我还把自己严格限制在所划定的某一区域内，装在一个无形的东西之中，比如书本，比如写作，比如严格挑选的狭小交往圈子、朋友圈子。这是真正的画地为牢，是一个装在套子里的人，可自己竟一直一无所知，直到今天，面对多年来点滴写就的这些文稿，才猛然有所醒悟。

从文字的表达上来看，感性生命方面的能力基本丧失，理性上的东西又根本不能具备；从生活上讲，我可能正是中外许多文学作品中所描画过的那种所谓畸零人，心智和心灵上的跛行者。生活上不在线，写作上其实更不怎么在线，三天打渔两天晒网，一年中的许多时间，完全不知自己在干什么，直到岁暮来临，感到又一年已基本过去，才会产生一种惶惑之感，觉得无法同自己交代。于是匆匆忙忙摸出笔写上点什么。有时甚至几年不写，只坐在一边静等意义的出现。这么一等几十年，若有若无地冒出的一点文字，挑挑拣拣拢到一起，刚够一小捧。当然了，尽管全不知是不是所谓的意义和意思，但毕竟经过了我的细致筛选和淘洗，很可能也表达了我的某些真实感受真实体验，真实的内心冲突与挣扎，还有某种虽偏激却又真切的思考。至少它是自我心灵的直接裸露,未经过多雕饰。它肯定不是丰富的，也不是准确的，更不是正确的。它真的是残缺的，是僵硬、干枯、艰涩的。不过残缺的生活其实也是一种生活，残缺的体验也是一种个人体验。也许越残缺还越有特色、越跟别人不一样。为什么人人都得一样呢？为什么都得丰富多彩呢？以自己的残缺为这世界、为生活另添一种色彩，大概还是那些生活丰富感受细腻的人无法替代的。大千世界,形形色色,少我这一色，可能同样残缺，同样称不上丰富吧。

二〇一三年十二月五日

辑一

自我与非我

初冬小记

每星期的两个休息日，是他固定的写作时间，从清早起他就一直伏在桌前，直到写累了，才把笔很响地搁下。而写作最累的时候，往往又是阅读的欲求最强的时候，此时他会从桌边、从床头，甚至从地面随手抄起一本书，换个地方又埋头读起来。他的手头脚边堆满这种专为写作间歇准备的消遣性书籍，一般都是古代以及近现代的一些个人诗文集。这天他拿起的是一本《魏源集》，书很旧，也很脏，是用很便宜的价格从旧书摊买来的。

时序初冬，头顶斜挂着的那只太阳像个永不穷尽的漏斗，缓缓地向人们倾倒着纯而又纯的阳光。阳光下的一切干净得吓人，透明得吓人。左边远远的高楼上，有人正敲打什么，可空气却把敲出的声音向远远的右边发出去；右边远远的高楼上，又有人敲打什么，空气又把敲出的声音送到左边的远处发出去；这时若是地面敲出的声音呢，看来只好传到天上发出去了。与阳光与声浪一同在你面前传来传去的，还有蜜蜂的嘤嗡、鸟雀的啾鸣，以及在天那边如波涛一般推拥的隐隐市声。你又闻到一股刺鼻的异味，那是哪家装修房子传出的油漆味。其实左右两边高楼上发出的敲打声，可能都是装修的声音，于是你不由有些惋惜，你想这么好的阳光，这么好的空气，是给你用来传播油漆味的吗？

在纸页上摸索了一辈子的人，实际上直到四十岁左右，他才真正坐下来进入一种写作状态，构想已久的某个世界似乎也在面前缓缓展开，与此同时，他也养成了那个习惯，那在写作的间歇随意翻阅古代一些个人诗文集的习惯。这是消遣，是调剂，同时也含有情趣上的寻求。他越来越向往着古人那种耕读之余闭门著述的生活方式，甚至希望能写一些记录自己写作生活、抒写个人真实情感的格律诗。他十分清楚这一切与他所处身的现实社会格格不入，现在人们所需要的是将精神创造与物质利益直接对等，同步转换，是将心灵上的东西一项项分门别类，标上价格，然后抓住时机卖出去。他不想与任何时潮发生冲突，他只愿在不为人注意处默默持守着。他这么安慰自己，古代那么多私人写作者，他们著述终生，不也从没以自己的文字换来丝毫经济上的收益吗？这种著述，首先应该是出于个人的内在需要，是心灵生活充沛丰盈到极点的自然流泻，而对于他的群和类来说，便可以算得上一种文化的精神的创造了。作为一个著述者，也就是说作为一个精神创造者、文化创造者，假如他自身都没有一种基本的文化信念、精神信念，没有一个完整而充盈、能与整个外在世界相抗衡相对应的内心世界，那么他凭什么写作，这样的写作者他到底又能写出什么？

写作者的首要之处真的不在写作本身，而在于建立一个完整独立的能与外部现实相对应相交汇的内心世界。记得第一次读魏源，那也是个很好的晴天，他坐在窗户前，阳光下。一股苍凉沛然之气从纸面上直冲而起，呛得他不由倒吸一口冷气。头顶的阳光自上而下照着，纸面上的阳光则从下而上照着。在这样的光芒辉映下，他只感到自己瞬间变成了一条蠕蠕而动的毛虫，整个现代人都成了毛虫。这刻他又一次明白了自己为什么如此喜爱这些诗文集的原因。这些文字都是属于个人的、个性的，是来自于一个个完整而充沛的内心世界的。这样的文字是有核的。早先的那些著述者自宇宙深处脱胎而来，自身也就是一个小宇宙，是一个独立的精神存在。古人与宇宙的关系，实际上就是小宇宙与大宇宙的关系，是内宇宙与外宇宙的关系，是宇宙与宇宙的关系。而现在我们有什么？对外部宇宙认识得越深，自我感觉就越卑微、越渺小。一切完整的东西都已丧失，剩下的只有身边的鸡零狗碎，只有一种毛虫感。

夜晚来临，他仍在桌前枯坐，眼睁睁看着面前的楼房、街道及所有的市声一步步在夜色中陷落，只有一种声音如一道光，正自下而上缓缓升起。那是他从书本上看来的魏源的声音，魏源写的那种四言古诗：

出仰昊空，昊空寥落。
入对孤灯，古人如昨。
萧萧草虫，烈烈其音。
岁暮何为，只搅我心。

正月初四

夜已经很深，他在灯下匆匆整理着回乡的行装。行装极简单，首先是书，一本小说，一本陶渊明诗，还有一本叫《友谊的花环》的小册子。《友谊的花环》，很难说清这是本什么样的书，书前介绍是一本随笔作品集，后面却又说成一部书信体小说，著者为英国人马修·阿诺德。此书中作者虚构了一位主人公阿米纽斯·特容赫男爵，并以编者的身份整理了阿米纽斯的部分谈话、信件和一些观点，作者借阿米纽斯之口表达了自己对民主、革命、战争等诸多社会问题的看法。

明明自己有话要说，可作者并不愿简简单单说出。非得虚构出一个书中人物，从人物的角度，以人物独特的方式来进行表达，不知为什么，仅这种将现实生活、将经验生活加以虚拟化的方式，已足够令他无比着迷。他特意将这本书仔细收起，以留待春节期间回乡时阅读，他的春节生活也因此设计而变得格外温馨迷人。在他的想象中，与家人团聚、与乡土重逢的节日生活是一个层次，节日中的阅读生活又是一个层次；书本中的主人公生活又是一个层次，主人公所表达的那些思想和观点又是一个层次。众多的层次和空间相互穿插相互重叠，盒中套盒，回环往复，平凡的庸常的日月立即便能见出一种结构，一种内在的脉络，一种意义。

他是于阴历腊月二十八日中午回到那叫汤桥的村庄的，腊月二十九，也就是人们所说的过大年这天，从早到晚下了一整天雨。从初一开始，雨停了，空中却仍是一个劲儿往下阴，直到正月初四，在一场严霜的掩映下，太阳出来了，天晴了。吃过早饭，他由弟弟用摩托车带着，到一个叫金盆村的地方去。金盆村真像一只盆。先走柏油马路，一共要走十几里远，然后向左拐上一条沙土大路。大路一会儿爬上山脊，一会儿滑到水边，再从一个缝隙之处悄悄爬进金盆村的盆底。弟弟告诉他，也许由于气候特殊，金盆村是一个专门用来制稻种的地方，就像外面的世界在塑料大棚中生产超季节蔬菜一样。摩托车在盆底并不停留，顺着原来的大路继续朝某一个山隙中挤进去，直挤到远处一座大山跟前。这时的大山早失去原先柔和的线条，突然变得轮廓分明，骨骼铮铮，虬髯怒张，就似一只垂天的大鸟，挟带着巨形阴影，吱吱嘎嘎朝你猛扑下来。

从金盆村回到家，已近中午一点来钟，弟弟随着自己的家小到岳母处拜年去了，留下他和母亲两人，都没什么食欲，只吃了点头天剩下的稀饭，然后各自搬了凳子，到屋檐下晒太阳，不用说，他手上还拿着那本书，那本《友谊的花环》。不远处的村路上，断断续续走着些拜年走亲戚的人，更远处的公路上，同样走着些走亲戚拜年的人，以及跌跌撞撞往来奔忙的乡村篷篷车。有两只黑色的旱鸭趁着没人注意，偷偷钻进地场那边的菜园。他悄悄提醒母亲，母亲站起来大喝一声。鸭子很尴尬，歪头扭颈讪讪地退出来，过一会儿又心怀侥幸探头探脑要往菜园里溜。

在《友谊的花环》一书中，出版者并没对书作者马修·阿诺德做只言片语的介绍。他翻了下手头的一本英国文学史，得知阿诺德应该是十九世纪的英国诗人、政论家，早年诗作多取材于古希腊、古罗马的神话，后期致力于社会及文化的批判。十九世纪实在是一个过于遥远的世纪，那时流行的社会及人生问题对于我们现在的人来说已感到格外陌生，故而此书中的许多议论也就显得过于枯燥，许多当时有趣的东西、许多激烈的光辉的思想，在我们今天看来也有点莫名其妙不知所云了。像这种以书信体小说来表达自己思想观念的方式，大约也是那个时代流行的方式，更有名的比如孟德斯鸠那本《波斯人信札》等等。就在前不久，他还看过一部十九世纪美国作家贝拉米的社会空想改良主义小说《回顾》，主人公韦斯特因患失眠症，暗中在地下室接受人工催眠。有一次发生大火，家中的房屋被夷为平地，亲人仆从失散，他也被永远遗忘在地下室中。等一觉醒来，已是一百多年后的二〇〇〇年。《回顾》是一部典型的经济学著作，作者探讨了诸多尖锐的现实问题，表达了对未来全新社会制度的展望。可作者并不愿直接讨论这些枯燥的问题，他偏偏设置一个人物，并通过人物的一系列奇特经历来穿插其间，支架一般托起他的思想大厦。作者清楚，所有的议论都是枯燥的，话语是枯燥的，“说”是枯燥的。假如这时你设置一个人物将这种枯燥的平面的议论转述出来，也就是说，在“说”之前加上一个主语，变成“他说”，事物的层次和结构便立即呈现出来。

毋庸讳言，我们每个人的日常生活也是平庸的、单调的、黯淡的，为了让我们每个个体有足够的勇气在庸常的日月中坚守下去，其实我们需要人为地在自己的生活中穿插一些另外的层次，另外的空间。我们需要一些转述，需要一些虚拟，需要一些支架，我们需要认真做一点层次化、结构化的工作。这一刻，他又一次记起了有关春节生活四个层次的设想，那四个层次就像清水中养着的水仙花一般空明清澈，玲珑剔透，一览无余地在他面前出现：第一个层次，他和母亲在屋檐下坐着，村路上走着拜年的人群，鸭子钻进地场那边的菜园里，大山如飞鸟一般在某一个远处兀自扑击；第二层次，他在读书；第三层次，特容赫男爵在战场，韦斯特在酣睡一百多年后从地下室慢慢醒来；第四层次，民族问题、劳工问题、战争问题等等。归结为一句话，人的出路问题。在这里，如果说第一个层次，也即现实生活层次是基础的、基本的，那么后面几个层次则是基于第一层次之上的一种升华、一种点化。这里多少含有一些人为的成分，一些偶然的成分。假如没有手头的这本书，他就不可能进入某一特定的虚拟空间，不可能知道那叫特容赫男爵、叫韦斯特的人物及其所有的种种奇思妙想，也正因此，他在无意之中已对自己的生活进行了一番重组和改造。在这个春节，在正月初四这一天，从一定程度上说他成了自身生活及生命的建设者和支配者，是自身意义的创造者。

正月初四的夜晚，天空很深很蓝，空中的星星很胖很大。正月初四夜晚空中的星星都在无边的蓝水中浸泡着，供养着，一颗颗肿胀发白，壮硕饱满，蓬勃如怒放的水仙花。

迟到的赴宴者

从图书馆出来，天早已黑透。匆匆到家吃过晚饭，他把书从塑料袋中取出，小心搁在电脑桌面。薄薄一本小册子——《皮蓝德娄戏剧二种》，八十年代初期那种绿色网格本，人民文学出版社版，吴正仪译。两部作品中,他喜欢的只是后面的一种——《亨利四世》。在狂欢节的假面舞会上，一个化装成十一世纪德国皇帝亨利四世的青年遭人暗算，从马背上摔下，因头部受伤导致精神异常。他的意识永远停留在摔倒之前那个特定时刻，以亨利四世的身份活在当代社会，穿戏装，把房间布置成皇宫模样，并且在家人的配合下请来几人，化装成宫廷大臣和卫士，以供他驱使。有一天——那是癫狂了整整十二年之后，他的疯病突然好了，人清醒过来。起初那刻他是兴奋的，想尽快脱掉假面人服装，卸下重负，打开窗子尽情呼吸。“走吧，走吧，到外面去吧。”他这么朝自己喊。可是此时此刻他能到哪里去？去做什么？

“突然恢复理智的那天，我才发现，我的心都凉了。我意识到不仅头发白了，就连整个人生都变成了一片灰暗，一切都崩溃了，毁灭了。我像一个饥肠辘辘的饿汉赴了一场已散的宴席……”

青春不再，头发已白，席终人散，当年钟情的女人已成他人之妻，早先的生活位置同样为他人取代，自己已全然被社会、被时代所抛弃。惶惑与绝望之中，这位青年给自己所做出的选择是，重新穿上戏装，假装疯癫，在亨利四世的面具下苟延剩下的日月。

短短一个故事，不知为什么会如此打动他。这种打动，似乎是此前读任何书都未曾有过的。随之而来的一种冲动是，很想将此书据为己有。他把书拿在手中，久久摩挲着。这种版本，市面上当然早没销售，要找，只能到什么地方的旧书店旧书摊看看。在接下来的几天，他骑着自行车把市内一些旧书店旧书摊找遍了，当然没有结果。唯一的可能是打手头这本借书的主意，找一个借口，比如就说遗失了，赔上点钱，哪怕花再多的钱，也是值得的。他为自己搜寻到许多理由，最大的一条，在这么个小小城市，这样一本薄薄小书，除了自己，再不会有第二个人能产生兴趣的，也没有第二个人识得其价值，当然就更不会有第二个人能如此珍爱。不是有一句话吗，物尽其用，财尽其值，宝刀赠英雄。他应该是此书当之无愧的拥有者。当然所有这些，乃是一闪而过的念头，逗自己暗中一笑而已，不可能当真实行的。明明没可能，明知这种行为有多么孩子气，又有多么下作，为自己所小视，偏又禁不住反复设想，反复纠结。有时弄得自己也不由笑起来，想一本什么破书，能把一个人弄成这般。

书无法到手，他随着有了第二个设想，就是仿照戏中的故事，自己来写一个什么东西。写一篇小说，或者干脆说，搞一个《亨利四世》的中国版。如此清晰并且强烈的模仿要求，此前在他也是从没有过的。当然这同样不能为自己所许可。作为一个写稿者，尽管默默无闻，但在内心深处他一直自视甚高，有自己的尊严，自己的内在要求、内在律令。他认为笔下流出的每一个字，都来自于个人生命的血脉之中，而不可能有一丝一毫的仿照，否则自己都会瞧不起自己。但这次不同，他真的无法控制内在的某种冲动。他把所有这些纠结在电话里告诉一位朋友。朋友不以为意，说模仿正常得很么。西方许多古典作品，其中的人物和故事不都成为一种恒久的文学母题，为后来的人反复摹写吗？对同一个人物形象同一个故事，不同的作者有不同的理解，不同时代更有不同解读。写出各个人、各个时代的独特感受，这就不是简单的模仿，而是一种再创作了。他想朋友所说一点不假，自己真的不必在这种事情上过多犹豫。经过几个月酝酿，准备资料，他开始写了。一旦下笔，才知即便是模仿，也不是一件容易的事。亨利四世的故事在皮蓝德娄那里，实在安排得过于巧妙，不能再有一丝一毫变动。也就是说，这个亨利四世的故事只能有一种写法，那就是皮蓝德娄所用的那种，其他方式都是拙劣的，不能成立的。最后小说是写出了，也在刊物上发表，但实际已变成另一个全然不同的故事。

有次朋友相聚，他把自己与这本薄薄小书的遭遇当笑话讲了，朋友们果然开心大笑。其中一位朋友发言，说类似于亨利四世的故事，在西方文学作品中一点也不少见。最著名的如那个哈姆莱特，父亲让人谋杀了，母亲也给人霸占，所有复仇的责任都义不容辞落到他的身上。可是他真的承担不了自己应该承担的这些。他能有的只是无穷无尽的颤抖，及在颤抖中的思虑和癫狂。还有如奥尼尔《悲悼》三部曲中的奥林，及《悲悼》的原型故事、埃斯库罗斯三部曲《厄勒克特拉》中的阿瑞斯特斯，同样得肩负起替父报仇的责任，他们同样承担不起的，在勉强把仇人杀死后，一个在狂乱中自杀，一个逃到神庙中躲避，乞求阿波罗神的救援。其他如契诃夫《第四病室》里那个给病室里的精神病人治病、最后自己也给关进病室的医生，卡内蒂《迷惘》中被自己的保姆赶出家门的学者，科塔萨尔笔下被外来者侵入住室因而兀自吓得瑟瑟发抖的无名人，当然还有卡夫卡所写的那些躲在洞穴深处虫子般的东西，等等。至于在我们中国，这种在外界压力下无法正常生存，只能装疯卖傻借佯狂以自保的人就更多了，历朝历代，根本无法数清。以致孔子公开鼓吹：邦有道，你就做个智者；邦无道，你干脆做个傻子吧。孔子说："其知可及也，其愚不可及也。"智者是很容易做到的，做傻子则必须具备最高的智慧，我们一般人根本做不到。不过我们中国这些疯子傻子，一般只存在于实际生活中，存在于历史文件的记载里，而不存在于文学作品之中。也就是说，某种逸出正常生活状态的异常精神现象，永远与我们这里的文学作品绝缘。

对朋友所说，他不由连连点头。我们一般所谓疯癫，当然不只就生理上病理上来说的，更是从心理上从精神上来说。指的正是某种极端的异常精神状态。对此种状态的关注，一直是他平日阅读和写稿时的焦点所在。一涉及异常的人、这些极端事物，他会变得特别兴奋。好像不落实到什么疯狂之类，这小说这故事就没法读完，也没法写完了。不过要想对文学作品中诸种极端人物做一个具体梳理，一时却又很难，并且也没多大意思。刚才朋友说到的这些，他就觉得有些混乱。比如哈姆莱特的佯狂与《迷惘》中那个给赶出家门后在癫狂中自焚而死的学者应该并不一样，也与皮蓝德娄的亨利四世不一样。哈姆莱特们在生活之外，还必须承担个体完全无法承担的责任，他们在挑着一副沉重的担子前行，而亨利四世、卡内蒂的学者呢，他们什么负担也没有。他们连自己的基本生活也承受不起，连自己生活于其中的空气也承受不起。他们让自己身体的重量压垮了，让空气压垮了。

另一个朋友听了若有所思，问："让空气压垮，这是不是人们常说的，什么生命中不能承受之轻？”

“生命中不能承受之轻，其实又是另一个话题，与亨利四世有相似的地方，更有不同之处。如果说亨利四世是让自身的肉体重量、物质重量压垮的话，那个不能承受的轻，我理解大概就是指让自己的精神压垮，让一种反物质压垮，”他轻声这么分析，“不过什么之轻之重，这话题若干年前流行一时，委实过于时髦，也就过于滥俗，让人讨厌。我们今天提到的只是亨利四世。”

他认为，亨利四世的遭遇带有很大的偶然性。那青年原本出身贵族，在生活中是一个非常主动的人，也就是说，是个很正常的人。他有不错的家庭和个人地位，有同样不错的前途，还有心仪已久的女人，对生活对人生怀有不同一般的激情和热望。但正因如此，眼前的一切一旦失去，便彻底失去了，再不可能重新捡回来。即使能捡回，也不是早先那个了。过去的永远过去了。由此看来，这位青年是生活上的一个完美主义者。越宝贵的东西，越珍贵的东西，越不能容许存在丝毫污点和瑕疵。与其受损，宁可不要。或者全部拥有，或者一无所有，不可能有第三种方式存在。

“其实我们自己，别看现在能安安稳稳坐着，一起喝茶聊天，”第一个朋友想了想说，“我们完全也可能因为一个极其偶然的原因，给一脚踢出正常的生活轨道之外，踢出人生的运动场，就像亨利四世给人一脚踢出了一样。人其实能平平稳稳、平平安安地活着，喝茶、聊天，与朋友聚谈，都是极侥幸，也极偶然的事。只有被生活一脚踢出，才是真正的必然。”

朋友说完，众人似乎都微微吃了一惊，同时沉默着。

“我们这些人，或许并不一定是可能被踢出，而是已经被踢出了呢，”他这么想着，悄悄打了个冷战，看看身旁的人，“我们都是迟到者，我们，我、你、他，在座的所有人，都有着太多的敏感，却缺乏基本的行动能力，其结果，自然而然会像亨利四世那样，被整个时代所抛弃。不过我们掩饰自己的面具并非如亨利四世的那种癫狂，而是另一种东西而已。”

博尔赫斯的夏天

阿根廷作家博尔赫斯对我们当代文学心智的启发与影响是巨大的、无可回避的。若干年前，我们许多文学作品及文学写作者的大脑，真的成了博尔赫斯纵横驰骋的跑马场，直到今天，仍可以在我们的文学园地里听到博氏的马蹄嘚嘚，如影如风。我们随意打开一本文学书籍或杂志，特别是那种带有所谓纯文学色彩的杂志，许多作品中诸如图书馆、书籍、学者、某城、如梦如幻的战争或地震等等典型的博尔赫斯式的意象反复出现，更不要说那种叙述方式与语境，与文学操作时的对古旧的历史陈迹的偏执狂式迷恋了。这里我们要说，博尔赫斯的诱惑确实是致命的，特别是对于我们这种完全丧失了自身所生存的现实土壤与精神内蕴的幼稚的文学，诱惑的同时更有了另一方面的作用，这便是对我们脆弱的自身的瓦解和践踏。

多年前的那个夏天，我租住在C市郊区一户农民家里，准备静心完成我构思已久的一篇小说，手头只带了很少的几本书，其中就有刚从朋友处借来的一本《博尔赫斯小说集》。对博氏及博氏小说的精神内核等有关背景材料，当时我实际上一点也不了解，这以前我只看过他极少的几个短篇，我也并不了解阿根廷以及整个拉美文化与欧美文化有什么具体的同和异。从这本小说集中，我直感到博氏本人从种族上或国别上讲是阿根廷的，但其精神体验却完全是欧美的，与阿根廷民族的现实内容应该并没有太多的关涉。我们一走进其小说世界，触目惊心的便是西方社会典型的人生与哲学命题，这便是对于时间与空间的深切体验，以及时间与空间的直接体现形式：历史和文化的雄伟大厦及大厦倾颓以后抛掷一地的迷离碎片。在这里，我们确实沉落到完全丧失了时间与空间的迷宫之中，那么多的人或影，那么多的物与事、光与色，那么多棱的、圆的、交叉的图案和图景，似真似幻，似历史又似现实，迷迷蒙蒙地错落、搅和在一起，如夏天窗外的阵雨或山间的早雾一般，倏忽而来倏忽而去，明明灭灭变幻不已。你由着一种看不见的力量推动，不断地向前走，上上下下起起伏伏，方位始终是飘忽不定。你觉得你已走了好远好远，偶一回头，又会发现你似乎仍在原处。于是你不由对作为阅读者的自身也将信将疑起来。你已经不成为你了。

那个夏天已过去太久，手头又没有博氏的那本小说集来再一次重温，其中所描述的具体内容我真的早已淡忘，但是那种阅读的感受却仍是强烈的，记忆犹新的。那个夏天，我对计划要写的小说早失去起码的兴趣，而将自己整个深陷于博尔赫斯的世界。我面前的一切，现实中的一切似乎都呼啸着离我远去，让我时时在阅读的间歇如梦初醒，不知今夕何夕，今年何年。我所租住的那样的房屋，我的房东那样的古旧的农民，还有头顶那样的太阳，那样的云彩，那样的白日和夜晚，全都蒙上了一层神秘的古旧色彩，让我一眼看去只是异样不真实。特别是我所住的村庄紧靠C大学的后墙，后墙豁开了一个不小的缺口，供贪图方便的人出入。而这后墙偏偏又是由高一尺、长两尺许的古砖或仿古砖砌成，一律朱红色。

我每天三次从这豁口经过，到学校食堂用餐，在夕阳晚照或寂静无人的中午，总有一股冰凉的东西从我浑身流过，我仿佛置身在某一座久远的废墟之上，仿佛沦落到幽幽的历史隧道的深处。特别是那个傍晚，我吃过饭出去散步，顺带把这本《博尔赫斯小说集》还给那位朋友。从我的住处到朋友家并不远，出了校门，顺一条宽阔却僻静的路面不平的街道走过去，踏上灯火辉煌、在C市极为有名的C大街，然后就可轻而易举地找到朋友的住处。这条街我走了多次，应该是轻车熟路，可是这天晚上我偏偏迷道了。我顺着那条僻静的街走了好久，却怎么也走不到朋友所住的C大街。我越走越急，越走越慌，穿过了一条又一条同样灯火辉煌的大街，但都不是我应该到达的那条。到后来我一身汗透，头微微发晕，神智有些不清醒。我知道我已走了太远的路，我应该到达的那条大街早已在无意中穿过，只是我自己没有发觉罢了。我应该调过头来往回走。就这时奇迹出现了，我一抬头，面前的一切竟异样地熟悉，我发现自己已置身于找了一晚上也没找到的那条大街——C大街。当我敲开朋友的家门，在燥热的风扇前把自己的奇异经历讲给朋友听时，朋友思索良久，也无法做出让人信服的解释。我们又拿出一张很详细的C市街区图，越寻找我们越是一脸的惘然。后来我们若有所悟，同时默默地盯视着桌面所放的那本《博尔赫斯小说集》。看来我今夜所历竟是一篇很标准的博尔赫斯式的故事呢。

以后的许多时间，我一直在琢磨着想把这个故事写成一篇小说，题目都拟好了，也是博尔赫斯式的，就叫《博尔赫斯小说读后随想》，却一直没有写成。也不是写它不出，是不愿费这个工夫。因为这种小说毕竟是博尔赫斯的，不是我的，我们的。

半边人

一九七七年正月十三一大早，我们一家人从安徽老家一个叫丁家罗庄的村子动身，分三路踏上了迁徙异乡的路程。第一路，母亲带着我们兄妹四人，手上拎着几个简单的包袱，徒步十八华里到高河镇，然后坐通往安庆的公交车；第二路，我的表姐夫李以建和同村的一个兄长用板车拖着我们的全部家当，也是经高河直接送到安庆；第三路是父亲一人，他得辗转坐车到怀宁县治所在地的石牌镇，给我转共青团的组织关系。我们约好傍晚在安庆会面，然后从那里坐大轮去九江，去大山深处一个叫修水县汤桥公社的地方落户。

这是十分平常也平静的一天，天气很好，地面干燥，树林间或田野上弥散着若有若无的雾气。有几个得知消息的邻居站在路边为我们送行，其中一个长辈可能联想到什么，忽然间泪流满面。可是我们自己却感受不到半点离情别绪，相反，内心更多的是那种出远门的兴奋和激动。当时的交通不方便，公交车很少，我们在高河车站滞留了好久，傻呆呆地看站在木梯顶端的几个小矮人。这种小矮人在高河一带很有名，我从小就听过他们许许多多的故事。他们的脑袋是大人的，身子却像个小孩，永远长不高，并且代代相传，都在外面走江湖玩把戏。不过这天他们并不是在演出，他们可能也跟我们一样是来坐车的，或者正月里没事，吃过饭来车站闲逛。

此时此刻我一点也不知道，这平常而又平静的一天对我的一生来说意味着什么，我一点也不知道这次我们踏上的其实是一条真正的不归之路：自此以后将近三十年，我基本上还没有回去过一次，或者用另一句话来说，我每天都在返回，那是在梦中，在自己的潜意识里。自此以后我发现我的整个人基本上已给劈成了两半：一半在老家，另一半在异乡；一半是灵，一半是肉。每天都在挣扎，每天都在撕裂，每天都在用这一半去寻找另一半。说实在的，我一点也不理解自己体验的到底是什么，我不知道还有没有其他人和我有过相同的体验。也许是我太敏感了，太脆弱了，对灵的要求太强烈了。反正我只是感到，自己是一个被彻底放逐之人、彻底遗弃之人，是一个对自己的另一半永远在寻求的人，一个时时刻刻处于灵魂出窍状态的人。我愿意以文字、以小说的方式，来很好地表达出自己的感受，表达自己对另一种存在的那种吁求。

二〇〇五年夏天，气温太高，写作状态不好，于是我利用这个时间，把《圣经》的《旧约》部分再完整地看了一遍。这个时候读跟年轻时读完全不同。年轻时喜欢在其中寻找一些微言大义，现在只想读一些平常的字句平常的故事。但正是这种阅读给人的震动更大。我忽然感觉那里面的一些人物，比如那个让人卖到埃及去的约瑟，在外地发达了，然后把他的父母家人全接了过去；还有那个路德，一家人流浪异地，结果男人们全在外面死了，只剩三个寡妇回来等等。这些怎么与我身边的那些流浪人、异乡人的故事如此相似？这些人，这些失魂落魄、祖祖辈辈在地面上荡来荡去的半边人，怎么也与我们如此相似呢？我感觉这绝不是什么高深莫测的《圣经》，这就是我们家里的一本家谱么。

说到这里，不知我的意思表达清楚了没有，我很想说的是这样一句话：我们这些可怜的半边人是永远不完整的，我们的另一半永远在那边，在天上。我真的很想以小说的方式，来表达对我们另一半的永恒寻求。

穴居者自述

作为一个小说写作者，我是拙劣的，懈怠的，若即若离的，很大程度上有点被逼无奈，不得已而为之。不过在写作的身份之前，我应该还有另外一个身份，那便是读书者，或者说是通过读书的方式，来寻求个人在这个世界上的位置和精神出路的人。只有在读书的时候，在寻求作为一个人的精神出路的时候，我才觉得自己很主动，很入迷，几十年来没有一时一刻懈怠。

在小说故事中，我不止一次写到过一种痴迷者的性格：他干什么都能入迷——洗碗入迷，择菜入迷，捡粪入迷，煮饭前淘米里的砂子入迷，洗胶靴时去抠靴底的泥垢能入迷，鼓捣什么小物件小发明入迷，甚至偷东西入迷，玩一种危险的自杀游戏同样能入迷。这里除了偷东西及玩自杀游戏，其他事情基本上都是真的。我写的就是我自己。而在所有这些游戏中，最让我沉醉其中的，应该是对洞穴的爱好。记得幼时在安徽老家，我们住的是祖上传下来的老房子，高大空洞又阴森黑暗，夹杂许多鬼怪传说。加上父亲长年在外做手艺，家里只剩母亲一人，夜里我常常恐惧得睡不着觉，只能钻在被窝深处，大气也不敢出一声。这时的我总把被窝想象成一个隐秘而又安全的洞穴，外面则是无边的鬼怪世界。有时我从旁边开个小洞，朝外张望一下，随着立即缩回来，把与外界相通的最后一个通道封死。后来我把这种游戏进一步加以扩展，村庄后面的陡坡上，也被我挖出无数或方或圆的小洞穴，每个洞穴里都藏着不同的东西，一只红蜻蜓，一只小麻雀，一只我们称为花大姐的小昆虫，一根红薯，几枚钱币，等等，洞口都用草皮照原样盖好，就像拉开又关拢的抽屉那样，让外人看不出任何破绽。当然不止这道山坡，家里的墙头屋角，还有上学的路上，校周围的土坝，甚至路边菜园里的冬瓜南瓜上，都被我掏出一个个小洞。有时大洞里面还有小洞，小洞两边还有左洞右洞呢，洞洞相连，诡异莫测，一个东西从这个洞口放进去，往往能从很远地方的另一个洞口出来。身边没人，我便会走上前去随意打开一个洞口，一连数小时沉迷其中。在想象中，我便是被自己所掩藏的那个洞中之物，独自身处黑洞洞的大厅里，任何人也不知道我，不知道就在他们的眼皮底下，有着这么一个洞。也就是说，我把所有的人都从身边推开去，这个世界上，只有我一个人。

终于有一天，我的爱好发生了转移，转到对书本的迷恋上来了。这一入迷，持续的时间最长最久，一下就是整整几十年，整整一辈子。这一点有时想起，自己也不由十分奇怪，觉得没有道理。我家祖祖辈辈基本上都是文盲，全村庄几百口人，也没有一个读书的，上学时所读的课文，从头至尾全是那种标语口号，并不能让人产生丝毫兴趣。唯一的解释是，在我的下意识中，可能是把书本、把书本世界当成自小迷恋的那一个个洞穴了。一本书就是一个洞，一堆书就是无数个洞。现在回顾个人的一些经历，大约可以用这样一句话来做个概括：一个生活在洞穴般的另一世界、迷失在洞穴般的另一世界的人。在完全属于个人的这个洞穴里，一切是如此有趣，如此神奇。

那时代最流行的一种书是连环画，也叫小人书，我们村上的人把它叫“图书”。我平生看的第一本图书讲的是个抗日的故事，说一个少年被伪军押着，用驴子给日本鬼子送米，少年很聪明，偷偷在米袋上扎了个洞，米一路走一路撒，最后全漏光了。这个平淡的故事当时不知为什么就那么吸引我，它给我的感受就是打开了一个完全陌生的洞穴。从那以后我忽然明白，世上原来还有一种东西叫书，书里有各种各样的故事，有各种各样的世界。我以特有的入迷劲开始搜罗图书。首先是借。有次我看到某个大人手里有一本《一江春水向东流》，我盯他几天，终于把人说动。至今还记得他边递书给我，边长长地叹口气，赠给我一句他看此书后的心得：“真是好人不长寿，坏人活千年呵。”以这种方式我还看到了小说《林海雪原》及“文革”前一本叫《文学》的课本，特别是后一本，对我后来的影响至大。另一种得到书的方式便是买了。在离家十几里远的高河镇上有一个猪市，父亲常常到这里买卖小猪，不少时候他喜欢把我带上。猪市好像是周边的村民自发形成的，每天只有很短的一会儿交易时间，半上午便散了。为了赶上趟，我们天不亮就起床吃点东西上路。等父亲从猪市出来，我会抓住机会，闹着要去不远处的新华书店买一两本图书。那时候我做得最多的一个梦，就是去高河的这家书店，反反复复，一个夜晚接着一个夜晚，好像魂魄都丢在了那里。自己去不了，我还会托本队一个在高河中学读书的青年去买。但不是自己选下的东西往往不如人意，有次我把卖鸡肫皮、牙膏皮、蓖麻子，还有从墙洞里掏出来的那种土鳖，好不容易筹集到的一点钱交到那人手上，让他帮我买图书。为此我整整激动了一个星期。但他帮我买的却是一本《鸭绿江上》，写中国和朝鲜的轮船工人在鸭绿江上怎么结下友谊等，故事一点也不好玩，并且那文字还是押韵的，后来猜想，那应该是诗。可我当时不懂，只觉怎么看怎么别扭，失望得想哭。印象中，这本书后来还是让我退给了那人，也有可能，这本书并不是他用我的钱特意从书店买的，而是随便从哪儿找来糊弄我的吧。另外一次，我跟着父亲和大姑到桐城县的青草塥小镇去逛柴市，市上有很好的松毛柴，都是从岳西县的大山里弄出来的。返回时经过街左的新华书店，发现有一本小说叫《渔岛怒潮》。我立时赖住不走，一定要买下来。在此之前，我正好看了《渔岛怒潮》的图书，让里面的故事吸引得不行，那个地主的小寡妇，特别是她家里还有一个地洞，洞里躲着一个特务，特务还有发报机。此书我不知看了多少遍，越看越不过瘾，总想知道得更详细些，现在碰上整本的小说，当然不会放过。由于我闹得凶，父亲也给说动了，看看价钱，好像是一块两毛多钱。在这关键时刻，没料想倒是书店那个女店员出来横插一杠子，她说这样的小说一般都是公家单位来买的，哪有你这样的小毛伢买这么大厚本的书。父亲一听果然不干了，为此我气得当场大哭起来。可怎么哭都不再有用，要知道在那个时候，一块两毛钱的确是很大的一笔。

上初中后，读的书一下多起来。那个叫曹坦的学校尽管偏僻，但历史很长，学校里还有图书馆，每星期一次对学生开放借书。每个星期六放学后，我跟着无数的同学像排队买饭那样，拖着书包从各自的教室飞奔而出，到图书馆走廊排队借书。我至今记得，每当书包里装了一本新书，我会一路上用手按着，心里格外激动，也格外充实，连奔带跑往回赶，想早点打开阅读。这时候年纪大些了，图书已难满足要求，我读的都是那种大厚本的小说，许多还是繁体字，竖排。我尤其喜欢《水浒传》《三国演义》《西游记》等小说里穿插的那些写景写人的诗句，我用一个本子把它们全部抄录下来背诵；《水浒传》里一百零八将的人物姓名及绰号我也能从头到尾一口气背出来；假期在队上劳动，我还和爱看书的大人一起，将这些书中涉及的人物姓氏一一回忆出来，看能不能列成一个“百家姓”。当时流行的一大批红色小说，许多都给我留下极深刻的印象，那已经不是简单的人物和故事，而变成一种复杂而美好的情感记忆，渗入到血液之中。《红旗谱》里江涛与他的恋人在城市旅馆里的经历、《野火春风斗古城》里的关敬陶与金环银环、《烈火金钢》里那个会武功玩大刀的丁什么，还有《吕梁英雄传》里那个露着大腿勾引民兵干部的地主儿媳妇，直看得我心惊肉跳，有时彻夜不眠。乡下全是油灯，一夜书读下来，第二天鼻孔里全是黑油烟，就像两只朝下开口的烟囱。

在师专的三年，应该是读书最多最集中的三年，也是我一生中最重要的三年。总有一种感觉，如果说我在进师专前是一个人，那么三年之后从师专出来的时候，我已经变成全然不同的另一个人了。那是一九七八年，刚刚恢复高考的第二年，班上绝大部分同学年纪都比我们大，经历坎坷，见识广博，对社会对人生有着极痛切极惨烈的感受和独到的理解。比如吴洪森，进校前就通读过《资本论》及黑格尔、康德的一些著作，思维敏锐，见解深刻而又激情似火，他的一言一行都在我们的默默关注中，给我们极大的浸染和影响。后来交往多了，他又从文学及读书诸方面给我们以专门的指点和鼓励。从那时起，我开始较集中地接触国外的文学及哲学方面一些书籍。记得刚进校时，师专图书馆还没开放，幸好市新华书店有一个柜台可以对外借书，我就是在那里读到了《安娜·卡列尼娜》等小说。那时读书已不是一种简单的读，而是一种吞噬，有时一天就能看完一本，许多长篇还一个章节一个章节地进行缩写，目的就是想把它们拆散开来，看看里面到底有些什么。我永远不会忘记第一次读到《九三年》《约翰·克利斯朵夫》《社会契约论》《爱弥尔》《别林斯基选集》等书时所受到的心灵震颤，另外一些书，如赫胥黎的《进化论与伦理学》等由于过于喜爱，书店里又无法买到，我只得从头到尾手抄一遍，手抄本至今还保存着。整整三年，我把所能借到的外国文学名著全读过了，从中培养起适合自己个性和气质的文学趣味与文学追求，形成作为一个写作者必不可少的人道立场与人道信念。这是一种最基本的建设，我觉得为自己以后的生活与写作找到了一条根，或者说找到了一片扎根之地。

一个长期沉溺于书本，并从书本中获得精神信念的人，与他生活于其中的现实世界必然会拉开很大一段距离。记得在师专毕业前的某次傍晚散步时，我曾同朋友摩罗说过一句话："我爱人类，但是不爱人人。"这话肯定也给摩罗留下较深的印象，多少年后我读到他的日记，才知他当时曾把这话记到了日记中，直到前些年，他又以此语作为主题写过一篇短文，来给以详细的阐发。当然，他后来所理解的意思已与我当初的意思不尽相同，他似乎专谈什么作家与人类的关系，而我当时所表达的，其实只是对现实、对人及人性的某种极度不安、极度怀疑和绝望，还有某种与现实人生的对抗情绪。我甚至暗暗为自己设置了一种角色，这就是我所称之的"人类之敌"。这时在我看来，我们所置身其中的现实里的一切都是庸俗的肮脏的甚至黑暗的罪恶的，以我们每个人的一己之力当然不可能反抗如此强大的黑暗与罪恶，但是我们至少能做到一点，就是决不向黑暗妥协。随着与现实与生活的距离越拉越大，毕业后在中学教书的那些日子里，我也就更深地沉溺于书本之中。即便是回乡下过寒假的十几天时间，通常也随身带着十几本书。尽管这些书无法在十几天时间全部读完，但放在手上选来选去，总觉得哪本也丢不下。整个八十年代，我一边一本接一本连续读书，一边苦苦思考，在民族生活史与精神史上的某个特殊时期，作为一个个体的人的最终精神出路到底在哪里？几经徘徊反复，最后的目光自然而然转到一个方向，那便是宗教。当时的思路到现在还能记得一些，似乎是由王国维，再到叔本华，然后从叔本华那里发现了佛教和基督教。我看的第一本佛教知识书籍是从修水县图书馆借的《释迦牟尼传》，扉页上一幅释迦牟尼坐像，瘦骨嶙峋，一见之下我便泪流满面。我觉得我懂得了什么才是真正的宗教。这种情形后来还出现过许多次，比如一次在杭州净慈寺看到一副对联“地狱未空誓不成佛，众生渡尽方证菩提”，还有在普陀山听到和尚们做功课时发出的吟诵声，在武宁县弥陀寺听一位小和尚午夜撞钟时的高声吟唱，等等，都流泪了。我还试图与和尚做一些交谈，不过结果很失望。第一我听不太懂他们的方言，另外我觉得许多和尚其实是掉进了浩如烟海的宗教知识之中，反而与基本教义相隔得实在太远。那么多的典籍本意是对教义的阐发，没想结果却变成对教义本身的真正遮蔽。我以为宗教其实是一种非常简单的东西，一声钟鼓，一句吟唱，一个匍匐的动作，一句受难者的祈求与叹息，所有的意思都尽在其中了。

在找寻个人精神出路那长达十几年的时间中，一直有一个问题在困惑着我，就是我该以怎样一种方式把这些感受表达出来？前面说了，我是一个天生带有穴居者性格的人，愿意以书本、以洞穴的方式把自己与整个现实生活彻底隔离开来，生活中所有的事务在我眼中，无异于都是一种粗暴的干涉和侵犯，让我烦不胜烦。可是小说这种东西却又是最具体、最凡俗、最具人间烟火气的，它拉着你不得不进入现实的最烦琐最粗粝处。这种矛盾在我身上不但没得到解决，随着时间的过去，反而越来越强烈，越来越无法调和。这本身可能就是一种限定，让我永远也不可能成为一个真正的小说写作者，而只能成为一个读书者，一个躲在内心深处某个隐秘而又安全的洞穴里自得其乐的人。

往远处，往深处

我不是个好动的人，加上自小生于僻地长于僻地，读书毕业后又回到这个偏僻的地方从事教书职业，一年到头守着身边的校园及校园里几个学生，没有任何外出的机会。起初也心安理得，想正好静下心认真读读书，干点自己愿意干的事。上课任务重，日夜忙碌，好不容易盼来星期天、节假日，这是属于自己的时间，当然更加珍惜了。离县城不远，有一处风景区叫东岭，岭上自然生长着大片高耸的石林，石与石之间遍布桃树梨树，春暖花开时节山上山下游人如织。朋友多次约我骑自行车过去玩玩，我不断答应，可内心深处实在不愿轻易抛掷那整整一天时间，事到临头只能一再推却。我就这样让自己沉浸在书本之中，有那么一天无意间抬起头，心里忽然感到一阵没来由的惶恐与迷茫。我觉得自己在这个偏僻的地方是不是待得太久了？我似乎把自己待成了一粒尘埃，与整个世界隔绝了。我让整个世界遗弃了。也可能是从这一天起，我开始反反复复做起同一个梦：出外，往远方。梦中有形形色色的高山、沙漠、海洋、人群，还有灯火辉煌、高楼林立，宽大得无边无际的城市。我不停地朝着城市走，可走着走着便迷失了，所有的高楼与灯火永远在迷茫的远方。焦急中醒来，全身上下每每一片冰凉。有时我给外面的朋友发一封信，或到商店买一件用物，往往也能发上半天呆。别看这封信、这件用物不起眼，它却是从远方的大城市辗转而来，或者即将辗转到远方的大城市去，坐车坐船，见足世面，而我一个十足的大活人已经活到何种程度，居然连封信、连件用物也比不上。

又一个暑假到了，我把桌上的书理好，连夜整理行装。那是个赤贫的时代，也是个盛行梦想与浪漫的时代。像我，多年来带着一弟一妹在身边读书，还得不时拿点钱回家交给父母，以应付日常开销，到了暑假把手头的积蓄归归拢，真正所剩无几了。可我心里一点也不在乎，或独自一人，或三两好友结伴，没日没夜颠簸在路途上。每进一家旅馆，我们会大大咧咧把旅行包朝服务台上一墩，头一句话是："最便宜的房间多少钱？"多半时候，服务员们面露惊异之色，也有的会失声而笑。有一位朋友五十块钱出门，竟一直从江西玩到新疆，另一位朋友坐了两三天火车，身上只带了一瓶烧酒，饿了便抿一口，也从上海坐到了广州。我们睡甲板，蹲火车厕所，时不时晕得昏天黑地，却不露出半点怯意。那年海南刚刚开发，我们就似听到高空中什么律令般应约而至，睡公园、睡街心花圃，吃一块钱一份的人才饭，卖报纸、玩扑克游戏，在街头饭摊上帮人洗碗端盘子，到远郊小镇上看带色的录像，到宾馆门前看妓女如何做交易，跟踪阻止黑社会流氓打人抓人等。记得当时我私下里还有一个很明确的想法，就是像一个真正的流浪人那样沿街要一次饭。犹豫再三，终因撕不开脸皮、放不下架子而作罢。还有一个朋友有些奇怪，他的旅行好像是单程的，一旦上路就回不来了。他生活的唯一目的好像只是行走，从一处到另一处，直到现在，一二十年过去，始终没有停下来。有时暗自思忖，觉得他是不是把自己的魂丢在了路上，现在用着一辈子的精力在寻找，看他的样子，可能永远没有找回的一天了。

作为浩渺宇宙中的一粒尘埃，人的生命的确过于脆弱，过于有限，可是在这有限的生命内部，偏偏存在着一种对无限、对永恒的东西的强烈向往与要求。他渴望着不死，渴望有灵魂、有来世，渴望能在无限的时间之上延展自己。于是宗教便产生了。宗教要求是人之为人的一种基本灵性要求，也是人性之中的一种本能要求。这时我们说到旅行，其意义大约同样在此，从某方面说，旅行与宗教确有许多相似之处，它表达的正是人类对另一永恒形式——无限空间的向往与企望。人们每每旅行到一个地方，在他的想象中一定是实行了对这个地方的占有。“某某到此一游”，布满所有风景区的这些歪歪扭扭的涂鸦，正是市井百姓对这种占有方式的一种表达。古代文人雅士的表达方式当然要风雅得多，或留字，或题诗，或干脆到石崖上留下一块大大的碑刻。他占有了，于是他便以为自己不朽了。当然，人类的灵性要求并不仅限于此，人们的旅行方式同样多种多样，他们的目光往往并不满足于脚下这片单一空间，而向着更多可能的空间、可能的维度拓进，向人性深处拓进。著名学者施蛰存有一篇文章，叫《绕室旅行记》，写的是他独坐室内所进行的一次知识性、回忆性的旅行。这是一种智性的旅行。还有更多的智者大哲，或长年枯坐于密室之中，或隐身于寻常的勾栏瓦舍之间，精骛八极，心游万仞，视通万里，独自进行着只属于他一个人所有的内心旅程。在这种旅程中，所有的时间和空间是打乱后进行重新组合、反复折叠的，自然就显得更立体、更浩瀚广袤，行走起来更艰险有趣、更具智性，也更能体现人之为人的本质特征。他们的旅行方向同样很明确：向深处，向暗处，向幽微处，向极限处。

退守文学

那年夏天，我因患肺结核病住进医院，经历了有生以来最孤寂的一段时间。肺结核是慢性病，不像好人，也不像病人，便有精力整天那么恍恍惚惚呆坐着，沉浸在对疾病的惶恐和对自身处境的清醒认识之中。深深感到此次得病，实在是宣判了我这一生的死刑。怎么说我的身体也再不能恢复到原先那样了，这一生似乎就这么完了。我现在所能有的，一是贫穷，二是疾病，除此而外再无其他。回顾童年少年时的饥饿，长期营养不良造成的头晕，体质虚弱。读书时所有的，便是自卑、屈辱，和被外界的形形色色刺激起的强烈自尊，及自尊遭蹂躏后的痛苦。毕业后出来工作，又是极度的生活重担，为家庭为社会，让自己的青春时光都在沉重的负荷下度过。等到个人事业上刚有一点点转机，便又是疾病，和因身体的病残而来的对整个一生的绝望。剩下这半生，像我这么拖着病残的身躯，又能干些什么呢。

很快地，连这种平静的自省也不能进行下去了。从好几年前的不知什么时候开始，总有那么一种巨大的、茫无边际的心灵无归宿感，时常来侵袭我。特别是在午睡后，阳光或强或淡地静静照着，万物阒静无声，我躺在床上大睁两眼，浑身僵硬不能动弹，就如置身洪荒大漠之中，痛苦得快要死去。我不知道我飘在浩渺宇宙中的哪一处，并且还得向哪一处飘下去。住院的这段时间，此种漂泊感更集中了，加剧了。医院的传染科建在县城后面的半山腰，远离尘嚣，一眼望去，县城如潮水一般退在脚底下的不知道什么地方。周围尽是松涛。也是在阳光下，我手捧一本《圣经》，一人独坐。

刚入院时我甚至庆幸能有这么彻底孤独的日子，让我能最直接地面对上帝。可是随着时光流逝，夏而秋，秋而冬，再加病情反复，出院无望，总算体会到了什么是真正的孤独，并且发现自己根本是凡夫俗子一个，因此上帝也不能救我。现在回想，仍觉那日子真如噩梦一般，整天没情没绪没魂没魄，一遍一遍重复着这么一句话：此生永是漂泊。有时突然清醒过来，竟能吓一跳，发现自己在大街上，在河沙滩，在医院与学校之间漫无目的地来来去去，阴魂一般游荡。看到劳动的农人，我总羡慕不已，他们每个人哪怕再辛苦，但都活得踏实，只有我如街头虚无缥缈的风一般，活得莫名其妙，可有可无。这时候我是多么脆弱，任何一个熟悉的面孔，健康的面孔，都让我感到亲切乃至泪下。我甚至想到结婚，像别人那样有一个温暖的家让我躺下睡一觉，我甚至想假如到了晚年我仍没一个家，没有妻子儿女围在病床前，那将是多么悲惨的永无拯救的日子。我这才知道什么是老年的孤独和悲哀。

这时候我忽然想起了文学，想起文学写作对于我来说意味着什么。在我的内心深处，总有一种极深极大的惶恐感。常常无缘无故，便受到这种看不见的恶魔的追逐，让我防不胜防，始终处于一种惶恐战栗中，无法得到安宁。从某种角度可以说，我对文学对艺术的追求，其实都是为了逃脱这种惶恐。艺术是生命的一种消极的，也可以说是积极的形式。

艺术是宗教，是神，人们可以借此向虚无挑战，接近永恒。

当然这里讲的可能过于堂皇，这就有点让人讨厌。我说的艺术是一种逃避还可以从另一方面理解：文学是那些现实中的绝对无力者所从事的。比如我，在现实生活中，是一个的的确确的书呆子，连最基本的生活能力也没有。好长时间以来，我对婚姻问题一直抱着极为偏激的态度，初看来似乎很洒脱。只有自己知道，实际上我是根本没有能力和勇气结婚。比如结婚要打那么多的家具，就让我害怕。站在别人的新房里，我总有一种渺小感。一位朋友表达过同样的意思："那么高的大衣柜，假如有一天倒下来，不会把我压死么？"更还有那无休无止永无尽头的过日子。当然有时也不禁十分奇怪，生活中似乎还有比我更无能的男人，他们都能结婚，为什么我不能？我发现我已经彻底失去了生活能力。于是我只好退守文学。

是长期的生活塑造了我，我反过来又塑造了自己的生活。这种互为因果的东西，又变成我写作的主题或内核。那年暑假在海口市中心的大陆三角区，我寄身于一个小饭摊上，闲时便无聊地翻一本《海明威传》。看着身前身后旋涡般的人流和车流，我深深感到这个世界不是属于我的。我再一次坚定了我的小说应该写些什么。海明威是个硬汉，写了一大堆硬汉人物，讲了一大堆硬汉的话。我呢，正好相反，一个典型的软汉。这是一种天命，我想我只能如此。阿Q说："我是虫豸，还不行么？"

去水底的村庄

大姑家住桐城县青草公社下圩大队。我们习惯上不把下圩称作下圩，却叫低畈。低畈很低，站在大姑家门前抬头一望，四周都是高大耸立的沙堤。堤那边是河，河那边隔过几片田野和人家，仍然是河，从大姑家出来，我们一共要走过五条这么并列的河，才能找得到一处比较坚实的地方站住脚。一年中的大部分时间河都是干的，住户们在河滩上种小麦种萝卜，不过到了涨水的季节，五条河或者更多的河便同时爆满，河水打着巨大的漩涡在人们脑顶上吱吱呀呀晃来晃去。我们不断得到消息，大姑家进水了，大姑家的人住到堤坝上了，大姑家的鸡鸭上房了上树了。因此在我自小的印象中，大姑总给人一种落汤鸡的感觉，每次见面，我都能从她身上闻到浓浓的水腥味。我很同情大姑，那年月有一句使用频率极高的话叫做：生活在水深火热之中。我每次读到，都以为这专指的是我大姑。

大姑脾气暴躁，每次发作起来，喜欢手端一根扁担或一把锄头，赶得大姑爷满村满畈乱跑乱叫。大姑和大姑爷各以其出色表演，成为当地人茶余饭后的一大笑柄。我们得到大姑追打大姑爷的消息，简直跟低畈发水的消息一样多，但大姑爷自己却从不提及。我们知道，别看大姑和大姑爷成天追追打打，其实他们关系很好，追追打打正是他们关系融洽的特殊表现。大姑爷见人永远笑眯眯的，讲话轻声细语，动作迟缓滞重，似乎一招一式都在为那即将落下来的扁担或锄头做着呼应和说明。

父亲和母亲两方面的亲属都很多，不过所有的亲属各自流落异地，剩下的只有这一个大姑了，所以我们两家的来往便格外多。去大姑家，去低畈，成为我幼年时代一项无可替代的事务，其中包含了来自血缘和伦理的全部温馨。在村庄上，在日常生活中，我们都是最卑微的人，没有谁愿意正面看你一眼。可是大姑愿意，大姑爷愿意。按照我们那里的习俗，父亲作为大姑的大哥、大姑爷的大舅，有着无比尊崇的地位，每次我们一到，大姑一家老小便从各个角落奔出来，相互传递这样的消息：大母舅来了，大母舅来了。大姑一家手忙脚乱杀鸡杀鹅，倾其所有进行招待。父亲酒足饭饱，开始同大姑爷聊天，两人能从天亮聊到天黑，又从天黑聊到天亮。他们尽情地抽烟、喝茶、抠脚丫、咳嗽、吐痰，一副旁若无人的架势。这个时候他们身边也真的再无旁人，他们是这个世界的主宰。我在他们的话语声中睡去，又在他们的话语声中醒来。有时父亲还和大姑爷一起悠悠闲闲背起手出门，看看冬田，看看自留地，看看夏天大水留下的痕迹，他们甚至到七八里外的青草塥小镇上逛上一趟。父亲对街道点点头，对商店点点头，对来往行人点点头，似乎在说可以，可以，一切尚可。我想这个时候，父亲在自己的心目中一定也是比较可以的，父亲从小街上逛回去，有人侍候吃侍候住，连洗脚水都有人倒呐。

于是每隔一段时间，父亲感到眼前的日子长了，淡了，无望了，便会自然而然冒出一句：去大姑家吧。于是我们便去大姑家。我们几天前开始做准备，无非积几只鸡蛋到供销社卖了，换回一斤红糖，或磨点米发一锅粑粑带上。另外母亲还给大姑剪一对鞋样，捎几根红红绿绿的丝线，这些线都是母亲用牙膏皮、鸡肫皮从走乡串村的货郎担上换来的。而从这时起，我的面前便有水在晃动，我能看到五条并列的大河如五条亮晶晶的铁轨，在日光下向远方伸去。我还能看到水淋淋如落汤鸡般的大姑，看到屋顶上和树上的鸡鸭，看到河底下的那个村庄。巨大的漩涡在头顶打旋，水藻挂在房檐上，无数片泥沙像一条条大鱼，无数大鱼又像一片片泥沙，在竹林瓦舍间游来游去。大姑爷笑眯眯地从水面钻出来，就像他从家里的某一个角落钻出来一样，轻声细语地告诉大姑他们：大母舅来了，大母舅来了。

从我们家到低畈有二十华里。我们顺着一条山冈往上走，过了一条山冈又一条山冈，山冈与山冈连绵不尽。路越走越高，松树林也越来越密。等到山冈高得不能再高时，路两旁忽然出现漫山遍野的坟墓，坟墓密密麻麻，叠床架屋，似乎不是横着伸展开去，而是竖着一层层堆起来。父亲告诉我，这都是早先闹长毛时留下的。长毛我知道，那是太平天国，历史书上写得很明白。这一带是安庆大战的外围，湘军将领李续宾当年就驻扎在青草塥镇上。从长毛的坟岗下来，便是和丰水库的后梢。和丰水库那可真叫大，从前到后有好几里远吧，水面上还有无数的野鸭，随波浪起伏飘摇如一片片浮沤。远处水库大坝上行走的人只剩下一粒粒黑点，让人弄不清那到底是人，或者是挪动的野鸭。沿着浪涛边的土路把和丰水库从尾到头走一遍，再穿过一个叫马鞍山的村庄，我们在一个山口急忙把脚步止住。无尽的山冈到这里突然消失，一条亮光光的柏油马路从右手的某一个高处远远挂下来，然后在面前这片空茫的旷野穿过，隐没在另一片旷野中。公路那边，旷野这边，便是大姑家的五条大河了。

五条大河在我面前一齐漂浮起来，仿佛不是流在地上，而是流在空中，变成五条硕大的天河。我想站在山口对着天河的下面大喊一声：大姑大姑爷，你家大母舅又来了，快准备杀鸡杀鹅吧！

双井道上

那时候我常常顺着修水河，独自一人行走在县城到双井村的悬崖古道上。双井是古代那位有名的诗人黄庭坚的故里，不过在我心目中，双井与黄庭坚没有丝毫关系，双井是属于我小叔的，我是来小叔家走亲戚的。多少年前，小叔与我们家族的其他许多成员一样，肩扛一把棉弓，在武宁、修水一带的大山里做手艺，寻活路，四处漫游。有一天他来到杭口，来到双井，终于找到一个合适的人家做了上门女婿，就此在这里生儿育女，生根发芽。

小叔曾读过中学，在乡村里应该算个有点文化的人。经过漫漫岁月的淘洗，生活的无穷磨砺，文化当然早已退尽，只剩了点对文化的顽强爱好。小叔特别热衷于乡村里流行的种种规矩和习俗，婚嫁丧娶、迎来送往以至春节元宵演茶戏、扎彩船、舞龙灯等等，每次同我讲起都一套一套，津津有味。我正是从小叔这里，平生头一次听到黄庭坚这么个名字，不过小叔却说的是黄庭坚的号，黄山谷。起初我还以为他又说的是村子上什么家长里短，是说一个叫“黄三姑”的妇人。小叔说黄山谷是皇帝的师傅，后来犯了法，被派到外国和番，结果被那些番国人熬了人油点了天灯。小叔还带我去看黄庭坚的墓。出门后顺着一道齐胸的墙垣往下，在一道干涸的坝渠边有大片丛生的荆棘，小叔手指荆丛说这就是了。下次来果然看到荆棘丛已给砍开，当中用水泥筑了块圆圆的墓，再以后还在四周修了道围墙，种上杨树。

此时我已经是一位在师专读中文的学生了，全身心痴迷于拜伦、雪莱、歌德、海涅诸人的诗作，每次寒暑假来双井小叔家，我也同在其他地方一样，躲进一个清静的房间，从早到晚可以不出大门一步。看书累了，随手挽起两只大木桶到房侧的水沟中，到山垅尽头那口水塘帮小叔担几担水，或挑两箩稻谷到下屋的高峰书院去碾。高峰书院是双井村残存下来的唯一一幢古老建筑，高耸的门楼，苔藓斑驳的天井，天井对面的上厅便是安装碾米机的地方。米尘结在屋梁高头的蛛网上，丛丛累累恰似倒悬的森林，有微风从梁木间穿过，森林起伏摆动如鬼魅。碾米的人很多，排队一般总要排到天黑去，小叔他们干完田地里的活回家，便找过来接我。天气好的时候，我也会手拿一本书走出屋门，到河边的柳林中，或屋后的茶树棵中乱走一通。我还爬到村后赤裸裸的大山最高处，这里那里四处张望。阳光下的修水河如一柄寒光凛冽、削铁如泥的匕首，从莽莽苍苍的大地深处悄悄伸出，朝着面前的山丛快速一击，留下无数断崖幽壑，然后倏忽不见。

我们住家的地方太过偏远，加上当时坐车极不方便，没有大半天的工夫你根本无法到达县城，因此在我的印象中，每次轮到走县城至双井的那十几里山路，时间似乎总有点不凑巧，不是赶在黑雾浓浊的傍晚，就是露珠沾衣的清晨。古道在崖根下回环曲折，清亮的泉水从崖头滴落，黏液般汇聚到路面。三三两两木排停在河中，长年累月一动不动，拴排的粗大缆绳系在路边某一根石柱上，偶尔发出叽叽嘎嘎的蠕动。前后左右你看不到一个行人，冷不防迎面出现一个，反会吓你一大跳。在穿过一个叫黄田里的村庄后，古道继续朝更加幽深处延伸，穿谷过桥，或上或下。缕缕白汽从河面上无故腾起，对岸连绵的崖壁及从崖顶垂挂的枯藤古树遮天蔽日。每当此时我不由自主总有些恍惚，纷乱的诗句似对面崖影下缓缓飘动的飞鸟，在我的耳畔来来去去。那是从书本上读到的拜伦的句子、雪莱的句子、海涅的句子，当然还有屈原的《山鬼》、曹植的《洛神赋》中的句子，以及郭沫若的《湘夫人》《湘累》中的句子。我以为眼前这片幽壑、深潭、危崖之间也一定出没着无数山精水怪和林妖，我甚至想模仿拜伦、海涅他们写一部浪漫而神奇的诗剧，剧中有一位古装少年，那是曾常年行走在脚下这条石道上的宋代诗人黄庭坚，以及形形色色的山精水怪林妖等等。

有一次来双井我的印象特别深，十来岁的堂弟练自行车将手臂摔断了，小叔他们并未当回事，找了个乡村土郎中过来接骨。结果骨头接错了，只得换了个郎中把骨头弄断重新接过。堂弟抱着缠满杉树皮的手臂声声痛叫，彻夜不息，我吓住了，建议尽快送医院，可小叔他们不愿。我知道小叔他们舍不得钱。第二次接骨果然又接错了，堂弟自此落下个终身残疾。记得那天我天不亮起身去县城，小叔说他到城里有事，正好陪我一同走。我们在夜黑里高一脚低一脚，摸索着从村前的稻田和玉米地穿过，爬上高高的钓鱼台，村庄便落到了山那边。一路上小叔给我讲起堂弟的手，讲起家庭种种。小叔生活负担极重，头一个小娘去世，后来的小娘又带了两个孩子过来，加上自己原先的四个小孩，全家八九个人全凭他一双手支撑。小叔说他自小就苦，现在看来是要苦一辈子了。小叔其实生性乐观，为人也大方，记得那年我考取学校没衣穿，他连忙扯来布料给我做了件当时流行的那种的卡上装，回头看看我下身的衣服同样穿不出门，他又当场把自己一条大半新的裤子脱下给我。每次见面，小叔照例咧着大嘴嘻嘻哈哈，笑不离口，像今天这样愁眉苦脸是极少见的。我知道小叔实在憋闷不过，他必须找个人好好倾诉一下。可小叔没想到我是一个没有多少现实兴趣的人，加上又处于人生中特定的恍惚年代，一心向往着书本上所描述的种种浪漫、种种诗意，根本承受不住日常生活的卑微与琐屑、艰辛与苦难，拒绝正视人生的本来面目——一句话，我不喜欢小叔给我说到的这一切。我必须摆脱这一切。有意无意间，又有许许多多声音开始在我耳边轰响，那是拜伦、海涅、雪莱的声音，是曹植、郭沫若的声音，还有自己构思的那部诗剧中的残言片语。少年黄庭坚走在远古某一条悬崖古道上。乌尔利希骑士策马驰过绿林。扁头阔嘴而身材短小的拉伯兰人围在火边，烤着鲜鱼喧嚣大叫。诗人海涅坐在北海海滨，用纤细的芦管在海滩上写着他的爱情表白："阿格涅斯，我爱你！"可是无边的海浪泛滥而来，转眼把字迹冲掉，诗人又写，海浪又一次冲掉。诗人于是想象要用有力的手从森林里拔出最高的枞树，把它浸在埃得纳火山口中，然后用这充满火焰的大笔，在黑暗的天幕烙上一行火字："阿格涅斯，我爱你！"

太阳似乎是从山后一下跳出来，一跳便已经跳到了半天空。河雾裹挟着夜色，同时也裹挟着我面前的纷繁幻境，瞬间消了个一干二净。这一突然的变化弄得我有点不知所措，怔怔地去看小叔，小叔早已中断了他的叙述，睁着双迷茫的眼睛同样有点不知所措地在看我，然后转过身，去看这山，这水，这幽谷，看崖根下回环曲折、高高低低的古道。我知道小叔当年就是顺着这条路来到双井的，小叔肩扛棉弓，弓上翘着压盘，操一口异乡的话语，身上散发出异乡的气息，弯腰曲背，踽踽而行。小叔在这条路上都走过大半辈子了，现在轮到我，还有我那些堂弟堂妹们一遍遍来走了，堂弟们同样肩扛棉弓，弯腰曲背，踽踽而行。我们的时间一般都赶得不很凑巧，不是黑雾浓浊的傍晚，便是露珠沾衣的早晨，不过路边的木排仍在，巨缆仍在，崖壁仍在，还有我充满辛酸与苦闷、浪漫与恍惚的青春年华，一切都在。这一刻我发现自己正在不停地对着面前的河谷和山川喃喃低语。我不知自己到底低语些什么。后来终于听清了，我反反复复念叨的是这么一句话："阿格涅斯，我爱你！"

仙人城记

这地方是不一般的。这里的一切似乎都在为什么重大的出现做着准备。列车进入鹰潭地界，你会看到无边的田野上，不时有一处两处油汪汪光溜溜的东西溢出地面。你以为那是水。那却并不是水，那全是些坚硬无比的岩石。岩石表面呈黑色，掘开了才知里面通红一片，当地人称之为红石。人们将红石劈开，琢成粗大笨拙的砖，砌围墙砌房子，从乡村到城市，你会发现几乎所有的围墙和房屋都由这种红砖砌成。农户们甚至把自家的沟渠、粪窖、蓄水池之类也刻镂到岩石深处，一律的棱是棱角是角，直上直下，阔大雄劲，不留神你会以为这都是远古时期什么浩大工程留下的遗址。随着地势的升高，砍削的程度也就越深，有的地方甚至还出现一些类似廊柱、台阶及器具的东西，也许真是什么遗址了。

龙虎山就是这样砍削出来的，不过这只砍削的手更大，每一刀每一斧都从半空中直劈而下，大开大豁，大起大落。挥斧者时而有些漫不经心，深一下浅一下，东抛西掷，左堆右垒，叠床架屋；时而又灵感大发精雕细刻，龙、虎、狮、象、莲、桃及各种人物栩栩如生，呼之欲出。尽管只有几里十几里之隔，这里的地质构造已经全变，不再是那种红石，而是一种丹霞石。顾名思义，丹霞石不只红，而且发光，一眼看去赤城千里，云霞片片。在泸溪河一侧的悬崖绝壁之上，连连绵绵的洞穴中还散布着无数悬棺，从河面仰视就如一幢幢窗户洞开的摩天大楼，许多房屋、舟船、床榻、仓廪以及人物、鸡犬、禽鸟之类隐隐约约从洞口呈现出来。故此古人以为这里是仙人居住的地方，把这一带临水的二十四岩称为仙岩，其中一座就叫仙人城。我们完全可以想象，在一千九百多年前的东汉，当道教创始人张陵头一次来到龙虎山，看到这山这水这崖墓，他会感到多么震惊。

我怀着好奇的心理，久久地站在天师府第一代天师张陵的塑像前，眼前的祖天师手握宝剑，眼睛上指，虬髯箕张，宛如说部中常常描述的那种手持板斧冲锋陷阵的莽汉。史书上说他身长九尺二寸，庞眉广额，绿睛朱顶，隆准方颐，垂手过膝。奇异的外表下，更有一颗敏感细腻的心灵。基于当时东汉王朝的现实苦难和苦难中必然会产生的人生无常感，张陵觉到深深的不安，一心要为自己也为受难的民众找到一条解救之道，超越之道。皇帝闻他有道，许以高官厚爵，再三征召，张陵一再辞谢："为我谢天子，人生百岁，光阴瞬息间，父母妻子恩爱隆厚，岂能长保哉。"张陵还对弟子说："夫人情亦无极，聚极则散去，乐极则悲来，岂可逃也。""人生有会则离，有生则死……惟昔轩辕餐松食露，并白日飞腾，永劫无穷，不亦美乎。古人辞万乘之贵，千驷之富，良有以矣。"据（《历世真仙体道通鉴》卷十八）记载，张陵携弟子从淮入鄱阳，又溯信江入贵溪龙虎山炼"九天神丹"，一年有红光照室，两年有五云覆鼎，夜不假烛，仿佛有青龙白虎各一，常绕丹鼎。三年丹成，天师已六十多岁，吃了神丹返老还童，像三十左右的人。张陵在龙虎山炼丹修道授徒，以符水为人治病，救人危困，前后达三十余年，后入四川创立早期道教五斗米道。

东汉献帝建安年间，第四代天师张盛奉父命自汉中迁回龙虎山，此后天师世家在龙虎山世袭六十三代，历经一千九百多年，与孔子世家并重于世。沧海桑田，世道更迭，龙虎山的天师世家以及道家和道教却不绝如缕，绵远悠长，以其巨大而略带神秘色彩的影响力和穿透力深入到我们整个民族的历史文化之中，也深入到民族及民族每一个体的精神血脉和精神命脉之中。鲁迅就曾说过："中国的根柢全在道教……以此读史，有多种问题可迎刃而解。"英国著名中国科技史专家李约瑟博士也说："中国没有道学，就像大树没有根一样。"从这个意义上可以说，龙虎山称得上是我们这个民族的根所在，是血脉所在命脉所在。走在这里，你等于走在我们民族精神的源头，许许多多的记忆一齐给唤醒，这种唤醒既有生活方式民间习俗文化传统上的，如神仙方药、鬼怪变化、养生延年、禳邪祛祸、图谶卜筮、洞天福地等等，更有精神上心灵上的，那种属于下意识、属于基因和密码一类的东西。

"道士身披鱼鬣衣，白日忽上青天飞。龙虎山头好明月，玉殿珠楼空翠微。"唐朝著名道士吴筠这首题为《龙虎山》的诗既吟咏了具体的龙虎山，更给我们描述了道教孜孜以求的最高境界：一鹤冲天，白日飞升，成神成仙。道教是一种带有浓厚实利色彩的宗教，它不像其他宗教那样喜欢来虚的，它讲求的是一种肉身拯救。通过炼丹修道，然后让活人像一只大鸟那样白日飞升（或先蝉蜕），这在现在的人看来不用说会觉得十分可笑，连唐朝道士和医药学家孙思邈也感叹："神道悬邈，云迹疏绝，徒望青天，莫知升举。"不过在这白日飞升的梦想中，毕竟也包含了某种对理想境界对美好生活的向往，对现实人生进行超越的强烈要求。人说：山不在高，有仙则名。在龙虎山的两天，我一直试图弄清这样一个问题，到底是龙虎山成就了道教，还是道教点化了龙虎山？照我的印象，龙虎山似乎是谁专为道教而创设，这里的整个山体原本就是一处炼丹的元坛，是一座巨型丹灶。这里树分雌雄，岩有阴阳，无边无际的红石和丹霞石正是炼丹所用的朱砂或炼丹后弃置的炉渣，还有那一劈千仞直指穹苍的崖壁及崖壁上的处处墓葬,更是道教教义和道教最高理想的直接演示。那天上午，我们随众多游人一起登上仙女岩半山上的观景台，想隔着峡谷近距离观察对面岩缝中春秋战国时期古越族先民的遗棺。我们看得心惊胆战，目眩神离。对面的绝壁不只高、陡，上不见顶下不见底，而且在不停地动荡，不知是谷中来去的大风所致，还是崖体本身有一股力在运动。可怕的是这股运动的力还没有方向，东歪一下，西斜一下，时而交汇激荡时而如波纹一般扩散，让你这看的人也跟着歪斜，每一步都无法落到实处。对面的洞穴及洞穴中的棺木、瓦坛、垫棺的黄泥巴也一起在起伏在蒸腾。这时我还看到几只大鸟从面前飞过，一直飞到对面的岩壁上，那里大约有它们的窝。鸟们一飞近岩影，立即失去重量，变得如蝴蝶如蚊蚋一般轻盈。你实在无法想象，古越人是怎样把这些几百上千斤重的棺木和殉葬品葬到崖缝之中的，他们又为什么要把棺木葬到这些崖缝中？据近些年专家考证，古越人是采用一种提升法，即以人力驱动、利用原始起重工具来升置悬棺。不管采用何种方法，在这样的百丈高崖绝壁凌空之上施工，一定发生过许多重大的伤亡。可我们的古人没有退缩，一个倒下了，另外的人接着再上，就在观景台对面的那条大裂缝中，据说葬下了一家十三口人，等于是一个家族的墓葬群，其艰苦卓绝更是可想而知。我想这里肯定有一种超现实也超自然的东西存在，这里有一种信念，有一种精神：把死看得比生重要，把未来看得比现在重要，把心灵看得比肉体重要，所有这些远不是我们这些现代凡夫俗子所能理解所能想象的。

作为一个具体的景点，这次我们未能到仙人城一游。我们只是在山腹部地质公园的某一个角度，远远朝仙人城张望了一会儿。那是矗立在半空中云表上的一个巨大台地，中间让什么东西一豁到底，劈成两半，然后又在顶部用一架单孔石桥勉强连到一起。台顶上有楼阁，有林木，不知怎么似乎还有一些脚手架。我们很想到那桥上那楼阁上走上一回，但由于时间过紧，只得抱憾而归。不过在我们的记忆中，却有一座更大的仙人城在虚无缥缈中展现,并且越来越清晰。这里的人将雷电踩在脚底下，楼阁建在云彩中，日月星辰藏在衣袖里，吃的是松子，饮的是甘露，吞吐的是丹霞赤雾；这里的人日常出门，都是骑着一只大鸟飞来飞去。青山花里出，白鹭镜中飞，风过闻朝磬，云开见羽衣。这里天空灿烂，溪流倾斜，水势湍急，眼望水底，水作五色，原来是两岸的石山作云作霞，红紫斑斓，像一幅特大锦毯垂天而挂，五色水就由那石山映照而成。

有一座山叫龙虎山，山中有一座住满了仙人的城。

漂流的棉弓

据说安徽人的弹棉絮手艺是从浙江人那里学来的，后来徒弟超过了师傅。浙江人吃盐少，个小，身单，弹的是小弓；安徽人长得剽悍，弹的是由整棵原木挖出的大弓。小弓嗑嗑嗑咳！像一个小老头的咳嗽。大弓咚咚咚锵——该沉重的时候沉重，该激昂的时候激昂，没有半点含糊的地方。

上世纪五十年代末六十年代初，是安徽弹棉花艺人的辉煌时期，更是父亲一生中的辉煌时期。从湖北到湖南，从安徽到江苏、江西，长江中下游诸省，到处是一片片肥沃的处女地，等待他们去辛勤开垦。弹棉絮赚钱，追随者便多，徒弟一带三五个，大徒弟二徒弟主弓，三徒弟揽活，四徒弟牵纱，五徒弟压盘，师傅呢，大概只需带着师娘在旁边享他的清福了。也有两个三个弹花班子合伙而行，以相互照应的，人多便势众，便胆大，便妄为。母亲一再向我们描述那年在湖南醴陵县某处，他们男男女女一行十几人被当地民兵当坏人围住，父亲头戴四块瓦皮帽，身披长大衣，身材高大魁梧，言辞南腔北调，老子怎么怎么。这气势本身就将土头土脑的乡下民兵镇住了，结果是好饭好菜招待一番，开放行证放人。当然更多的时候，弹花班子是以一男一女两夫妻的形式出现于异乡的田头屋角。同样是几对夫妻班子结伴而行，每到一处，厅上厅下台面一开，咚锵，咚锵，咚咚咚，锵锵锵，几张硬弓一齐弹响，好不热闹。夜晚来临，铺盖一展，那弹花的台面便做了很好的睡床。

祖母带着成年半成年的二叔、小叔、小姑，一家四口衣衫破烂，讨饭的叫花子一般出现在赣西北山区的时候，大约是一九六〇年左右。那时家乡饥荒闹得正凶，祖母他们从寸草俱被饥民抠尽的田土间逃出，到皖南山区帮人摘茶、种菜度日，祖父便病死在祁门县大洪岭脚下的路途边，尸骨未收。祖母他们千里迢迢连问带找，投奔她的大儿子——我父亲来了。这是一次整个家族的迁徙，三十多年以后的今天，二叔、小叔、小姑都已是儿子孙子成群的老人了，这时候他们已不是简简单单的兄妹四人，而是称作“房”，大房、二房、三房、外房。每当叔叔们说起“房”这一陌生的词语时，我总有一种异样的感觉，仿佛自己已置身于面孔发黄的列祖列宗行列之中，一种家族的使命感，电流一般在血脉中涌动起来，令自己也不由奇怪之至。

赣西北山区地广人稀，柴草丰富，适宜于人活命，却不适宜于人的繁衍。母亲一再说，这地方阴气太重，不旺人。每到一个村庄，你总能看到用废弃的棺材板搭成的木桥，和无儿无女、只夫妻两个孤独地打发残生的“寡户头”，以及路边庄头无人居住的黑洞洞空旷老屋。母亲多次向我们提及一个叫麻洞的地方，战争年代死了无数的人，一条山垅前后几十里不见人烟。有一对弹棉絮的安徽人，生意途中从那里经过，丈夫担着孩子及家什在前，后面的妻子却大叫有人抢她的棉弓，让丈夫快来帮忙。丈夫回头竟一无所见，只妻子一人站在路中又撕又咬又嚷，兀自战成一团。丈夫知道大白天遇到鬼了，从箩担里摸出一把菜刀就要上前行凶，妻子这才停下喘过一口气："跑了，他跑了。"但那鬼并不退远，不紧不慢跟着。两夫妻回后大病一场，病后返回安徽，再不出来做手艺。

不管这些说法是否确切，事实不能不令人目瞪口呆：这地方真的不旺人。我头上的一个哥哥掉进温泉里泡了一下，从此一病不起，十几天后便死去了，我底下的一个妹妹生麻疹，也死掉了。阴气太重的土地上的生命，就如盐碱地上的禾苗，说枯萎就枯萎，不容你有半点怀疑。一九六四年，父母带着年幼的我毅然离开此地，举家迁回安徽。说也奇怪，一离开这块土地，大弟、小弟、妹妹，一个接一个出生了。

这次返乡，一住便是十三年。父亲在外浪荡惯了，一年到头一身汗水一腿泥怎能忍受得下去，一有机会他便邀上几个人，肩了棉弓出外，称作"搞副业"。那时出外搞副业是极不光彩的一件事，大概与"地富反坏右"差不了多少，大队干部、公社书记三天两头走到我们劳动的田头，手指兀自那么一点一点："扛棉花弓的，扛棉花弓的！"队里承受不住压力，一封信接一封信，一个电报接一个电报发向外面，总不见父亲他们半点消息，上面只好把批准他们外出的生产队长抓去办了一期学习班了事。而父亲也不知怎么回事，顶着那么大的风险出外搞副业，年终回来竟没有存下一点钱，只好将家里养的一头猪卖了，去给他交"积累"。多年以后我方才猜想到，父亲的出外本来就不是为了挣钱，他只是贪恋着那一份自由自在、四海为家的流浪生活。一九七七年，父亲终于再一次做出举家外迁的决定。这个时候父亲已经整整五十岁，再不是年轻的时候了，许多人都来相劝，说何必非要把一把老骨头送到外面。父亲却是决心已定，将刚做没几年的一幢房子也卖掉，切断了自己的所有退路。

父亲没有想到，这次的迁徙真的不同于以前了，年纪大了尚且不说，再靠一门手艺过快乐的日子已是绝不可能。父亲仍一张棉弓一把木槌穿村走乡，却再也走不出家庭的视线。而安徽老家那边，新一代的生意人正以一种全新的方式走出田土，他们跑推销，办工厂，即便是做手艺的，也专门往大城市跑，谁还像父亲这样，一个劲要往深山里钻呢？

晚年父亲唯一的愿望便是将家庭再次迁回安徽老家去，在江西这边，毕竟是外地人，异乡人，小门小户，何况父亲和大弟脾气不好，得罪了不少人。每当父亲同我商量搬迁的事，我总感到无限惶恐。其实搬迁又谈何容易，弟妹们俱已成家立业，牵家带口，而老家那边呢，田没了，房没了，靠什么生活？再说一搬回，真的就能比现在好到哪去吗？可是父亲不听这些，坚持说你们不回我一个人回去，我一定要把这一把骨头送到“家里”去！

父亲的愿望毕竟只是一种愿望而已，他一遍遍这么说着，同时却在日落日出中，一天天这么拖着。

父亲终于死在了异乡的土地上。

年关

一九五五年年关将近，远游在外的人们纷纷忙着回家过年。母亲却将家里仅有的半箩谷子卖了，肩背铺盖，手捏一张写有远方地址的信封，宛若一只逆风飞行的鸟，出门寻找在外面做手艺的父亲。

母亲的第一站是安庆。大学毕业分在安庆工作的二舅以及随二舅生活的外公见着母亲，都不由大吃一惊。母亲在姊妹中排行老二，小名二妹。二妹出嫁后，二舅随着自己的孩子称她为二姑，外公跟着二舅也称她为二姑。外公说："二姑呵，人家过年欢欢喜喜忙着往家赶，你过年怎么独自一个人往外飞呢？"外公和二舅劝母亲就留在安庆过年，但是嫁出去的女儿泼出去的水，二舅老婆孩子一大窝，自身的生活已难维持，还有一个外公在旁边讨日月，现在凭空再加上一个人，即便别人不说，自己也有碍手碍脚之嫌。母亲让自己镇静了，硬硬劲坚持着说走。二舅说："二姑，你走我不反对，我把你的名字写在这里，你认得出这三个字么？"母亲摇摇头。二舅说："二姑，你这信封上写的是什么地址，你知道么？"母亲又摇摇头。二舅说："你扁担大的字认不得一个，还怎么一个人出门呢？"

看到母亲去意已定，二舅唯有默默垂泪。

吃过晚饭，外公带着母亲去看长江，江面上正好有一只大轮黄牛一般哇哇叫着爬过来。外公说："二姑，你明天要是真走，就坐那条船走。"母亲说，当时她的胸口就给牛蹄子踹着了似的弹跳着痛起来。

外公自小在安庆、蚌埠、芜湖、徽州一带给人推土车、拉黄包车，比较有见识，在这离别前夜，他一遍一遍嘱咐着即将出远门的女儿。

外公说，二姑呵，不管在车上，在船上，人走东西也走，身上的行李一刻也不能放手啊。

外公说，二姑呵，下了船，下了车，莫急着乱跑，跑了你就回不到原来的地方了。到一个地方，先不先就找好一辆黄包车，你不知道的地方拉车的会知道。

外公说，二姑呵，我老了，不能送你了，你真的只能一个人去了。

二舅娘连夜炒好了荞麦，磨成粉，用红糖拌了，黑乎乎半米袋递在母亲手上，让母亲路上吃。母亲上船后，在过道里随便找个地方打开铺盖，蒙头就睡，别人洗脸啊，吃饭啊，说啊笑啊，热热闹闹，唯独她一个人躺着，几天几夜纹丝不动，就如死去一般。其实多半时候母亲并未睡着，只闭着眼睛感受身下的铁甲板打摆子那般微微颤动，感受纷纷乱乱的腿和脚在自己的脑顶绕来绕去。有的脚跟眼看就要踩下来了，忽然吓了一跳。于是有好心的人过来将母亲的被头揭开，摸摸母亲的额角："你这位同志怎么整天整夜不见吃不见喝，是不是病得厉害？"母亲双眼紧闭，面色苍白，使劲摇了摇头。

二舅娘炒的那袋荞麦粉母亲动也没动，全送给同船的一对父女俩吃了。这对父女是上海人，家里孩子多，日子过不下去，此次专程到武汉，将女儿送给亲戚家抚养。船走了几天，他们也就饿了几天，饿得小姑娘的脖子就如一根老牛筋，一拨晃个不停。母亲说，当她打开炒粉袋，小姑娘的脖子仿佛猛吹进一口气，鼓胀了，硬挺了，飞快伸过手抓起一把粉往嘴里就填。慌急中那粉没进食管，倒吸入气管去，结果啪的一下喷出来，炸得满脸满手都是。母亲说，当那男人也颤颤抖抖将炒粉捧到嘴边时，男人的眼泪流出了。

在母亲给我们的讲述中，反复提到的一个地方是株洲。母亲在武汉上车时，一张车票买下，身上的钱已所剩无几，她吓住了。她不知道什么地方弄错了，或者售票员多收了她的钱。她就这么迷迷糊糊随人流挤上火车，于是到了株洲。在株洲火车站，母亲让人赶了下来，赶的人说这车不到醴陵，到醴陵的快下去签票，然后转车。

母亲弄不懂转车和签票是什么意思，她想签票就是买票，就是花钱。可是她早已没有了钱。太阳渐渐西沉，站台上空无一人，刚刚置身的那列火车也早已不见踪影，去路归路都已断绝。母亲又急又累，又受吓，怀抱被盖坐到地面大声哭起来。有一位扫地的妇女见母亲哭得奇异，拖着扫把过来，问母亲从哪里来，到哪里去，老家在哪里，为什么这般哭。母亲边哭边说，却是满口土话，那人只管摇头，一句也听不懂。那人问，你身上可有什么证明么？母亲摸出信纸让她看。那人说："这位同志，你还是及早回头吧，到醴陵，醴陵远着哩。"母亲说，回去她身上没钱。这回那位妇女听懂了，一口气叹下多深："往前走你不是更没钱么？唉，这么上不得上下不得下，就真的没有办法了。"

对这位扫地妇女的话，我一直难以理解。株洲到醴陵其实并没有多远，这点常识作为当地人不可能不知道，知道了为什么又要那么说呢。听了她的话，母亲吓上加吓，当然哭得更伤心了。没想这回还真哭出了结果，母亲在这里意外遇到了安徽老乡，两位专门在外“帮人”的中年妇女。“帮人”是安徽土话，或者说是安徽佣帮的行话，意思是给人当佣人，做保姆。两位同乡提着大包小包，特别是那手工做成的布鞋，十双十几双扎成一球，然后一球一球披挂得前胸后背都是，粗粗一看，母亲把她们当成卖鞋的了。

两位老乡走南闯北，见多识广，竟然从哭声里听出母亲的口音，并很快猜出了母亲的遭遇。老乡问：“刚下火车的，是不是？”母亲眼睛迷糊着，点了点头。老乡问：“第一次出远门，是不是？”母亲又点了点头。老乡问：“不认识字，把自己跑丢了，是不是？”几句是不是问过，母亲哭也不哭了，睁大双眼吃惊着看她们。她们看了母亲的表情，不由相对着哈哈大笑起来。问完，笑完，老乡让母亲把车票和信封拿出给她们看，一看之下两人又一次相对着哈哈大笑了。两个老乡对母亲招招手：“跟我们来。”径自带了母亲穿过候车室，走近一个小得不能再小的窗口，一句话不说，把车票递进去。窗里的人接过，拿了笔随手划过几下，然后原封不动递出。

“明天早上八点上车到醴陵。”

母亲说，这回她清清楚楚听到窗里的人说的一句话，她身内那颗心咯噔一下，落到原位了。原来签票就这么回事。原来签票不用花钱的。

这天晚上两位老乡带着母亲，母亲背着被盖，在株洲城内穿街走巷，寻找住处。两位老乡原本劝母亲照她们的样，把被盖寄存了。母亲记住外公的话，说不。老乡问为什么不，母亲说就是不。两位老乡明白了什么，又一次哈哈大笑了。三人终于来到一户人家，屋内没人，或者说内室有人睡熟了。两位老乡利利索索从什么地方找来几块门板，两床棉被，就在堂前搭铺呼呼大睡起来。母亲却半点睡意也找不出，耳边满是打摆子似的微微抖颤和黄牛般的哇哇大叫。半夜时分，外面的大门又开了，房子的主人，两位穿着长大衣，方面大耳大身材的男人下班回来。母亲忙闭上眼睛，也装出睡熟的样子。两位男人看到堂前的大铺，略一愣怔，然后脱下身上的大衣轻轻盖到她们身上，然后各自回房休息。

母亲一夜未曾合眼，反反复复念叨着一个名字：醴陵。其实就在这天晚上，当两位安徽老乡对着母亲哈哈大笑时，几百里外，那被母亲反复念叨着的醴陵城内，父亲和他那一群弹棉絮的徒弟们也在哈哈大笑了。因为这时他们接到了一封信，信是母亲从安庆动身时，二舅寄给父亲的。信中说，母亲近日即可到达醴陵。父亲他们都难以置信。父亲的一位徒弟说："二姐夫，二姐姐要是一个人能找到这里，我就给你倒一辈子尿壶！"

这位徒弟的尿壶固然没倒，但母亲毕竟找到了醴陵，找到父亲他们了。

二十九岁的心情

二十九岁生日这天，我思考着一个顶顶现实的问题：是待在这山沟里继续写小说，还是调个方向去学外语、考研究生？我知道我面临的是什么样的问题。于是惶恐、躁乱，像二十九年前的此时此刻，我躲在母体中，侧身探望即将面临的深不可测的人生和世界一样。

这些年，我不止一次对朋友们说，此生最大的遗憾便是没有去考研。读书的时候太幼稚，几个小青年结成一伙，成天成年做那文学梦，看不起那些年纪大、学习成绩好的学生，称他们作“考试匠”“考试大师”。毕业时，都做好孤注一掷的准备，发誓不成功便成仁，即便有万般的挫折和失败，也绝不后悔。

就这样三年五年过去，有一天忽然抬起头来一看，才吃了一惊，原来伸手可及的目标突然间退开得好远好远，倒是那些“考试匠”们一个一个春风得意，考走了。同时身边的小年轻们也一个一个分裂出去，或结婚或改行，如鱼得水融入现实生活了。剩下的一个两个顿时便栖栖惶惶，不得不清醒地认识到，我们也应该去考试的。摆在我们这些人面前的，唯有考试这一条出路。于是叹息一声：早明白这一点就好了。现在一切从头开始，不已经太晚了吗？

又是三年五年过去，这中间也不记得有过多少次考试的打算，买来了外语资料、外语磁带，从招生办抄来所要报考的学校和专业，兴致勃勃，热血沸腾。可结果总是个不了了之。首先自己的外语水平太差，当年为了表示孤注一掷、破釜沉舟的决心，外语也被当作所谓的退路而放弃了，堵死了。更重要的是我一直有这样的心理，总以为自己在文学方面努力了许多年，现在半途而废，太可惜了。也许只要再坚持那么半年一年，就会有成效呢。这就像什么迷路者，在草丛中窜来窜去，只用跨出最后一步便上了大路，可偏偏在跨出最后一步前缩了回去，于是遗恨终生。这时我表现出从未有过的聪明，觉得绝不能做这样的人。

就这么侥幸着，迟疑着，有时弄得自己都好笑起来。直到几月前，一位最亲密的文学朋友，也就是当年的小年轻中剩下的另外一个，来信告诉我，他在多年的东奔西突之后，不得不再一次捡起外语，开始做考试的准备。我不由吃惊地叫起来：我们都二十九啦。朋友说：即使像古代老童生那样考到八十岁，他也不得不去考。他说，这是最后一条退路，也是最后一条进路，最后一次挣扎。同时另一位朋友来信说，到那时，留在这片沙漠踽踽独行的，真的就剩下你一个人啦。

二十九岁生日这天天气很好，是重阳节。吃过晚饭我独自一人在后山散步，又一次反反复复默念这么一句话：也许，只要我跨出最后一步？这时候，面前的一切突然陌生起来：我在这座小山，这茶园中的小路来来去去，已经十年了吗？十年来我每天每天都以为，只要我再往前跨出一步，便是鲜花和光明。可是十年过去，跨过多少步多少步了，小路仍是过去的小路，小山仍是过去的小山，连房间里伴我朝夕相处的，也仍是读书时的一箱一被，一桌一椅，和乱七八糟堆砌着的书籍。

十年来枯守斗室，总以为目标就在眼前，只用跨出最后一步，不敢有半点懈怠。十年过去才知道，这十年我一直在原地踏步，原地兜圈子，踩着这条小路，沿着这座山丘。

并且，如果照目前的方式生活，我永远会这样原地兜下去，沿着这座山丘，驴子拉磨一般，直到有那么一天，猝然倒下。

处身于如此环境中，我能干出什么来呢?

于是在二十九岁生日这天，我又一次郑重地、严肃地考虑这样一个问题：去不去考？我知道这是我此生最后一次抉择。我已经二十九岁。

十年前，我曾有幸遇到那么一代人，他们声嘶力竭高喊着还我青春的口号，挤满全国所有的学校，教室，图书馆。想不到十年后，又轮到我来找回我失去的十年，一切从头开始了。不过十年前的那一代被耽误，更多是来自外部的力量，而我呢，却完全因了自己的幼稚与无知，从而失去了整整十年。

不能怪谁，也不想怪谁。像我们这种出身的人，看来只能这样，多走一些弯路吧。

二十九岁，并不意味着什么。

书事记

年近四十结婚，结婚之前，所谓书房当然跟我是无缘的。最早的记忆是一只木箱。木箱方方正正，用暗红的油漆漆过，旧了，下面还配了个能随时取下或装上的木托，箱前另用黄色油漆写了两个字：济阳。“济阳”是我们这个丁姓家族的堂号。从形状上看，木箱很像乡间小手艺人使用的工具箱，可能是父母在外面做弹棉絮手艺时所添置，也可能是祖上传下来的。很早时，父母把这只箱子拨给我，让我放放课本、连环画什么的，后来到育儿中学读初中，又让我带到学校。班上有一位储姓同学，其父在与学校一墙之隔的供销社里做营业员，家境较好，在同学中便有着很大的优越感。不知根据什么，这位同学一口咬定我的木箱是乡间常见的那种手艺人“接犁头补锅的”所专用，又把木箱前的两个字当成我父亲的名字，常常“丁济阳、丁济阳”地叫。有时他会当着全班同学的面，模仿乡间补锅匠兜揽生意时的腔调，冲我高喊一声：补锅、补锅，接犁头补锅哎——实际上，补锅匠与弹棉匠同属走乡串村的手工匠人，相互之间谈不上任何高低之分，但当时，我却为自己父亲让人当成了补锅匠而耿耿于怀，备感羞辱。

在育儿中学初中毕业后，我随父母移民到江西修水县落户，刚刚做起没几年的房子卖了，一应家具用物也都卖的卖，送人的送人。路途遥远，一家六口仅带着几床用包袱皮裹紧的棉被，还有两三只旧木箱，其中之一便是我的那只读书箱。箱中所装不外乎我初中及小学各年级用过的课本、作业本、作文本，及用废弃纸头自己装订成册的草稿本和信件之类。也有几个精美的笔记本，上面抄录着我从形形色色报纸书籍中搜罗来的诗文作品。当然了，箱中还有一些能称得上书籍的正儿八经的出版物，我记得的有什么《天文知识》《生理卫生知识》《烧伤救治手册》《实用中草药图谱》《常见眼病的防治》，以及浩然的长篇小说《金光大道》、王汶石短篇小说集《风雪之夜》、"文革"期间出版的知青小说集《翠岭朝霞》等。《天文知识》是当时流行的"青年知识丛书"的一种，很厚，并且还很新，价钱应该不低的，远远超出我的购买能力，但这本书应该就是我自己从书店买来的。《生理卫生知识》则是学校发下来的课本，安排进了安徽省初级中学课程计划当中。课没有上过几节，但这本书却让我通读过无数遍。当然都是在四周无人时偷偷看的。我特别害怕让父母及同学发现。

现在想来，在育儿中学那三年，正是自己求知欲最旺盛的时候，不只对人体本身，对自然界的形形色色都充满着好奇。常常是中午或傍晚，同学们休息了，或在操场上做活动了，我则独自一人跑到学校周边的山林、河坎及田埂边，对照着书上的图谱搜寻各种各样中草药，什么治疗蛇毒的七叶一枝花、半边莲、两面针、鬼针草，清热利尿的车前子、金钱草，还有紫苏叶、鹅不食草、马鞭草、牛蒡草之类。下晚自修后或夜半时分，我会偷偷从教室从寝室溜出来，躲到校园的某堵围墙边一待几小时，静静观察头顶上的各种星座，及组成星座的一颗颗巨大恒星，还有某个星座旁那唯一能凭肉眼观察到的星云。有时看得久了，人不由有些恍惚，很分明地感觉到自己正随着整个天体一起，以北极星为中心嘎吱有声地在做缓慢而又高速的旋转。平日无事，我会热心地翻开同学及母亲、弟妹们的上下眼皮，又对着镜子翻开自己的眼皮，判断是不是患了沙眼、结膜炎、眼睑结石等，并买来金霉素、红霉素之类眼膏进行治疗。还有那么几次，我学着书上介绍的方法，用一点煨熟的辣椒皮之类治好了父母的牙痛、牙龈肿痛等。现在每每想起，感觉那只木箱，那木箱中的书本曾给过我许多快乐。

很可惜，好不容易由安徽老家带出的书籍大多散失了，侥幸保存到今天的，好像只有《风雪之夜》等一两本小说。其原因是从高中时起，我基本上已变成一个那时代颇为流行的文学青年，阅读的喜好也随着固定下来，都是文学及与文学、历史相关的种种，比如鲁迅，比如章太炎，还有闻一多、周立波、杨朔、曹靖华什么的。记得那年刚刚恢复高考，我们的功课也异常紧张起来，我却全然不顾，就着油灯独自读完了毛泽东的《矛盾论》与《实践论》，口里念叨着什么主要矛盾、次要矛盾，一心要用刚学来的方法理解眼前这个世界及世上的人事。我还有了一个新爱好，便是写古体诗。其实我什么格律也不懂，诗却写下一首又一首，五言七言的，用一个专门的本子工工整整抄录着，还在本子的前面题写了一个书名：露珠集。每每一节课下来，能把课本的天头地脚一齐写满。星期天、节假日回家，放下书包更一头扎进房中，守着那只木箱不出门。家中的房子是从当地人手中购来的废置空房，前后三间紧贴天井，破旧、狭小、潮湿。听说在我们接手的前几年，最前面的那间房里还死过一个年轻的妇人，又有人在楼上发现过一条盘踞在那里的大蛇。但我们一家大小并不受这些传说影响，生活在这个新地方热热闹闹地铺展开来。父亲把炒菜煮饭的灶台搭建在天井旁边的廓檐下，我则把书箱搁置到曾由大蛇盘踞的楼顶上。有时家里来客，我便把床让出，抱着被子到楼上打地铺，像那条大蛇一样让自己盘曲着。后来住得习惯，干脆不下来了，除了吃三餐饭，我成天躲在楼上。楼顶的空间过于狭小，光线昏暗，屋顶连一块亮瓦也没有，仅留了个六寸来宽、一尺多高的墙洞与外界相通。白天我躬身在洞口看书，有时也伏在书箱上写点什么，到了夜晚则把木箱拖到铺位边，箱上放油灯或蜡烛，人躺在被窝里，一动不动读书到凌晨。木箱当然早已换过了，更新，更大，装的书更多，箱里的东西也经过再三整理。幼时的课本作业本实在没多大价值，但也舍不得丢弃，只一叠叠卷成筒封存起来；部分书籍让我带到教书的学校，有时候我也会从学校带回些书再放进箱里，等下次回家时阅读。这只木箱在破楼上总共放置了有二十五六年之久，直到大弟把旧房拆去，在原址上另做一幢瓦房，我才把里面的东西收拾干净，或毁弃或带走。

可能是受自幼成长的那个时代，特别是平日所读书籍的熏染太深，养成了内心深处与现实生活的格格不入。随着年岁渐长，所读书籍的增多，这种倾向日益明显，日益强烈。自己明明爬虫一个，并且从很年轻的时候起，对自身的爬虫处境就有着非常清醒的认识，但偏偏不愿做丝毫变通，反而对整个汹涌时潮取一种漠视乃至蔑视的态度。我甚至一度认为，某种程度上说我们所处身的这个种群可能真的是很低劣的。这里只有类型的人，而没有个体的人，这里只有类别，没有个别。大家互为倚靠互为支撑，只要有一人稍稍拉开一点距离，便会砰然倒地。其他不说，单说目前全民争逐的那种金钱梦想、那种欲望满足吧，人的本能如此，原本无可厚非。但即便这种对金钱欲望、对幸福生活的本能追求，也并不是发自个体本身的，而是来自他人、来自集体的。别人搞政治我也得搞政治，别人赚钱我也赚钱，否则就如丧家之犬，惶惶不可终日，担心被整个世界所遗弃。跟在别人的后面，跟在时潮的后面一路往前，实在非我所愿，甚至感受到一种很大的羞辱。有时自己明明想干点什么，但当我一想到许多人，甚至所有的人都在干这同一种事情，便不由会产生一种很强的沮丧之感。比如人人都得面对的结婚成家吧，既然所有的人都能结婚，都得结婚，那么少我一人又有什么关系呢？当时在我心目中，什么结婚生子，成家立业，无疑都是一种可怕的束缚，也是对自身人格的一种羞辱。结婚是一个人平庸的标志，是沦落于生活沦落于脏污人生的标志。我总想能过一种完全属于个人，而与任何人都不一样的生活。总觉得眼前的一切都是暂时的，我的生活不在这里。但我的真正生活到底在哪里，那种生活到底又是什么，我所追求的东西是什么，自己则全不知道了。此时的我其实也与周围所有人一样，成天恍恍惚惚，如一只丧家之犬，不知如何把眼前的路走下去。唯一能麻痹自己安慰自己的，大概只有书了。我搜罗到全国各大城市新华书店门市部、各大出版社读者服务部的地址及邮购方式，还专门订阅了两份指导读者如何买书的报纸——《社科新书目》《科技新书目》。我不停地把书买来，码在单身宿舍的书桌上。有的并没有认真阅读，陆陆续续让别人借去。借去便借去了，再无法要回来，很多极其珍爱的书籍，就在这样的不经意间一一散去。

我真是一个恍惚的人，对生活对人生都是这样，一辈子就在恍恍惚惚中，这么过去了。对于书籍，可能同样如此。书未到手时，会心痒难熬亟欲购到，一旦弄到手，又并不当回事。常说书是用来读的，又不是用来藏的。反正也没有一个好好放置的地方，没有一个正儿八经的家，遗失了便遗失了，并不觉得多么可惜。但有一件事至今提起，我却仍有些难以释怀。有一位朋友，关系极好，来往极多，对我生活各方面关切甚大，为人也诚恳洒脱。那年我从教书的县城出来，到另一个地方上班，可工作关系却不能顺利调出，一堆书也跟着我进退失据。这位朋友听说，热情提议把书寄存到他那里，他家的住房及书房都大，放置一批书籍不在话下。对这位朋友我是无条件信任的，觉得以他的为人，会像对待自己的东西一样对待我的每一本书。我把书理齐了，分装二十四个蛇皮袋，找一辆车子拖过去，再一袋袋扛上八楼，把他家书架下三四米长的木柜塞满了。可等下次回去，发现有些不对头，蛇皮袋已全部解开丢弃，许多书都打散开来，混杂到上面他自己的书籍里去。当时我仍不敢有丝毫存疑，只以为他这么做必有这么做的道理。

此后大约有七八年时间，我多次提出要把几本破书运走，说打扰他多年，说净在这里给他招惹老鼠。他口里好好答应着，神情间却分明不甚愿意。我吃惊得不知所以，想怎么回事，他莫非不愿我把书运走？我自己的书，为什么不能运走？即便是朋友之间送书赠书，一本两本十来本都是可以的，可他的意思，难道要我把所有的书，把我十几年的积聚一齐送给他吗？直到前两年，我们又一次见面，我已做好充分准备，无论如何得把书运走。我托岳母重新找好一些蛇皮袋，郑重把他拉到一边，强调这些书尽管很旧很破，但都是我早先认真读过的，书页中不少地方布满我当年的划痕，字里行间也留有我青年时代思考和探索的印迹。所以这些书对我来说已经不只是简简单单的书，而是人生某个阶段情感生活及精神生活的体现，这些书已经与我融为了紧密相连的整体。朋友点头再次答应，等夜里我去装书时，他却把手一划，说我的书都在下面的书柜一角，上面书架上都没有，让我不要看。我把他指的书柜一角打开，大多是他两个小孩读书时所用的中学课本，并且真的被老鼠咬得厉害。我双手在课本堆里翻动，眼睛却挣扎着想到上面的书架上搜寻。可朋友明明规定我不能到书架上找，我就绝不应该偷偷去找。我不容许自己做出那种鬼鬼祟祟的动作。这一刻我真的很愤怒，很绝望，因为我同样明明知道，我的大部分书籍都在他的书架之中。后来我实在受不了，把朋友从客厅叫进来，说书架里面哪几本是我的，并且把书页打开，指着上面我当年的划痕与批注让他辨认。朋友趁着几分酒兴坐倒在地，两腿伸得长长的，做出满不在乎的样子表示他看就不看了，愿拿的我尽管拿去。又说几十年后，大家都不在了，这些书既不是你的，也不是我的。我一句话没有。真的不知说什么。不知有什么可说。直到这时，他又把手认真划过，让我只在他书架的这一截寻找，另外的地方不能找。我满腔悲愤，好歹把他规定的这一边找完，装了四蛇皮袋离开。

朋友是个爱书之人，如此行为，正好说明他对书所爱之深。说明他性格中的某一部分的天真、纯真。这个时代，这样爱书的人确已不多了，从这点上说，我们是真正的知己，真正的同类人。两个大男人，来往极多的朋友，为几本破书闹得不愉快，让别人听去不得活活笑死？事后我一遍遍这么说服自己。我们同早先完全一样来来往往，但在内心深处，我总感到说不出的遗憾。觉得自己丢失了太多的东西，不只是书，还有其他更重要的种种。觉得自己再不完整，自己与过去的某段生活某段记忆让人给活活撕裂了。幸亏事情已经过去了许久，幸亏这些年我已经买下更多的书，同时有了间供我放书的房子，也就是所谓的书房吧。房子极小，大约五六个平方米，一张床摆下，再没有多少余下的空间，更不能容下一个很好的书架。我只能把书化整为零，这里堆一点，那里塞一点，床头、床脚、床底、座位两边，还有阳台上、沙发上，另一间房子的柜箱中及衣柜顶端，四处都是。有时过道给挡住了，人只能浑然不觉在书上踩来踩去。家人基本上习惯了我的做法，偏偏出来一个儿子，好像特别喜欢整洁，小小年纪，竟对我横挑鼻子竖挑眼。先是指责，继而劝告，继而自己动手帮我整理，一遍遍一天天不厌其烦。进门处的墙壁上，至今还贴有他的“温馨提示”：敬爱的老爸如何如何。去年三月份，他又郑重其事给我写了一封信，声称有话要跟我说：

爸爸，在儿子成长的这十年岁月里，我是有许多心里话要跟你说。

我发现您有许多缺点，比如乱丢书的坏习惯。每当我去看你的时候，你就在书房的书架上、地板上找书看，总是这里翻翻，那里翻翻，把地板和书架搞得乱七八糟。然后，你又不认真地整理一下，看完不放回原处，随便往沙发、桌子上一丢，再不管它了。然后，又等着我去耐心地帮你把书整理好。每次我都首先蹲下来把书聚集到一起，再一本本地理。我是按书的大小分类的：小的放在最前面；中的放在中间；较大的书放在较后面；再较大一点儿书放在再后面；最大的书放在最后面，一本一本耐心帮你整理。蹲到最后，有时仍不能整理完。每次整理完了以后，我都跟你说：“爸爸，我把书都整理好了，下次再别乱翻了。”你答应我了，到了下次，这里又是乱糟糟的……等到每个周末，我都要再整理一次。搞到最后，我实在不耐烦了，就在你书房的墙上贴了一个告示牌，上面写着：请勿乱放你的书！结果，下次再来看的话，还是没有用。难道你不觉得我很辛苦吗？

辑三

虚实之间

那年的苍穹

没有预兆

到了十月下旬，不知不觉间阳光已带上几分色彩，变得有些短促，有些温柔，也就显得弥足珍贵了。那是上世纪九十年代初，我刚刚在市里的作家协会请好一年合同制创作假，正潜心写着一篇小说。那段时间我心情很好，生活在有序地进行着。我学当时流行的说法，把自己写小说称作写字。清楚记得那个星期天的半上午，我写字写得累了，蹲在院中的水泥阶梯上晒了好久的太阳，同几位老师嘻嘻哈哈乱扯一气。扯完笑完，我伸了个懒腰，说算了，我要回房继续写那字了。

事情就在这样一种平和庸常的气氛中发生了，没有预兆，没有丝毫感觉上的踪迹可寻。到桌前坐下不久，我隐隐感到尿胀。漫不经心从床底摸出广口玻璃瓶小便，目光仍在一旁的稿笺上流连。单身汉生活中许多恶习是难以启齿的。我住的是学校一幢单身宿舍楼的二楼，宿舍楼布局粗糙简陋，施工时大约还经过一而再再而三的偷工减料，几年时间不到，房内房外，檐前壁角，已悄悄爬上几条闪电般撕开的裂缝。生活起居上的不便更不必说，没水、没厨房、没有基本的卫生设施，大小便都得拐弯抹角，跑到几百米开外的围墙那边去上公共厕所。

于是属于粗糙生活环境中的极其粗糙、草率的生活方式，尤其是属于单身生活所特有的各种各样恶劣发明也就一齐出现了。我的发明是：随手找一只玻璃罐头瓶用来存贮小便，然后推开窗户朝外一倾，于是万事大吉。这里是校园最僻静的一角，窗口面对围墙，墙外即是大片大片一直延伸到山那边、河那边的茶园，属于粗糙动物的小小一点粗野动作似乎也真的无伤大雅。

尿液在下溅的过程中尚无明显异常，清清的亮亮的，落到罐底汇聚起来却出现一种淡淡的红色。我身子一抖，端了瓶上下左右仔细观看。这里绝不存在视觉上出现了什么误差，也不存在光线及瓶体产生的折射作用。红是尿液本身的红。我接着再排，随着尿液的越增越多，瓶内的颜色也就越加的深而浓，终于成为红红的一片。我全身发凉，知道自己完了。记得几年之前，有那么几次我曾排泄过很浓浊的白色尿液，当时也十分着慌，知道自己体内什么地方出了问题。但我一直不敢正视，不敢承认那真是体内出现了问题，以至拖到现在，终于拖出如此严重的后果，那颜色由白变作红了。

怀着最后一丝侥幸，我一心希望发生在身体上的异常只是暂时的，偶然的。我不断从床底摸出玻璃瓶，重复那套排泄然后仔细观察、分析的动作，一滴一滴，一线一线，侧过来，倾过去。也许是由于心理的作用，也许某种现象一经出现，其病状征候会在很短的时间内呈现出来，这时我已感觉到很分明的尿频、尿急，及尿道在红血球的粘连作用下产生的涩痛。那是从身体深处某一神秘角落旋出的一种给抽干的涩和痛，令人惊恐而莫名。

两次，三次，四次，从体内排出的都是那种无可置疑的红色血尿。我知道我不能再有丝毫半刻的耽误。但是星期天医院没人上班，这样的病又不可能挂什么急诊，无论如何得等到第二天。

午饭的铃声响过，我混杂在众多老师、学生之间，到食堂端饭、打菜。人们同往日常见的那样跟我点头，打招呼，说笑话。我一边机械地应答，一边将目光透过他们的面孔，恍恍惚惚投进到某一个虚幻的、没有着落的所在。我知道我再不是往日的我了，我再没有权利、没有资格同人们开心地谈话，无拘无束说笑。周围这些人谁也不清楚，我已悄悄地为另外一种强大的东西所主宰，无形中我已变为可怜的异类了。

这天剩下的时间，从中午到晚上，我一直躺身在床，小小心心不敢多作动弹。我担心自己的动作稍有不慎，会激化正在身体深处发生的病变。这时我深深感到，人的存在其实有多么脆弱，一个人能健康地活着又是多么偶然，多么不易。不说那来自外界的许许多多灾祸了，只每个人的身体内部，就有那么多可怕的病变隐伏着，恰如一头又一头凶狠的巨兽，平日一动不动，趁你一不留神，它就会恶狠狠扑出来，将你整个扑倒、吞噬，让你防不胜防。拿这种目光去看田头屋角、街头巷尾踽踽而行却能平安地享受其天年的老人们，内心不由顿生羡慕乃至嫉妒之意。别看这些残存的身体，这或臃肿不堪或枯瘦扭曲颤颤巍巍的身体，这都是经历过无数的搏杀、无数的偶然、无数的侥幸，从血与火中突围而出的残骸，是生存的大勇者、大幸者，是一面面飘扬在硝烟弥漫的生存天空之上的旗帜，他们所象征的是生之胜利，生之辉煌。

最基本的事实是，哪怕承受了再大的磨难，老人们毕竟一个个活过来了，五十、六十、七十、八十，而我才三十刚刚出头，我的一切却整个处于莫测之中。

进医院前，我把准备工作做得很充分。早早起床，早早吃饭，又将歪了钢圈的自行车推到公路旁的私人车铺摆弄好久，到了县城又首先来到邮局，给在南昌读书的女友发了一封信，十点多钟，才来到县人民医院门诊部。站在二楼廊道深处肮脏的小便池前，我手握化验员给的小小玻璃瓶，一边长长地吸气呼气，一边不停地暗暗祈求：但愿，但愿。化验员告诉我，去掉尿液的开头一段，又去掉尿液的最后一段，单从中间的地方取下一点。我一丝不苟地照着做了。尿液在下泄的过程中又是清的，进了玻璃瓶，仍是清的，可等化验员取出倾入试管，又毫不犹豫地现出红色。化验员拿起笔，在我的化验单“红血球”一栏的右上角连打了四个“＋”号，说入眼可见大量红血球，赶快住院检查。

我问：“严重吗？”

化验员微微点头：“严重。”

我问：“什么病，先检查一下不行吗？”

化验员说：“不住院，怎么检查？”

在办理住院的过程中，着实费了一番周折。医院大约从营利的角度考虑，对公费医疗卡得极紧，再加上在医务人员中又找不到任何熟人关系，你便只能体会低人一等、蒙羞含辱的滋味了。我以为小便出血是身体内部问题，应属内科。内科的医生却指指门外，说公费医疗另设了公费科。我找到公费科，一位姓曹的老年医生说：我们科里一共坐着四个人，你为什么单单找我？我说：我先找到你，那就是你吧，你要不愿看，其他几位就更不愿看了。我把病情详细介绍过了，一再说麻烦麻烦，他这才勉强写下几个字，让我化验尿液。化验过了现在又要住院，曹医生的脸拉得更长了，说有那么容易吗，公费住院，得院长签字。

对于我们这些既无身份地位，又无钱财的低贱底层人来说，进院看病时能找着一个熟识的医生，实是莫大的荣幸、莫大的荣耀了，而作为领导整个医院，领导所有医生的院长，更是高不可攀的大人物。事态如此，我不得不鼓起勇气，勉强一试。院长姓冷，高高瘦瘦，以前在某个场合我似乎曾见过这人一面。冷院长看了我的化验结果，当即答应签字，只是让我再找到门诊医生，开一张住院单。

转了一圈又回到曹医生面前，曹医生把眼闭起，看也不愿看我一下了。正自尴尬，有一位身穿白大褂的熟悉面孔终于出现在面前。这人姓梁，两年前我因肺结核住院，就是他担任的主治大夫。梁医生早先曾在我任教的中学读过书，说起来还是我一位间接的学生，许久不见，居然还能很准确地将我认出，且对我的再次出现不感到半点突然。梁医生用非常肯定的口气说：你患的是肾结核。那年的肺结核没有好彻底，现在转移到肾脏了。梁医生问，这么长时间，怎么也不见你找我来检查？我说我到医院检查过，肺结核早好了的。

听到肾结核一说，公费科的曹医生正好抓住充足的理由，说肾结核属外科，你该往大厅那边去。

于是在县人民医院的门诊大厅里，我将那无尽的圈子又重新转动起来。外科一位女医生看到我挂号单上的诊号被撕，不由分说将我重新推向内科，说他们既然已经接了手，就该继续接下去。等我无可奈何地来到内科，曹医生这次真的发火了，说肾结核明明属于外科的职责，你让我们内科怎么管？

事情的最后结果是，我手捏一张化验单，兀自站在大厅中间发愣，恰好遇着下班从此经过的冷院长。冷院长一句话没说，回身带我上楼，亲自给我填好了一张住院单，“门诊意见”一栏为：

无痛性血尿待查：1、肾结核；2、肾肿瘤？

正午的哭声

其实在内心深处，我并不很相信肿瘤一说，我更愿意把自己的病看作是肾结核。而结核于我而言并没有什么过于可怕之处。那年我得的就是肺结核，后来不也照常恢复了？我知道结核这病急不得，只要耐下心坚持服药，一年两年，大不了三年时间吧，总归有治愈的时候。故此当我拿到住院单，跑到三楼心电图室去找熟人小林时，还自作主张把肾结核与肾炎做了比较，说肾结核，比肾炎要好治些吧。

小林是我一位同学的爱人，相互较熟悉，也较随便的，在我面前她用不着掩饰。小林说，跟肾炎比起来，结核当然要麻烦些。

有两年前住院的经历，护士中还真有几位面目并不陌生的，加上这大约是住院的淡季，因此我得以给安排了一个较好的床位。房间是两人的，在走廊的最里头，窗户很宽，很大。与窗户并排的还有一个溅落着桐叶松针的阳台。从阳台上看过去，坡那边一条水泥路一分为二，一条通往传染病区，也是两年前我有幸住了四个月之久的地方；另一条水泥道通的是医院后面的太平间。同室的病人二十三四岁吧，家住本县的香炉山钨矿，因尿道结石，血尿加剧痛，于一个星期前住进医院。经过多日的止血消炎，准备第二天手术取石。在我从顶楼保管室领了棉被、脸盆、痰盂等一应物件进房的那刻，正看到他的父亲和岳丈围坐在一起做术前签字。两位父辈很紧张，抓笔的手一再颤抖着要落下，又一再颤抖着跳开。我一边故作轻松地笑着两个老人，一边暗自叹息:结石其实一点也没什么关系的，病情明确，目标明确，大不了就这样做个手术，拿掉即可。可怕的唯有我，血尿且无痛，谁知是哪里出了问题，又出了多大的问题?

大约从这个时候开始，我渐渐明白，同是血尿，痛与不痛是两个完全不同的概念。血尿且痛，其病症十分明显：结石。肾结石，尿路结石。无痛性血尿，在医学上却是个极其不祥的字眼，冷院长看完化验单，即毫不犹豫判断为肾结核、肾肿瘤。而上午在小林的心电图室，一位有多年临床经验的女护士则脱口而出：肾结核、膀胱肿瘤。肿瘤固不必说，肾结核也绝非如我所想象的那样与肺结核一般简单。一次当我就自己的病情向医生讨教，问假如真是肾结核该如何治疗时，他毫不犹豫地吐出两个字：割了。我惊呆了，一为医生的冷酷无情，在他们看来，割去人的一只肾脏大约就跟拔去一根多余的头发差不多吧。同时我想，难道肾结核真到了那种程度，我的病真到了那种程度，就无药物疗治的可能，非得一刀下去，割了?

同房的青年终于征得医生同意，决定先不做手术，改用药物治疗。他们很高兴，忙着做出院的准备。而在我这边，一时也呈现出空前的热闹情景，男男女女的实习生一律着白衣、戴白帽，在指导老师的带领下高深莫测地将我的病床围住，先由老师讲解，指出这种病的一般症状，然后一个个上来询问，小小心心，反反复复，温言软语，好像我是他们家里的亲人。我不由深受感动，有问必答，尽心配合。这么走了一批，然后又来一批。原来他们是分组进行的，半上午时间我都记不清来了多少批这样的实习生。我发现他们并非出于责任感来给我诊病，他们只是把我当作一个病例，一个标本，来进行分析、印证。我傻呆呆躺在病床上，由着他们敲、推、听诊，翻来覆去，浑似一只受人玩弄的猴子。等到真正的主管医生来到，我连话都懒得回答，只用敌意的目光冷冷打量他。医生问，什么病？我说，什么病？还不是小便出血。

同房的父子走了，我把他们送到前廊，相互道着客气的话，然后回身关了房门，打算好好休息一下。正是午休时间，整个楼道里见不到一个人，听不到一点声音，旁边那张给揭去被絮、露着黑洞洞网眼的钢丝床，三两把闲搁的木凳，更增添人去楼空之感。我有些不解，走廊那边的大病房因离开得远，又有小厅的阻隔，听不到人声固属正常，相邻的小房间明明有人住着，怎么也没有半点动静？我忽然让一种异常冰凉的东西笼罩了全身，前胸及喉咙堵塞得厉害。这么憋了好久，我将脖子向上向后仰起，嘴巴张开，脸孔慢慢扭曲起来，同时双眼紧张地四下张望，似被自己的一连串动作弄得惊讶不已。等到面孔仰到一定的程度，并且证实了周围确实没有什么干扰的因素，我这才用尽全身力气哈出一口气，同时腰背急剧勾起，脑袋猛向下压，一直压到与膝盖齐平的程度。这么吭吭咳咳地把所有的气息吐尽了，然后再把身子仰起，仰直了，深深换过一口气，再吭吭咳咳着重新哈下身子去。

直到这一刻我刚刚明白，原来我这是在哭。

按照性格来说，我大约属于那种安静内向的人，害怕交际，害怕生活中各种热闹的场合，加上长年耽于书本，无形中更增加几分孤高傲世之感，可是这一刻，我真的忍受不了如此寂静。父母家人住在乡下，每个人的生活照例极其艰难，每个人都自顾不暇，绝没有那种细腻的情感会赶到医院来看望。即便来了，不但不能给我什么帮助，还得我反过来侍候他们吃和住。单位上的人当然更不会来。这方面的体会两年前我已感受极深。

两年前因肺结核，我在传染科住院整四个月。本来也没有什么异常感觉，我一贯不懂人情世故，也一贯以不懂人情世故而自诩。那一次学校的校长、总务主任、工会主席一行几人来医院看望另一位住院的老师，却根本没想到顺便看看我。他们走出住院部大门时，偏偏让我看到了。我仍然没有异常感觉，一如往常地同他们热情打招呼。我根本就没意识到他们在看望那位住院老师的同时，也应该顺便看看住在同一医院的我，我甚至不知道，一个单位的职工因病住院，作为领导及工会等福利部门理应到医院给以看望。还有那些老师们，作为一般人之常情，他们病了我去看过，现在我病了他们也应该给以看望才对。不久以后，学校一位老师的女儿病了，同是肺结核，同住在传染科，并且就住在我斜对面的那间房里，我忽然发现，学校几乎所有的老师、领导都在我面前出现了。他们当然都是前来看望那位老师的女儿的，可是到她的病房，偏偏要从我的房门前经过。有时他们看望完毕，由主人送出，面对面看到我，不免表现出几分尴尬，做出很意外的样子问："你也住进来啦？"实际上我已经住院几个月了，那么小的一个学校，一位老师请假长久没上课，他们不可能不知道。有的明知装不过去，干脆板下脸说："你有什么病！"我真想骂一句操你个妈！也有的过意不去，在第二次来医院时，也买了一两斤橘子、苹果给我。我一再说服自己，我不在乎这些，我一贯讨厌这些。可内心深处总觉着别扭，觉着不对味。此后每当对面房里传来本校老师那些熟悉的声音，我便把房门关紧，一个人摆出用功看书的姿势，极力不发出多余的声响。假如实在回避不及了，我也极力掩饰好自己，嘻嘻哈哈地打招呼，或干脆到对面坐坐，若无其事跟着议论一通，让大家都把尴尬忘掉。这个时候我的内心很阴暗，实际上这个时候也不由不让人产生或多或少阴暗、冰凉的心理。从旁观者角度看，尽管我是老师，对面的小孩只是老师的家人，可那位老师非比寻常，在学校担任着一定的职务，而我除了每天上那几节课，当真什么也不是。

在我所置身的那个学校，我是一个真正的多余人。在这个世界上，我是绝对的独自一人，我已给排斥于尘世生活之外，让人彻底遗弃了。我想这过去的大半辈子大约让我整个给弄错了，我应该遵守一般的生活规则，早早结个婚，成个家，将自己安定下来。那样等到有一天自己病了，住进医院了，身边总有一两个陪伴的人，哪怕再无主张，只知流流泪，说说话，送送饭，也可以从中图几分热闹，比这出来进去孤身一人强。可我偏偏执意要搞什么文学写作，写作不成似乎还根本想不到结那婚的。现在这么一大把年纪，加上身体深处的病残，又不知什么时候能结婚了，不知自己这一辈子能否结上婚了。哪一个正常的女人愿意找这么一个无钱无权，只知一泡泡排那血尿的病鬼呢？

我将自己紧关在房里，一个人哭得声嘶力竭，泪水纵横。当然这是一种绝不能发出声音的哑哭，哭过一阵，我还得睁开眼睛看看房门，听听走廊上的动静，然后张开嘴继续往下哭。许久之后，我耳边传来了另外的哭声，那是两个女人在远处撕心裂肺的哀哀大哭。中午沉静的空气似乎受到一条无形的皮鞭抽击，在微微颤动中变得干燥，枯焦，仿佛擦一根火柴就能噼噼啪啪燃烧起来。

哭声越来越近，一老一少两个女人相互搀扶着，由一幢红砖楼房的侧边转出，沿着对面的水泥道跌跌撞撞朝太平间哭去。半上午我们已经得知，一个男人遇车祸，不治而亡，这是他的亲人，他的母亲、他的妻子或姐妹从乡下赶来了。生存脆弱，命运难测，人间惨淡，刚刚控制住的泪水又一次肆意漫出，我应和着太平间那边传来的声音，嘴巴大张，继续一口气接一口气地哭着。

我要死了

各项检查在断断续续进行，血液、尿液，胸片、腹片、B超，还有那令人恐惧的膀胱镜及肾静脉造影。每次躺在或坚硬或柔软的检查台上，遍身涂满湿腻腻的润滑剂，让粗粗细细的橡皮吸管蛛网一般缠紧你的全身，或仰面看着阴森森的巨大机器在你头顶悬吊、旋转，然后闸门一般直压下来，接连几十分钟、整个小时地卡紧你的腹腔，卡得你双眼暴胀，嘴唇发紫，呼吸细弱得快要闭过气去。再或者当你把一条腿脱光，在众多女护士的呵斥、围观下袒露自己的私处，让人捏弄、拉扯，你会觉得自己什么也不是，你是一条抽掉脊骨的癞皮狗，一只撕去四肢和触角的蚂蚁，等待着冥冥中伸下的一只巨脚，漫不经心把你踩个粉碎。

检查的过程其实就是等待宣判的过程。那是一种真正的末日审判。我把眼睛闭起，一边不停地设想种种结果：结核？肿瘤？或者干脆什么也没有，一切不过是一场虚惊？一边又竭力控制住自己的想象。我尤其不愿放任自己往好处想。命运是完全不可预测的，随时随地会变卦。我怕自己想象得太美，结果会来个出乎意料，一时接受不了。我更怕自己不知天高地厚地胡想一通，冥冥中的什么东西略一生气，片刻之间会改变主意，顺手给我降下个厄运。一个躺在检查台上的人是无法保持一丝一毫自信的，我知道这个时候，我必须无条件地谦卑，以求得主宰者的怜悯和同情。

结论一项一项出来了。那都是一些相互矛盾、含糊不清的结论。大约是进院第二次尿液检查之后，我小便中的红血球已经消失。打了几天的止血针，红血球也应该消失了，何况血尿原本就是间歇性的。拍胸片是为了了解那年的肺结核是否已经痊愈。假如没有痊愈，毫无疑问，那结核这次当真发展到肾上来了。可要是肺部都好了，患肾结核的可能性就很小，那么倒是什么肿瘤了？一时间我内心异常惶恐，不知道应该希望其痊愈好，或者希望没有痊愈才好。等拿到结论一看，竟是“未见异常”几字。也就是说一切正常，连那年的肺结核是否钙化都没讲，也就是说，连钙化点，肺结核病菌侵蚀所必然留下的斑痕也消失了？

结核的可能性小了，不言而喻另一种可能却在增大。没想这时出现了第三种可能：B超检查结果，诊断为结石。那是真正的出乎意料，真正的大喜过望。也许有小林的特意关照，那天B超医生给我检查时显得格外小心，侧过来，翻过去，仰卧，伏卧，每一个动作都那么反反复复，欲来还去。我显然误会了他的意思，以为发现了什么可怕的东西。检查结束，我仍然一动不动躺着，双眼微闭，全身溜软，静听着医生在诊单上填字。医生将那字又填了好久，我想他当然一定要填好久的。旁边有几个人围上去，看医生写字，并且念出了声：“左肾结石。”

我一听翻身而起：“结石？”

医生也为我高兴，指着机器屏幕对我说：“还不很明显。”

我脱口道：“我还以为是肿瘤呢。”

这个时候的喜悦当然无法用言语形容，我满脸红涨，结结巴巴一再向B超医生道谢，仿佛那结石的形成是医生一手促成的，是他看在熟人的面子，对我的格外关照。我捏着诊单来到心电图室，哇啦哇啦把结果告诉小林。小林也帮我高兴，寻思半天忽然想起什么，对跟随她的女实习生说："也有结石不痛的。"

是结石而且很小，实在是微不足道的一件小事，只要这诊断成立，我简直可以立即出院了。可是随后的几项检查偏偏又否定了B超的看法。腹片结论为：肾、膀胱、输尿管均未见阳性结石。我疑疑惑惑请教主管医生，医生说，不是阳性的，那就是阴性的，一般说有百分之十的结石是阴性，腹片拍不到。他安排我做肾造影检查。肾造影的结果仍同腹片大同小异，也是未见明显异常。医生又有他的解释了，说我的肾没有积水，造影当然查不到。医生的态度明显可疑，他一边言词闪烁地敷衍，一边似乎也感到自己难圆其说，又安排我做了一次B超。B超仍坚持着原先的观点，认为是结石。

综合各种信息，我越来越感觉到不妙。有一点可以确定，我的左肾里有一个东西，至于那是何种东西，实在只有天知道。我的猜测并非毫无道理，大约是第二年的四、五月间，我已来到九江上班。当那通红的血尿又一而再再而三出现时，我不得不来到一家部队医院重新求诊。门诊部一位泌尿科专家在听到我的诉说后，也说那东西不是结石，那是一种"占位性病变"。他解释说，县医院的设备较落后，检查一般不会十分准确。他让我把那些检查过程从头再做一遍。我没有很好地听清这位医生的话，把"占位性"听成"障碍性"了。但他的意思我十分清楚，也认为那东西实在是个可怕的东西。

那是我住院多日后的一个傍晚，我早早把饭吃过，抄小路穿过县城，踏上浮桥往河那边的单位去。原本想到校看看有没有信件，把各处找遍了，却是一无所见，只得空着手顺原路返回。我一面想着心思，一面有一句没一句与同房的熊姓老人闲聊，同时一面等护士过来打针。这么等到十点，仍没见护士的踪影。原来护士早把打针的事忘了,直到我找进值班室问起,这才急急忙忙给我补上。

夜晚的值班室异常安静，刚刚给我打过针的护士也早已不见踪影，一个病员模样的人将上身趴在桌面，专心地翻一本大厚的《外科学》。书是值班医生搁在桌上忘了收起的,属于那种常见的医学教材。想想时间尚早，回房也没什么事可做，我也趴下身子，同那人一起阅读起来。后来这人走了，我一个人把位子占住，翻开与自己有关的某些章节，肾结石、肾结核还有那个肾肿瘤等。

值班室正对楼梯口，上下的人都从我面前经过，大多是夜归的病人和病人家属。其中一个人姓张，在本医院的药房工作，跟我曾有几面之缘。几天前，他的侄子爬上楼梯玩耍时，突然失手摔下，后脑着地，整个头部全肿了，医院已发了病危通知书，一家人哭个半死。没想几天过去，病情已渐渐缓解，小孩都能下地跑动了。张姓熟人斜倚身后的平台，絮絮叨叨跟我说着闲话。我一边点头，一边把目光偏离下来继续看那书。因为我已被书中的内容所吸引，欲罢不能了。我把肾结核一节看完，觉得与自己的症状十分吻合，接着看肾肿瘤部分，症状却更加吻合。没错，间歇性肉眼全程血尿，无痛，一般不为人注意。尿液暗红色，后期还可见极小的凝块。肿瘤小时腹部平片不易发现，伴有持续性或间歇性低热。书上还特别强调，肾肿瘤百分之九十五以上都是恶性。

这是一种自上而下又自下而上的全方位闷性打击,我遍体冰凉,僵硬,恍恍惚惚把头抬起。张姓熟人仍在对面一句接一句说着。熟人如一张悬空的纸片,在巨风的吹击下发出噼噼啪啪声响。我知道我的身体状况太糟，我必须让自己缓和下来，便又回过头去看肾结核一章，强迫自己相信我所患的应该是结核，而不是什么肿瘤。但我已根本无法做到这点，眼前只白茫茫水雾一片，还有从纸页上发出的那种炫人眼目的强烈光亮。我想我这时肯定做出了一个夸张的动作，他突兀地叫了一声，吃惊地看着我。我知道我再不好在值班室这么待下去，我迫切需要回房躺下。当我撑着办公桌摇摇晃晃站起，他已跳过一步将我扶住，然后一边随我往走廊深处走，一边继续一句接一句发问："做什么，做什么？"

回到病房，熟人陪我坐了好久，问我要紧吧。我知道他自始至终把我当作因身体虚弱而引发的晕眩了，说我脸色不好，脸色吓人，给我倒来开水。又劝我平日一定要加强营养，顶好自己搞一只煤油炉开开小灶，不能只指望着每餐在医院食堂订的饭菜，那东西猪食一般，半点油水没有，一个星期下来，没病也吃出毛病了。我顺着他的语意微微点头，目光却直直地透过他的面孔，看向十分空洞的地方。

我要死了，我悄悄给自己咕哝一句。谁也不知道，我就要死了。

同房的熊姓老人早已睡了，我们的谈话可能吵醒了他，等熟人一离去，他斜着蹬了蹬被子，继续睡去，睡梦中发出响亮的鼾声，一长一短，一粗一细。熊姓老人家住本县南岭乡，那里有大片大片石林，石林中又栽了大片的桃树梨树，每年清明前后，桃花梨花先后开放，与石林相映。他的家正好在石林中心，他不止一次邀我等明年开春，到他家去玩，他会领我出去看花，中午在他家吃饭。我热情地答应着，内心却充满无限的怜悯以及由怜悯而来的恐惧。老人一辈子在乡下做木匠，头顶布满黄亮黄亮的瘌痢，骨骼粗大，体格健壮，讲起话来声若洪钟，年龄在五十五岁上下。他说他胃部的毛病有好多年了，四处求医也未见断根，南昌、九江各处跑了一遍，那手术就是在九江的部队医院做的。手术无疑很成功，但外面的大医院不是乡下人能长久住得的，刀口一愈合，他便赶紧回来，住到县医院做进一步的后期恢复。他现在能吃能睡能走动，老太婆隔三差五从乡下赶过来看看，陪他在病房里待上一天，然后又回去忙家里的事。

言谈中可以听出，老人应该知道他得的是癌，但他绝不会想到，属于他的时间究竟还有多少。在我的印象中，得了癌症且死期不远的人，应该又瘦又小又弱，病容满面的，绝不会如他这样。我想其中奥妙应该在老人那每天几次从口中吞下，从静脉注射进去的药物中。

真实的情况是老太婆告诉我的。她很文静，也很和善，一眼可看出是在丈夫的坏脾气中受了一辈子压的那种柔弱女人。有一次趁着老头子外出上街，她压低声音，用嘴巴努努那叠得很整齐的病床，说：别看他嘴硬，只有一两个月时间啦。

她说，前不久在九江开的那刀根本就不叫开刀，医生把肚皮划开一看，原来里面早开了花，所有的东西结成一个整块了。医生一句话没说，照原样匆匆缝上了。

这种情况不只医生知道，老太婆知道，家里所有的子女亲朋都知道，连我这个同房的病友也知道，瞒住的恰恰只有老头子本人。

忽然间我想到，我的病情是不是所有的人也都知道，所有的医生、护士，包括同房这个垂危的老人，瞒住的恰恰只有我自己一人?

我看看身旁的老人，又看看自己，我让面前这幅情景吓住了：一处空空的白色房间，微微的灯光与天光夹着过多的各种形状阴影从窗外、从门顶的气窗透进来，阴影底下并排放着两张病床，床上直挺挺各躺着一位白布裹身的待死之人……我压抑着大叫一声翻身而起，发现全身早已布满细密的汗珠。房间里的空气带着一种明显的腐烂气息，闷热异常。

我大口喘着气，心里清楚再这么下去我会发疯的。我跌跌撞撞下床，将门顶的气窗拔开了，又将朝外的窗扇顶开一条缝，然后跑到卫生间呆立了好久。昏黄灯光下的住院部走廊单调浮浅，悄然间又深邃无比，微微的冷风夹着药液味及湿腻地面的腥味四处流溢，身后高处的储水箱在负压的作用下发出嘶嘶的轰鸣。远处什么人家大概雇了木工在做活，夜空中不时传来刀斧的砍伐声、钉锤的敲击声。另外什么更远的地方忽然噼啪一下，那是水杯或窗玻璃之类尖锐东西落到水泥地面跌碎了。世界上的一切如旧，唯有我看来真的就要离开了。

我基本上一夜未睡，大脑处于高速空转状态，无数的思绪乱云一般旋出涡流吞吸而来，然后又乱云一般旋转着呼啸而去。一点钟左右我似乎迷糊过一会儿，清晨五六点钟又迷糊过一会儿。这迷糊的时间当然不长，但每次醒来我都是全身大汗。我不知气温是否真有如此闷热，或这出的都是盗出的虚汗？

我要死了，我要死了，我一遍遍反复这么呻吟。我只感觉此时死去，实在太惨，太过于可怕。这一辈子我还什么都没来得及干，没有结婚，更没有小孩，没有在世界上留下一丝一毫痕迹，完全莫名其妙的，这就要去了。生命如断了线的风筝，飘一阵就没了。这一刻我才明白，原来一个人在临死之前是如此痛苦，如此恐怖，其情其景是如此残酷。

疯狂之境

大约从很早很小的时候起，我渐渐产生了一种奇怪的念头，或者说是一种十分固执的确信，感觉自己的生命总有些不同于一般人的地方。我来到人世上一遭绝不是偶然的，而是有一定的目的、一定的使命，一定的非得走这么一遭的理由的。现在看来这想法固然荒唐、可笑，但其中确实反映了属于少年生命，属于一个涉世未深的新鲜生命的不由自主的乐观、开朗。在后来的接触中，我发现不少人在年少时代都有过这种想法。我至今还坚持说，这当真是一些不错的想法。我完全无法想象，假如一个人一生从未产生过此种想法、此种确信，从一开始就不认为自己的存在有任何目的，这种人的生命会有多么苍白，可怜。那段时间我不只对自己，我对所有的生命都充满美好的想法，在我的想象中，我们所身处的这片土地，这个地球就好比一个巨大的花园，原本是万古洪荒的一处焦壤，忽然滋生出如此茂密的生命，如此之多的植物、动物，这本身就显得多么神奇。而人类的出现无疑是生命花园中绽出的最绚丽的花朵，他的内部不只具有那么精妙细微的结构，而且具有如此丰富而伟大的精神想象力、精神创造力。每当我作为一个乡村少年站在村头的屋场上，仰面观看头顶一架两架晶亮的飞机带着巨大的轰鸣从远远的天穹深处划过，或者站在某一幢建筑物顶层看着四周的城市大海一般荡起巨大的涟漪向无尽的天边起伏而去，我的心中总充满因人类的伟大，因人类所勃发的沛然生命力而激起的震撼与自豪。我知道这所有的物质创造精神创造,都是人类这朵大花尽情绽放时映射出的色彩和光焰。从这个角度来说，我们现实中的每个人，每一生命个体都是神圣的、神奇的，都各有各的使命、各有各的任务。我们都是大地之花，我们唯一的使命唯一的任务便是冲破所有的艰难险阻、风霜雨雪，尽情开放，以我们每个人各具特点的存在展现这个世界生命力的多姿多彩。人们不总是迷茫于生存的所谓意义吗？这问题其实十分简单，存在的过程便是开放的过程，存在的意义全在于怒放的那一刻。这时候，所有属于我们生命中的忧伤、低回、绝望，包括生命与生命之间爆发的所有纷争、斗争，甚至战争，都是生命力极其充沛旺盛的表现，是花朵怒放到顶点到极致的表现。

属于个人的生命确信、生存确信一旦建立，你会发现你的承受力你的精神韧性不可思议地增强了许多，长期艰难困苦的生活，贫病交加，受尽磨难，不但没能摧垮你，说不定反而让你早已有之的那种神秘的生存使命感愈加强烈、集中，同时也可以说愈加病态。你不知不觉会把自己打扮成一个受难英雄模样，认为自己所承受的一切都是冥冥中的什么对你的特殊惠顾，特殊考验。比如我，在一个接一个凭空而降的灾难面前，在生命中许多无可忍受的日子里，我总给弄得惊奇不止：为什么，这一切是为了什么？难道其中真的含有赤裸裸的暗示，真的是一种考验吗？否则为何这么一而再再而三地在我身上重复着虽形式各异但主题却相互雷同的单调表演？作为一个精神的探求者，人生的体验者，我陡然觉得手中的笔异常沉重起来。

随着时间的流逝，所有属于我的那些确信与乐观、荒唐与梦想不知不觉淡化了，隐匿了，以至一去不返。生命过于圣洁，过于绚丽，而生命所存在的这片土壤却过于污浊，过于肮脏，生命的成长过程便只能成为一种自毁和他毁、自残和他残、自辱和他辱的过程。这其中的矛盾和混乱无法调和，留给人的只有永远的伤痛，永远的无奈。特别这次在病床上躺下，在近在咫尺的死亡面前，我不能不幡然醒悟，原来我承受的那一切，遭遇的那一切，真的没有另外的特殊意义、特殊目的。受难只是为了受难本身。一切都是偶然，我的存在跟世上千千万万普普通通的存在一样都是可有可无的，多一个少一个，全无所谓。何况从现今的角度看，我经历的种种实际上也根本算不了什么，根本称不上苦难。现在真正的苦难开始了，我才知道原来竟有如此可怕，我绝对忍受不了。看来我绝不是自以为的那种承受苦难、担当苦难的人。只有当自己置身于苦难之外，我才会去感受苦难，理解苦难；当苦难有一天真的降临到自己身上，尤其是患上此般恶病，我便完全垮了。此刻如果让我选择：或经受诸般磨难，成为我所崇敬的那种伟人、圣人、精神先知，或成为一个庸人，过平平安安的生活，享尽自己的天年，我会毫不犹豫地选择后者。这么多年来我一直不能很好地认识自己的实际能力，完全非分地向往着不同凡俗的精神事业，甚至羡慕着能像耶稣、像释迦牟尼那样献身，久而久之我已经与整个世界离开得越来越远，完全不为世俗所容了。我为越来越显露的属于自己的真实处境所震惊：我既没有才气、能力和超人的忍受力去担当重任，更没有本领在俗世生活中为自己争得一席之地。特别是现在，病情莫测，能不能活下去，能活多久都是一个极现实的问题，一个逼得我不得不立即正视的问题。此刻我唯有一个愿望：活下去，平安地活下去，平庸地活下去。假如可能，我一出院便以极快的速度结婚，有一个安静的家，一个温柔的妻子，一个能寄托希望的后代，然后将所谓的文学写作当作一个爱好发展下去。写作完全是长久的事，一生的事，只能慢慢进行，绝不是一蹴而就的。我实在是一个平庸的人，智力上、才能上毫无过人之处，甚至比一般人还要差了好多。我比别人所多下的，只是那一份不安分，一份虚荣，一份可笑的狂想，实际上是多了一份自卑和虚弱。我羡慕一切在俗世生活中平平安安的人，比如我早先的那些同学、朋友。我的路子真的走错了，走傻了。

病床上的思绪是丰富的，复杂的，病床上的人格同时也是分裂的，我一面对自己进行着清理、分析，而在思维的另一层面，又对自己的清理进行着同步清理，对自己的分析进行着同步分析。大约是在我住院的这段时间，社会上，当然大多在知识界，流行着一种颇为时髦的话题，关于禅的话题，一种谈玄论道的话题。我周围的一两个朋友也正醉心于此，言谈间总不由自主提及。每当此时，我总是默默倾听，一言不发，有时装出痴呆模样微笑着点头，不置可否。其实在内心我真有些不屑。禅的话题在我看来是个让人极为厌恶的话题，就连提一提都有些无法做到，更不愿花过多时间去加以了解了。我讨厌那种将宗教问题、将精神活动心灵活动转化为诡辩的庸俗气息，讨厌那种将无边生存苦难转化为机巧的偷偷一乐的小聪明嘴脸。这一刻从自己身上，从自己的痛切感受中，我理解了。我理解了那禅，理解了我们的文化史精神史上那所有的谈玄论道倾向，理解了在我们这里，为什么只能出世，只能逃脱，而不能面对，不能担当。我们的生存实在太过于惨淡，一个多情脆弱如我们这样的个体，如何能承受得了这残酷的现实。我们完全无力面对这些，我们只能逃避，只能视而不见，只能让自己麻木。假如有一天得了重病，也只能用庄禅之法自我排解，消除求生的欲望，求生的本能，对周围的一切看淡些，再看淡些，这样一旦灾难甚或死亡来临，在某种程度上也许能让自己得到片刻平静，不至遭受过于严重、过于残酷的打击。所以我要说：我们接受庄禅只能说明我们本身所处的现实太过于惨烈、惨淡，庄禅之众实际上都是经历过一般人所无法接受的极度痛苦的人，是经历过地狱之火反复熬炼的人。我想也许某一天我也会读读有关庄禅的书。我以为也只有像我具备如此体验的人，方可能谈到对庄与禅的理解和接受。

当然所有这些问题对于我来说未免显得过于奢侈，这个时候并不是我做过多无谓思考的时候，也不是我安排病好以后如何生活的时候，这个时候我迫切需要面对的唯一问题是：怎样做到侥幸不死？假如那种可能真正成立，假如我所患真是肿瘤，真是癌，眼睁睁等死当然不可能，哪怕有一线希望，一丝一毫的可能，也应该尽一切努力救治。不断地救治总会不断给人以新的希望。哪怕是最无望的救治吧，只要一步步进行下去，这样在通向死亡之路上也会有一个渐进的过程，一个逐步接受、逐步适应的过程，这样就可以让那令人痛彻心扉、令人欲疯欲狂的事实化为若干等分，然后一分一分地承担下来。随着救治的措施一个一个失败，身体所蕴的生命力也会一步一步失去，等到最后的关头到来，也许就给人水到渠成、瓜熟蒂落之感了。为此我暗暗进行过仔细的筹划，不用说这都是一些十分实际的筹划，是有关经费，有关金钱的筹划。我私下打听过，进行一次肾肿瘤手术，包括术后的一系列跟踪措施，如化疗等等，当时大约要花费四万元左右，而我自己，目前即便一下拿出四百元也很困难。借当然很不现实，周围几个要好些的朋友都很穷，不可能有多余的钱拿出，何况这又不是一笔小数目，更何况在这样一种绝症面前，谁能担保你有还债的可能？你开口说你是借，其实还不等于让人白送？我想我唯一可以一试的办法，即许多人在绝境面前反复试过了的老办法，那就是募捐。近几年由于我在外面的杂志上断断续续发表过几篇小说稿，至少在本县的文艺界有了一点影响，我想我是否可以请文联出面帮助张罗一下，通过各种途径向社会呼吁？在此以前，当地文艺界一些领导、朋友对我确实也颇为关心，曾主动问起我生活上写作上存在什么困难，我都是含含糊糊应付，从没有提出非分的要求。现在死到临头了，请求一下帮助，我想大家都会谅解。

据我所知，肾肿瘤的一般治疗方法是手术摘除。这里先不管手术能否成功，术后的存活率有多大，存活的时间又有多久，纵使一切顺利，我能够康复了，出院了，甚至又能像往日那样上班了，可毕竟也是摘除了一个肾脏的人，一个得过癌的人，归根结底还不等于是一个废人？未来的生活图景一幕幕展现在眼前：没有结婚，也不可能结婚，那种状况下更不可能从事所谓精神上的追求，不可能搞什么创作，一生所望全部离弃，我只能待在这异乡，这大山深处的小县城，待在校园一隅的一间破烂房子里，绝对的独自一人，没人看望，没人扶持，没有丝毫的感情交流，全然失去起码的正常人生活，只能让周围的人可怜和讪笑，狗一般打发剩下的时日。那时候，现在的女友固然早已与他人结婚生子，生活幸福美满，偶尔她从外地回来，带着丈夫、小孩，回校看她的父母亲人，无意中跟我遇见了，她会用什么样的眼光看我？我在乡下的父母、弟妹到学校来了，又会用什么样的眼光看我？家里辛辛苦苦送你读书，到头来就这个下场？内心里我十分清楚，我绝对无法忍受这些。我会有起码的自知之明，主动采取措施把这幅悲惨的情景结束的。

在我生活中的某一段时期，那大约是二十岁前后的一段时期，我最喜欢谈论的一个话题便是自杀。有时谈得过于真切，朋友们信以为真，不免惊慌失措起来，唯独我自己反而没事人一般，转过身便全然忘记了。我想那时的所谓自杀，多半只是出于年轻人的焦虑与矫情吧，倒是十年后的今天，我一人独坐在病房的一隅，认认真真考虑起这个问题来，就像考虑中饭吃什么、晚饭吃什么一样实际和具体。我将一般常见的几种自杀方式想遍了，一项一项加以预习、模拟。上吊？投水？喝农药？跳楼？切脉？也许问题过于现实，想象过于真切，我只感到胸胀气闷，呼吸急促，眼前习惯性地被那种白茫茫一片水雾笼罩，痛苦得只想跳起来。我知道我完全承受不住这些。我受不了。于是我又试着考虑略微温和些的方式，比如服安眠药，静脉注射特殊的药剂等等。那次一位朋友老朱来坐，我们还仔细地讨论起安乐死的可能性。老朱从专门的医士学校毕业，后来分到乡下医院做了多年的医生，现在虽然调离了，但工作的部门仍属卫生系统，医学知识比较丰富。可我们说来说去，觉得所有的方法都不能解决根本的问题。不错，服安眠药，静脉注射，还有所谓安乐死，其本身也许无知无觉，让人在昏睡中完成向另一世界的跨越。但是，在此之前的那段时间呢？当一个人得知自己患了绝症，无可挽救，并且没必要挽救，到给他服用安眠药、实行安乐死之间，必然存在着一段空隙。这空隙哪怕只有一星期，一天，一小时，甚至只在针管落下，在药物从口中进入的那片刻，那瞬间，也全然超出人类所能承受的极限，从而使人丧失理智，陷入疯狂之境。由此我想到，许多人的死，也许他不该那么快死，他是被活活吓死的，许多人临终前神志不清，反复昏迷，原本他也不该昏迷。他是被吓昏的。临死的人如猪、如狗，在弥天的大祸、恐怖中起伏沉落，丑态百出。

每个人都得死，这点道理固然人人能懂，可每个人临死之前如此痛苦，如此恐惧，这却是我全不知道的。这世界上的每一个人，以及在此之前所有存在过的人，在此之后将要存在的人，无一幸免都是在这样一种极度痛苦中死去，都得在这样一种极度痛苦中死去。每一天每一时，包括现在，此刻，有那么多那么多的人正在极度的痛苦中死去，这是多么可怕多么残酷的图景，这是多么重大的触目惊心的事件。所有这些，我竟然全不知道。直到我自己躺到病床上来了，直接经受着煎熬了，我才突然知道。而现实中那些没有躺到病床上来，没有经受此种煎熬的人，直到此刻他们仍然全不知道。有时看到大街上那一个个步履匆匆、志得意满、决然不知死亡为何物的人，我都有些愣住了，我想难道他们可以不死，不用经历那残酷的一关吗？由此我明白，死亡当真只属于你一个人，别的人，哪怕再亲近的人，父母兄弟、妻子儿女、同学朋友，都根本不能理解你的痛苦和恐怖，你唯有独自一人默默承受，然后默默地飘零而去。尤其是在无神论者如我们这样一个族类，这样一片绝对物质、绝对虚空的土地上，我们找不到一丝半点心灵的依托，精神上的援助，只能赤裸裸地，不带一点幻想地面对残酷的死亡。

一刻也不能拖的问题

解决死亡前的痛苦，让我们每一个个体能早一点平静地面对死亡，是一项多么急迫的任务。我们一刻也不能拖了。这个问题一天不解决，人生永远只能是凄惨一片，人世间所谓的信念、理想、希望、事业，包括人类整个文明一齐受到严重的质疑。那些日子我忧心如焚，打完针，吃过药，便掇了把木凳坐到阳台一角，背靠水泥栏杆一边晒太阳，一边思索着生平所遇到的最大难题，为自己，也为我身后站立的千千万万将死，以及现在不死但今后一定会死无一可逃的同类。自杀，包括那种安乐死之类，看来是少有可取之处，那不过是在恐怖中制造恐怖，以恐怖阻止恐怖。我想到成家立业，娶妻生子，让我在卧病之时，在临死之前能感到温暖和安慰。但我又想，假如真有了妻子儿女，自己只会更加眷恋，更为牵挂，更为割舍不下，结果只会进一步增加痛苦。还是自己忍受一下吧，绝不能自己一走，让妻子儿女留在世上受罪遭颠沛。特别是自己壮年死去，妇少子幼，生活无靠，那局面又有多么糟糕。我想所有这些都只是一种表面措施，暂时措施，要解决死亡之前的痛苦，我们是不是首先应该弄清，一个人在死亡之前为什么会这么痛苦？总结起来大约不外乎两点：第一，对生的依恋；第二，对死，对死亡的恐惧。这是一种多么不可思议的现象，上天造人，让人的生存欲念如此强烈，可人又总得死，总不能很好地活下去，自古至今，无一幸免。这矛盾，这痛苦，谁受得了？这里面是否含有某种恶意的成分，某种蓄意的戏弄？当你在病床上辗转反侧，大汗淋漓，欲死欲活，偶一侧耳，你也许能听到半空中传来的某种兽性的狞笑。当然反过来，你的惨呼，你的痛叫，你如狗一般如猪一般的丑陋的翻滚，谁说不是对冥冥中的存在的一种自虐式反抗，一种绝望的示威呢。我们是真正意义上的受播弄者，一种极其可怜的生物，从刚落地开始，就为一种全然陌生的东西所驱使，木偶那样恍惚着身子，奔走，忙碌，挣扎，相互揪着头发厮打、争斗，直到悲惨地死去。我想我们最首要的问题是找出那驱使着我们的"东西"，那根牵动木偶的线，切断它，至少要掌握它，自己操纵它。

我当然知道，做到这一点那是完全不可能的。这只是我个人纯然的幻想，是一种病中发生的病态幻想。但我们可不可以做到这一点，我们发明一种科学方法，具体说是一种药物，让那些患上不治之症的人，那些年老濒于死亡的人，服了一剂药或打了一针，就能完全摧毁那种生存欲望，让他快乐幸福地死去？

这话说来说去看来又说回头了，我大约又要说到安乐死问题了，要说到吗啡、杜冷丁等等致幻剂了。这时我再一次想到老子、庄子，想到我们古已有之的那些充满开朗、达观精神的看取人生、看取自然的眼光，那种回避、无视，那种淡然、漠然，死去何所道、托体同山阿之类。

生的另一面是死，对生的渴念必然导致对死亡的无穷恐惧，两者相互依托，相辅相成。有时我看着街头上来来往往的众多俊男美女，青春、朝气、潇洒，可是假如某一刻他或她的呼吸没有了，心脏停止跳动，便会立时变成一具令人惊惧的死尸。同是这一具躯体，生死之间为什么会造成如此决然不同的效果？人死之后是丑陋的，这点谁也无可否认，尤其是在尸体变形、腐烂发出恶臭的时候。但是所有的动物死后都是丑陋的，都会变形、腐烂，给人的感受为什么就要平淡得多呢？可见尸体本身并不可怕，可怕的只是追赋于其中的某种神秘的观念、神秘的意义，这里既有对不幸同类的尊重与哀怜，更有对不可把捉的未知世界的本能恐惧。加上有关对地狱、阴曹地府的渲染，有关鬼与魂的种种传说，死及与死相关的一切更是给弄得阴森森惨恻恻一片。对死亡问题的重新认识应该作为一个重大课题进入我们的日常生活，我们应该将死亡教育当作一门必修课排入所有小学、中学及大学的课程中，让我们每一个人从小明白，既有生，就有死，这是寻常不过的自然规律。迟早总是要死的，死亡并不可怕，与死亡有关的一切毫无神秘之处，一个人死去就如一个物件用久了，或者不小心遭摔了，破了，碎了。我们应该消除笼罩在死亡之上的所有神秘色彩，恐怖色彩，让每一个人养成一种对死亡的亲近感，对死尸的亲近感，我们要从一出生起就做好死的心理准备，做好视死如归的准备，免得死到临头手忙脚乱，心惊胆战。更重要的是，我们还应该做到这一点，我们要让人们明白，死亡并不是彻底的消失，死亡不是生命的终止，死亡是生命的另一种表现形式，死亡是一种过程，是向另一生命形式超升，向另一更高的空间超升的过程。

不知是由于精神压力过于强大，还是营养太差，加上受到药物毒副作用的影响，住院以后我的身体一天比一天虚弱起来。这是由内向外，从心灵到躯体的双重虚弱。我不敢见风，见风就能感冒，太阳略略西斜，光线中的温度减弱，我就得赶紧搬了凳子进房。医院位于县城后面的半山坡上，每次出门、进门，我都不敢用力，不敢快速走动，仿佛什么时候自己已脆化成一只玻璃器皿，略有触碰便会粉碎。我小小心心看医生的脸色，看护士的脸色，医生和护士每一皱眉，每一眨眼，对我来说都显得含义无穷，医生的每一句话，护士的每一句话，于我更无疑是一道道圣旨。朋友们隔三差五也会抽时间过来坐坐，他们看我神情不对，会千方百计找些话进行安慰。我宛如孩童一样不停地哦哦点头，内心当真平静许多。记得有一天晚上老朱刚从乡下出差回来，丢了饭碗便赶到医院看我，我心情极好，两人谈得很兴奋。九点多钟，护士给我打过针，我忽然感到神思恍惚，似乎头有些发晕，暗自寻思是不是青霉素过敏。我知道老朱在外多日奔波，加上坐车，肯定太过于疲劳，我应该早点让他回家休息的，但我的恍惚感偏偏一时难以消失。我怕老朱一走我会立即出事。这一刻我是那么惊恐，那么脆弱，完全像个稚童依恋着父辈那样依恋着老朱，如此等等。有时我会让自己的软弱弄得好笑起来，我想我多么宝贵的一条命，至于弄到如此程度吗？其实严格说起来，我是最没有资格在这个世界上过多存活的。属于我的生活是如此彻头彻尾的琐碎，如此无聊、无耻，混迹其中，实在没有多大意思。多年前的种种所谓自杀的想法，多半正是源于此。很长时间过去，我不但没有照自己所希望的，也就是照一个正常人所必需、所应该实行的那样自杀，现在真让我死了，无须多拿出勇气结束自己的生命了，我反而如此害怕起来。我宁愿如猪一般狗一般活着，也不愿如一个人那样死去。此时假如有谁准许我不死，但必须像一头真正的猪那样生活，关入猪圈，与猪同食、同睡，我想我也会毫不犹豫地答应吧，我只会把这种猪的生活当作治病的一种民间偏方吧。多么不可思议的一个族类，多么不可思议的一片土地，在生的欲求面前，所有的价值一齐给悬置起来，所有的信念、追求，如这么多年我所努力的文学、精神思考等等，一切全都虚化，唯一的要求就是：活下去，哪怕做猪做狗，一切在所不惜。我一点也不懂我为什么要活，不懂我到底依恋一点什么。没有尊严，没有生存的基本保障，没有心与灵的诸种依托，一切都已失去，一切都被剥夺，剩下的唯有这小命一条，贱命一条，唯有这赤裸裸的生之欲念。我想贱命之所以贱，正表现在此吧。也许正因为什么都没有，什么都被剥夺，没有任何我们为之奉献的东西，任何大于生存本身的东西，我们才会死死抓住这条贱命，将一切押在这条贱命之上吧。不过话又说回来，也正因为我们一无所有，我们是不幸中最不幸者，唯独守住这最后一条贱命，贪恋着这最后一条贱命，又有什么过分，有什么值得非议，值得指责的呢？

又是一个星期天。又是一个晴天。星期天医生不上班，早饭后护士打完例行的针，我站在室内不知往哪去好了。阳光仍在树头上烈烈亮亮照着，一楼的几个病人家属正在阳台下面的阶檐前收拾早餐后的炭炉、碗筷，另有一个清洁工模样的人半蹲于对面的土坎下焚烧一堆废纸杂物。街市上的喧嚣化作一片雾或浪一般的东西从山脚下倏忽飘过来，倏忽之间又飘散开去，竟不留一点踪迹。我打算学其他病人的样到街头走走，可是又不知具体到哪走。准备回校看看有没有女友的信，心里又明明知道不会有信。于是我想到那久欲一去的所在——黄土岭旧街上的一座教堂。我的目的十分明确，就是看看在有关灵魂问题，在有关人类不得不共同面对的死亡问题上，一般的宗教教义中是如何认识，如何解决的。

星期天的教堂，气氛格外凝重，人到得也多，门边的小黑板上有一行歪歪扭扭的字：今日有圣餐。教堂里的格局与我们一般所见的会场并无二致，正前方的高处并排放了两张会议桌，桌后坐着两个男人，其中一人正在讲道。讲的是《圣经》中的几个比喻：砖窑的比喻，意思是上帝让我们受苦，并不是真让我们受苦，而是对我们施加的必要磨炼。这就像那窑里的砖，只有经过烈火的烧炼才能造出一块好砖一样，我们也只有经历患难和痛苦才能得到最后的安息。我有些不习惯讲道者的语言方式，但他的意思我是懂得的，我知道他所接触的，正是我多年来极为关心极为痴迷的有关苦难的话题。

讲道过后，接着为两位患病的信徒祷告。领头的是一位三十左右的女性，口才极好，话语干净利落不停歇。祷告词表达了这样的意思：我们无法承受苦难，只得把苦难推给主，让主为我们承受。好像一只手柔柔地伸到胸间抚触了一下，我心头一颤，忽然间泪流满面。是的，我们每一生命个体其实有多么渺小，我们只有把自己奉献出来，奉献于冥冥中那至高无上存在的祭坛之前。后来在唱赞美诗时，我站到一位婆婆的身边，与她合用一本歌词本，一句一句读着上面的每行文字，体会着那温婉绵长、似吁似叹、且博且大的乐曲，体会着那种人与其至高存在之间相互交托、相互依赖的境界。

接连几天，我的脑际一直响着那天的声音，那种祷告，那种歌咏。我觉得这实在是一种最奇妙的声音，当你被整个现实整个世界遗弃了淹没了的时候，当你最弱最小，身处无望的绝境辗转挣扎，无以自拔的时候，是它一眼发现了你。它排开外界的一切纷乱与嘈杂，顺着你痛苦的眼泪、粗重的呼吸排闼而入，直接作用于你的心灵最深处，低低地哀恳，轻轻地抚摸，一遍又一遍。记得那天的仪式临近终场时，主持人又布置信徒们一齐到那两位病人家里，到他们的病床前面，去进行安慰，去祈祷。我忽然对那两位病者产生了无限的羡慕乃至嫉妒之情。撇开宗教里那所有的教义、那悲天悯人的情怀不说，单是这么多人在病床前围绕你，用他们的声音、他们的祈求为你祝福，其情形又会有多么热闹，会让人感到多么温暖。我明白一些仪式中为什么要有临终前的忏悔、有追魂弥撒了，那都是对死亡者的深情抚慰。用这种眼光看我们的生活，我同样懂得了很多道理。这以前我一直厌恶乡下死人时的诸多仪式，比如哭丧，比如做道场，比如放鞭炮扎花圈等等，我以为那只是活人的一种虚荣与无聊，而于死者无益，至多表达了一点活人的怀念之情。我哪想到我完全错了。死亡时的所有大操大办绝对是有关死人的。我们每个人活在这个世界上的确过于孤单，过于寒凉，如果临死还得不到一点热闹，不感到一点人间的温暖，那不是凄凉透顶了吗？这刻我唯一的愿望是我临死时，尽管我意识丧失，但我的身边还能有人，人声哄哄，有人在为我哭，有人为我奔忙。为我！这一刻我明白了，人的死实际比生更重要。在生时你可以受苦，但死亡时一定要感到温暖，你的身边一定要有人。最先主张给死人做道场、做法事，主张热热闹闹的人，其实体验过多么残酷、多么惨烈的人生感受。由此我还想到，在我们的日常生活中，人们为什么那么热衷于相互之间请客送礼，热衷于交朋友，找熟人，拉关系，我还想起宗族、乡土以及所谓工作单位对于我们的重要性，因为我们每个人活着都是如此脆弱无力，如此孤单，我们不得不为自己找到一点依托，一点危急时可以抓扯一把的地方。

处理自己的方式

出院后的第二年农历正月十三，我来到九江，到一位朋友所主持的文化公司打工。其实在住院前的头年九月份，我就到这家公司帮过一段时间的忙，当时我因在作协那边刚刚签好合同，一心想着写小说，坚持回县去了。没想小说没写成，大好的光阴都在医院里、在病床上浪费掉了。春节过后，朋友又来信来电催促，他还利用出差的机会，找到我专门谈了一次话，让我帮助搞一点文字工作。他知道我为人还实在，又在家里坐得住，他说他们就缺少一个这样的人。我没有过多犹豫，答应了。这个时候，我在学校原本已很难待下去。这么单独一个人成年累月在房中躲着，也当真有些可怕。出院时医生给我下的最后结论依然是结石，还有膀胱炎症。开了些石淋通之类打石的药，我疑疑惑惑地吃了两天，便全部弃在一边。我想假如不是结石，而是其他的病，却用打结石的药一连串这么打下去，其结果将不堪设想。在我看来，什么结石、膀胱炎症，全是些不着边际、不负责任的瞎扯。对自己的病，不用说我一直甚是投入，医生的整个检查及诊断过程，我基本上是参与其中的，故此他们所有的犹疑、不实之处，我都一清二楚。在该做的检查全部做完，结论却根本无法肯定的时候，主管医生建议我转院，到九江或南昌做CT确诊。报告送到科里，却让那位个子高高的外科主任压下了，原因仍是那让人怎么也弄不清其奥秘的公费医疗制度。据主管医生及病友们介绍，公费医疗是实行什么包干制的，假如你想转入外地更高一级的医院就医，原来的定点医院就会蒙受损失等，这是一个方面；另一方面，即便医院同意了，还要得到县卫生局公费医疗办公室及其他相关职能部门批准，打通这些关节，不用说更是难上加难。一番努力、一番试探之后，我死了这条心。该做的检查全部做了，头绪依然同刚进院时一样茫然，再这么住下去确无任何意义，唯一的办法只能是出院了。

每天从早到晚独自在房里躲着，将一瓶尿液端在手上细细察看，无论如何不敢放开，这样的生活无疑是极其难堪，也极其黑暗的。原来还有医院可以依靠，发现异常随时可向医生报告，现在一切只能靠自己了。有时我也试图把这事放到一边，甚至逼自己上街走走，到朋友家坐坐，散散心，但是不行，哪一次的小便不经过认真察看，我都会惴惴不安，总以为有什么异常给忽略了，错过了。我清楚地知道长此下去是不行的，长此下去，一个人没病也会吓出病来，更别说什么写作、什么完成作协那边的合同任务了。现在朋友提供一个机会能让我暂且脱离，到外面待一段时间，我想我是没有理由推辞的。另外从这一刻开始，我暗暗存下一个心思：听说朋友的这家公司具有一定的资本，一定的经济实力，随便一笔生意做成，都几千几万地往里进钱，我想万一哪天我的病发了，正式确定是那种可怕的东西了，到他那里报销一些医药费，也许并非难事。再说地方大些，与外界接触的渠道多些，即便募捐吧，办起来也应该方便得多。

预感很快得到证实，来九江不久，我的小便又开始出血。这不是浑，不是浊，不是那种所谓隐隐红色，不是半天之后才转换成的酱油色。这是真正的血，白瓷的蹲坑里红通通一片。症状跟早先的完全一样，只是颜色更浓更深。无痛，没有丝毫异常感觉，把眼睛闭起你以为你在随意地小便，低下脑袋一看，才知道你排的全是血。这血尿同样是间隙式的，上午有了，下午就可能没有，头天有了，第二天也可能没有。一般持续两到三天，然后消失一个星期，甚至一个月，然后接着出现。

此时此刻，我已彻底丧失了面对的能力，我只能昧着抖颤的心把面孔偏过，混一天算一天，拖一天算一天。不过在暗中，我开始冷静地筹划着一切。我想得最多的一个问题是：一旦死去，我的尸体该往哪放？我租住的是郊区农民的一间房子。人家的私房，不可能给租住者停放尸体的，即便房东同意，其他的房客也不会同意。房客们肯定会给吓跑。房东没有了土地，没有职业，全靠一点房租维持生活，我想的确不能因为我而影响了他的生意。也许不等我死去，也许当他们得知我患的是如此可怕的病，就会赶了我出门的。谁愿意将一个生命垂危的癌症病人收留在自己房中呢？于是我想到回家，回母亲弟妹们身边。从生活方面考虑，这个时候最好的选择是去老家了，到了那里，身边都是亲人，所有的端茶倒水、熬汤煎药，可以由他们完成。那里还有泥土，有大片大片的山体、土层，可以做我身后的栖息之地。不过在内心深处我同样清楚，老家那地方我也许会回一次，做一个告别，但我不可能在那里躺倒，咽下最后一口气。乡村中有这样一种普遍的看法，一个人壮岁死去算是凶死，并且竟没有留下一个后代，并且连婚也没结，真可算得上世间最悲最惨的事了。我想我根本没有理由让我的母亲承受这个，让我的弟弟妹妹承受这个。他们为我的读书费尽心力，付出太多，我不但不能给他们带来什么，反而让他们眼睁睁看着我死去，丢下一具臭皮囊让他们忙乱、悲泣？

一个人死后为什么还得有一具尸体残留，并且是那么丑陋、可怕，以一种极其不堪的姿势污染别人的视听，给周围的人带来无限烦恼？我为自己选定的处理方式是：当生命的某一时刻来临，我会打上背包悄悄出走，去四川、云南那边某一个荒无人烟的原始森林中让自己消失。所有的丑陋，所有的腐臭，都让大自然以自己的方式去加以处理，加以解决。

出血的次数越来越多，间隔的时间越来越短，我已经拖无可拖，最后的时刻到了。这天我来到部队系统的一家医院，同泌尿科专家门诊处的一位老医生谈了自己的病况。我谈了早先的出血，近期的出血，又谈了去年在县城医院的检查结果。医生微微摇了摇头，说不会，不会是结石。医生说这是一种占位性病变，县里的设备较差，他们只知道你这肾里有一个东西，至于什么样的东西，就难以做出准确的判断。他让我将早先做过的检查全部做上一遍，B超、腹片、肾造影等等。从医生的神态中，我看到问题有多么严峻。我一句话没说，缓缓退出门去。

B超室很小，也很偏，我手拿医生开的检查单，沿着树丛中的一条土路穿行了好久才算找到。这里毕竟不同于县里的医院，人多，要预先挂号。一个护士模样的人隔着半开的旧木门接过我的诊单，随手一划，便将我划到两天之后去。

时近中午，我恍恍惚惚从医院出来，站在大门边呆立了好久。我的面前有两条街道，要是回公司，回自己的住处，我得向左拐。可这一刻我实在没有勇气回到那个不祥的房间，没有勇气让自己跟自己孤零零面对，还有那尿，那血，那横搁着的单人钢丝床，那无边无际的狂乱幻想。我在医院大门前的一家小店吃了碗面条，然后沿着下降的坡道缓缓朝下走，打算到哪里打发掉剩下的半天光阴。坡道走完，左边是一条车水马龙的宽阔大街，右边是一处临时停车场，一辆辆个体班车横七竖八排列着，有人站在当街处朝着行人大声吆喝。我心头一动，站住身略略巡视一下。还没等我将主意打定，已被热情洋溢的拉客者裹挟着进了车门。

这天夜里在湖口县城一位朋友家里，我同着几个人围桌而坐，桌上摆着常见的几样菜，地上撂着一扎刚刚解开的啤酒。朋友们没完没了喝着酒，用当地的土语讲些没完没了的废话，我一句也听不懂，更没有半点想听懂的欲望，只木呆呆静坐在一旁。我一言不发，却神情紧张，心境悲凉，身体上被衣服遮盖的某一处地方正一丝一丝朝外透着冷气。我想我今天的出走原为逃避些什么，可我没想到那实在是个内部的东西，根本不是一走了之能解决得了的。趁朋友们闹得正欢，我悄悄来到卫生间，反身将门死死闩住。

尽管一切都在意料之中，当那鲜艳的红色毫无顾忌地直冲而出，我仍如突然遭到致命的一击，身子一阵剧烈晃动。我伸手扶紧墙头上的水管，尽量让自己稳住了，坚持着将小便排完。实际上这真的不能再叫小便，这是那种鲜活活的血浆。白瓷蹲坑里，血浆泛着巨大的泡沫，一边噼噼啪啪破裂，一边一个紧压着一个往上堆积，似是一心要将便坑堆满一般。透过卫生间的木门，透过走廊，隐隐传来隔壁朋友们的说笑声，争吵声以及酒杯砰的一下敲在桌面的声音。我发现我的身体越来越轻飘，或者说越来越沉重。我只是死死抓住墙头那根遍布斑驳锈迹的铁管，不让自己的双腿瘫下。

我要死了，我又一次这么呻吟出声。

死得好！我闷闷冲自己叫了一声，缓缓把身子转过，整个伏倒在攀住铁管的那根手臂上，长久地一动不动，只让那团模糊的红色在视线尽头随意放大，飘浮，让便坑里的泡沫一个接一个依次破灭。

两天之后，我依约准时来到这家部队医院B超室。我是怀着赴死的念头走进医院的，我根本没想到，其实这正是我从困扰近一年之久的绝境中彻底摆脱之时。检查最终证实了结石的说法，并且十分肯定。结石很小，已从左肾排出，一路滑行而下，恰好卡在输尿管与膀胱结合部那处比较狭窄的地方。于是我明白，近一段时间我体内的大量出血，原来正是这颗结石由肾脏朝外挣扎，朝外急剧运行的结果。我飞跑着将检查单拿给泌尿科那位老医生看，问其他的检查是否可以不做了。医生说，可以不做了。

医生又给我开了些打石的药。我没有到药房取药，转过楼角就将诊单撕碎，揉了揉扔到纸篓中。我想，结石能算什么病？对我来说，结石真的算不了什么病，何况还是这么小的一颗结石，这么一颗已在滑行之中的结石。说来也怪，经过这天的检查，那血尿竟听到喝令一般立即停止了，自此以后多年，再未出现过一次。

夜雨

在跑进茅棚的那瞬间，他已经意识到什么，有了微微一丝犹豫。这不是一般的茅棚，而是乡间常见的那种简易厕所，棚壁棚顶，棚内挖坑，坑上搁两块让人蹲伏的踏板。他向四周看了一眼。雨滴打在柏油路面，打在树枝树叶上，好像腾起一片迷雾。雾那边，或前或后什么地方，隐隐约约传来一些乱纷纷的叫声、相互招呼声及奔跑的脚步声，似乎有许多人或许多小兽之类的东西也在忙着躲雨。他知道他不可能再做其他选择，安排给他的唯有这座小茅棚，这公路边的简易厕所。

虽是短短一段路，衣服仍然给淋湿了，背部一片透凉。他解开胸前衣扣，将扎在腰间的衣襟拉出。他打算把衬衣脱了。雨水和汗水混作一起，贴在肉上很不舒服。但他更怕冷雨会侵入体内，衣脱了一半又停住，只揪紧两片衣襟一扇一扇，驱除着体内的热气、湿气，脑袋尽量伸出棚外，不让自己吸进身后那特有的异味。

经过最初的一阵喘息，他安定下来，看着棚外越来越密的雨，内心不由有了些侥幸。几分钟或几秒钟之前，他还躲在公路边的一棵树下，以为略微避一避就没事的。现在看来，那棵树也早该给雨水浇透了。

体内什么地方突地跳着痛了一下，又痛了一下，似乎一根神经给人扯着。是左胸部。他太熟悉这种痛法了。肯定是刚才的奔跑所致。于是不由得一阵惶恐，他想，我连这么几步路也不能跑了吗？

这是城郊一条僻静的公路，一边是陡峭的山，一边是深深河谷，公路便在山和水间一转一折，或升或降。明明一条宽宽的柏油路面，转过一个弯，再往来路望去，便看不见路在什么地方。陡峭的崖壁上只有浅浅的一痕。那汽车在痕上走，一来一往的两辆车子还可以在痕上会合，这便很有些玄乎，让人担心，让人想象不出。

近几年县城发展，一天天饱满、挤胀，力量是很大的。可是县城偏偏坐落在高山和河水之间的一块台地上，收缩的力量也是很大的：空间毕竟有限。于是县城只好颤抖着乱爬，乱延伸。向下的一面，它爬过河，爬到对岸去。向上的一面，都快爬到半山顶了。比如这里，县城后面，也见缝插针硬挤进了不少房子，公家的、私人的，有的房子就趴在公路和河水夹峙的陡坎上，阳台都伸到悬崖外面了。

公路上不时有车经过。有汽车，也有自行车。汽车大开着前灯，将茅棚照得透亮，光影花花绿绿在棚壁上移动。他以为车来了，可是车子并没有来，等一会儿光影又在棚壁出现。这次是倒过来，从那边往这边移。于是他明白，车其实还远着呢，还在几里、十几里之外的山谷弯来弯去。车子果然爬了很久，他几乎把它都忘了。忽然听到声音，呜呜而来，已在近旁了。车子原来行得很快的。到近得不能再近时，又一下慢下来，几乎停住了，马达声异常粗重。他知道司机正在换挡，加大油门，在爬棚那边的坡。到坡顶，车子又停了一会儿，他以为它发现了他，不走了。正紧张着，谁知车子悄没声息就滑过去。原来是又换了一次挡。

汽车、自行车来来去去，每次他给罩在光影之中，怀疑让人发现时，总不由颤抖着转过身子，将面部藏进暗处。车子一过，他便看看天，看看地，口里发出啧啧之声，表示不耐烦，让人看出他是避雨，他是光明正大的。他也是没办法，才落到这种地步。雨也真是越下越大了，特别是在车灯的映照下，那雨丝简直密得吓人。

“不照不知道，一照吓一跳。”他全无意义地这么咕哝着，自嘲地笑了。

雨声更是响成一片，满河都是。每一雨滴入河的声音都能清楚地传上来，铮铮地，如敲在什么铁器上。又打在身旁的树叶、棚顶上，都能听见。稍一愣神那声便连成一体，让人想象满河满谷落的都是飞蛾。仔细听，却仍能分出哪是雨打树叶棚顶，哪是雨打河水声，好像这是不可调和的，是两种不同的飞蛾：河岸上的飞蛾胖大滚圆，满身粘着灰粉，随着翅翼的不断鼓动，灰粉纷纷扬扬；而河中的飞蛾却短小干练，一只只瘦精精的，像蚱蜢，像河虾。黑暗中一股雨雾猛地灌进棚门，他不由踉跄着后退几步，一口气呛在胸里，好久才缓缓吐出。他觉到了冷。

看来雨是一时难得停住的了，对于这一点他很有些不解。接连几天，天气都不好，零零落落总下些或大或小的雨，然后又被风吹散。夏天么，阵雨么，都这样。傍晚的时候，太阳还出来了一会儿，县城周围的山山水水给照得一片灿亮。因此当他出门散步时，天空中虽然仍飘着些白的乌的云，他并未在意。无缘无故间，哪来这么久的雨？看天，天上并不见异常，仍那么疏疏朗朗，简直没有多少云。唯有雨，无缘无故这么下。没有云，怎么会下雨呢，还是这么大的雨？

他又问道，这是什么时候呢？应该说，还是夏天，不会有梅雨天气。或者夏天已过去了？他这才想起，似乎早就听人讲什么立秋立秋，现在应是秋天了。地球气温普遍升高，将季节弄得乱七八糟，明明夏日炎炎，实际已是秋天。等到刮过第一阵秋风，树叶飘零，刚来得及露出一点秋天的气象，这又是冬天了。比如现在，从节令上说应该算得上深秋了吧，秋雨绵绵，真不是假说的。秋雨真的从今天，从傍晚，从此时此刻开始的吗？

可秋雨也有停歇的时候，他说，哪怕停一会儿吧。

黑暗中传来一种奇怪的叫声，叽——叽。他还以为是山上的小兽在寻找母亲呢。声音渐近，也渐大，渐清晰，顺着县城那头的公路而来。原来是一辆自行车。他想，真是一辆破车。爬茅棚门口那道坡时，叽叽的声音极响亮，让人担心车子快要散架。骑车的人却不管，半弓起身子使劲那么踩，一下，一下，上坡。骑车人没带任何雨具，就那么没头没脑让雨浇着。看来这场雨谁也没有想到，谁也没有防备。不过对于眼前的骑车人来说，淋点雨根本算不了什么，回去换点衣服而已。唯独他，却似一张薄纸样，给雨一淋，便会皱缩成一团稀泥的。

骑车人消失在茫茫黑夜，这么晚了，又冒着雨，他能到哪去呢，他想象不出。从这里开始，接连三四十里都是河谷。他的面前出现一条油光闪亮的柏油路，和沿河的一些菜地、河滩，还有一个木料场。木料场位于某一个河湾深处，站在公路边向下看去，河湾像一座鸡窝，不过搭窝的不是稻草茅柴，而是一根根巨型圆木。夕阳把高的矮的山影投在鸡窝上，宛如长了一层茸毛，一片霉菌。是了，那一带还有个什么国营林场，还有一个场部，也在公路边。于是他的面前又出现一个院落，院里总不见什么人，只见一条狗，有时对着公路上的车子和行人看看，却不叫，一副见多不怪的模样。林场再往前，似乎还有一个竹木检查站，有一次他坐车出县，车子刚行到那里出了故障，在检查站的横杠前等了好久。

检查站有条很长的水泥台阶，等车的人都坐在台阶上，像群没娘的孩子，人人脸上都显得空漠与无奈。

他在考虑回去的事。他在考虑应不应该像骑车人那样，冒雨跑回家。他多次想过冒雨跑回家的问题了。这并不是不可能的，简直可以说，这一切太简单了。从这里到县城，不过一华里，最多两华里，加上穿过县城，也不过一华里。两三华里路程，需要多少时间呢，五分钟吗？十分钟吗？记得读书时参加学校运动会，一千五百米他似乎只用了几分钟。当然现在他是病人，病刚刚恢复，不能跑那么快。那么，就算二十分钟吧。他说，我在这里如此为难，走投无路，受尽委屈，原来不过是区区二十分钟将我困在这里。二十分钟有多么短暂，二十分钟后，便是房子、热水澡、灯光、书籍。坐在床头看书，将桌前的白炽灯拉到帐钩上:他经常这样干。

当然他很快否定了。在这样的雨地里，不用几分钟，他通身上下便会给浇个透湿。身体如此虚弱，假如再弄个感冒，他的病又得复发了。病中的几个月生活如黑洞一般展开在面前。特别是病如果复发，他原先所付出的一切，时间上的，精力上的，只能前功尽弃了。何况这种病，第二次复发基本上更无药可医。

他对自己说，就这样吧，看它停不停。我就这样等下去。反正回去也没什么事，少睡一会儿觉而已。茅棚倒很牢靠，别看上上下下稀稀朗朗，却一点也不沾雨。下得再久的雨也会停一会儿的，他坚信这一点。

他又想，反正已等了这么久，要是一身淋湿到家，雨又停了呢？

他说，看看你到底要下多久。

他说，我跟你拼上了。他笑起来。

忽然之间，他认识到自己的处境有多糟糕，疾病，虚弱，凄风苦雨，一人给困在一个莫名其妙的所在，不知要等到什么时候，完完全全地任人宰割，任人处置，没有半点办法。这如果让别人知道，不知会多么可笑，他们会问：厕所里不臭吗？他们会说：只有他才会干出那样的事，莫名其妙跑到厕所里待上一夜。

今天傍晚他原本不该出来散步的，至少他不该走得如此之远，如此长时间。

当然，他当时还站在雨夜之外，怎么能料到这些呢？

茅棚又一次被照亮，一辆汽车大开车灯轰轰而来，在茅棚旁边上坡，下坡。坡没有下完，汽车就那么停住了。原来那里有一所房子。房子是水泥平顶的，只有一层，向河的一面还亮着灯。他不由惊讶已极。这么近的一幢房子，离茅棚不过六七十米吧，他却不知道。当然房子很矮，且躲在树影之中。可也不至于不知道的。何况那么多车子来来去去，每辆车子都大开着前灯，也不知把房子照亮过多少回，他居然全不知道。非得等到一辆车子在房前停了，才知道。

车子的大灯熄了，只留两盏尾灯，把车前车后照成红绒绒的一团。房门开处，有淡淡一线灯光投出，映在汽车前部。有人影在汽车和房子之间来来去去，肯定在搬什么东西。却没人讲话。当然话是肯定讲了，也许讲话的声音还很大呢，只是他听不见。他和他们之间隔了那么多的雨。

他想他本来是可以过去的。他也应该过去。现在有了房子，有了真正可以躲雨的地方，假如他仍然窝在这厕所，就有些让人奇怪了。于是他发现，此时此刻他竟然很怕见到人。无缘无故从雨夜里钻出一个人来，不知从什么垃圾堆里钻出一个人来，又是这么晚了，别人会如何想呢？你说你在厕所里躲雨，难道能在厕所里躲这么久的雨吗？

有一个人从那团红绒绒的光晕里分离出来，手拿电筒，对着车身乱照。这是他今夜见到的第一个清晰的人影。汽车照完了，那人没有止步，手电筒仍对着夜空乱晃。其中有一束光晃到茅棚前的苦楝树，又透过稀疏的树影，照在棚口的他身上。光束于是不动，那人竟直直地走过来。无疑已发现了这边的异常动静。再不走出去，就迟了。等别人把他拉出来，一切便无法解释了。他想他快要失去最后的机会了。他脚下一动。不过一瞬间，人已闪进棚里，身子紧紧贴住黑暗中的棚壁，死死屏住了气息。没想慌乱中偏偏碰响了坑道上的踏板，啪嗒。这吓住了他，同时也提醒了他。他干脆大大方方跨前一步，片刻之间已蹲下身子，做出一副地道的蹲厕所姿势，并且还用力吐一口唾沫，弄出一些响声，明确告诉对方，厕所里有人。

他就那么蹲着，低了头，尽心尽意用劲，似乎完全无暇他顾。这样不知过了多久，那人早该走到茅棚门口了，等来等去却总不见动静。他想那人不会正站在面前，一动不动盯着自己吧。这中间他听到一阵柴草的嗞啦嗞啦，却是很远的，也轻微。等他抬了头去看，棚外根本没人，前面仍只是那辆黑乎乎的汽车，和那团红绒绒的光晕。好一会儿才从车头那边划出一道两道手电筒光来。想是那人早转回了。

他知道他白紧张了一回。别人根本没有发现他。即使发现了，也绝不会在意。不过他仍旧那么蹲着，一副地道的蹲厕所姿势。他觉得他无法走下这坑道，这坑道上的两块踏板了。

我是一个什么啊，他对自己说。

这一刻他希望，要真的能永远在茅棚里这么蹲下去，永远不见人，那才好呢。

雨哩哩啦啦下，没有丝毫减缓的意思。前面的那辆汽车不走，也不熄火，尾灯仍那么红着，房前的那道淡光也依旧寂寂寞寞亮着，一切仿佛静止在那里。他想，汽车司机就是这家的主人吧，那为什么不熄火呢？不熄火显然是要走的表示。既然要走，为什么又一个劲这么停着？

面前的一切甚是神秘，无形中刺激起他的想象。偷情？凶杀？这座房子是否一家黑店，先紧紧把门关着，房子上布满灰尘，装作是一座无人居住的弃房，直到半夜了，才开始营业？他想他今夜可能做了一回可怕的见证，他无意间看到了人间最黑暗的一幕。明天在法庭上问起，我怎么解释呢？假如公安局勘查，发现茅棚里有大量的人体气味、人体留下的痕迹，指纹、脚印、折断的树枝，等等，也许以为凶手先埋伏在这里，然后才伺机行动的吧。

他想起人活一世，大概总有很多很多等待。今天他又一次处在这样的等待中。一个人处身于这样的等待中心，他会感到一种奇怪的状态，那里是一片黑暗，一片混沌。他完全不知道自己要等多久，不知道结果是什么。

但结果总是有的。

比如今天夜里，会有什么样的结果呢？想想不外乎这么几种可能：第一种，雨等一会儿就可以停了。这确实是今年的第一场秋雨，已经下过这么久了，再洒一会就可以过去的。也许雨正在过去。他伸出手到棚外，感受雨是不是小些了。还有十分钟。只有几分钟了。他很快就会从雨中走出来。他已经到了雨的边沿，只有几丈了，几尺了。

雨啊！

第二种可能，雨还是要落一阵的。也许还要一个小时呢。半个小时呢。

一个小时呢。那么他还得等下去。他已经等过多久了，有两个小时吗？他想象着有一块黑黑的巨大的东西笼罩在他头顶。一块磨盘一样的东西。在这副磨盘下面，他像蝼蚁一样小。巨大的磨盘在他的上面缓缓移动，初看觉察不到，过一会儿就看到它移动了，一如手表上的分钟和时钟那样。如果他已等了两小时，那么磨盘已经在他上面通过三分之二了。他只用等三分之一的时间了。

有那么一会儿，他相信雨终于止息了，棚里棚外一片静寂。河对面村庄上的灯光不知什么时候也渐渐熄灭，真正是夜深人静了。涛声从河底浮起，越浮越高，轰轰隆隆，浓雾一般蒸腾。好像涨水了，整条河都给淹了，他已经置身在水底深处。等他跨出棚门来到雨地，他明白事情全给弄错了，无头无脑裹挟而来的雨团，沸水一般将他重新逼进茅棚。就这一两秒钟之间，他的全身给浇了个透。原来雨是更浓更密了。

看样子这雨是下昏了头，已经忘了发出声音来。

以后的一段时间，他都在想着一个问题，想这么大的雨，为什么偏偏没有一点声音。他伸手到棚外。微微的一触中，他发现雨虽然比原先的更密，但也更细，像什么丝线，或黏液，不是滴下，而是缓缓地、软软地摊在手上。先摊成一个小圆堆，然后矮下去，再也发不出那么响的声音。于是涛声便一下传了过来。

谁知他又一次错了，就在他这么想的时候，雨声又沙沙拉拉响起。先还轻轻的，零碎的，转眼便很有力、很深沉地连成一片。涛声随着渐渐后退，渐渐隐去。过一段时间，涛声再次泛起、加强，化作飓风一样的东西，将雨滴推开。涛声和雨声，像两个对立的巨人，就这么在河谷里推来推去。

难道还有第三种可能吗？他说。

难道雨，真的会一夜不停吗？

不可能没有结果的，他的肉体不会就在这雨夜里消失，至少，一夜过去就会天亮，明天他还会活着，这一点应该可以肯定。明天他会像平时一样活着。他的面前浮现出阳光、大街、人群、早餐。真难以想象，这样的雨，这样的夜，一个人陷身其中，难道还可以拥有那一切吗？

肯定有人知道的，肯定有人知道结果的。假如我是那个人就好了。至少我可以认清自己的处境，明确决定我是走，还是不走。假如这真是一夜没完没了的雨，我却一个劲在这里傻等，那知道结果的人一定会看着我好笑。他会说，瞧这个人，多么傻啊，他的后面还有那么长那么长的雨，可他一点也不知道，仍那么傻乎乎等着。真是一个可怜的孩子。

多么可怜的小生命啊，他想象着那一个他说。

那人是那人，我是我，只有那人才知道一切，只有那人知道，我怎样才能得救。

解救之道是肯定有的，他又一次说，只是我不知道罢了。也许那道就在我的身边，只是我不知道罢了。好比我们看见一只虫子，一只小蚂蚁，陷在一团唾液里，死劲死劲那么拱，一心想挣出去，结果却越陷越深。其实他只用向旁边迈出一步，或回个头，便是出路。可他偏偏不知道，偏偏一个劲儿往前拱。这个时候，他一定又得站在什么地方，什么高处笑我了。

不懂，不懂啊，他会这么说。

只有你能指引我，救我，他喃喃地对他说。

雨小了。机会来了。再不利用就错过了。刚跑出几步，雨又大起来。这是怎么了？他有些不解。他的身上又一次湿透了。前面远远的地方有一团亮光，亮光照出一座房子，一个圆形的月亮门。门里仍灯火通明。那是一家木器厂，或木器厂所属的一个小餐馆。跑近了，见门口屋檐下坐着一位老女人，独自忙活着什么。门内有两个男人围着一张小方桌，喝酒、吃菜。这是一个躲雨的地方。但是他不会进去的。他再也不想等下去了。何况衣服已经全湿，湿了等，更伤身体。毕竟是二十分钟的事，湿就任他湿去吧。在跑动的过程中，体内会散发出热量，雨水也许渗不进去呢。

再一会儿，雨更大了，大得不得了。一转过山脚，大风扑面而来，灌得他喘不过气。

这是故意的！他想。

这是他的意思，我不会违抗的。

他跑不动了，也不能跑了。他干脆停下来，缓步一下一下走着。这时他已进入县城的灯火之中。他的脚步更慢下来，尽量做出若无其事模样。街道上显得空旷，雨水打在柏油路面，像开满遍地的鲜花。身前身后，有几个人打着伞缓缓而行。街道两旁仍然很热闹，炉火与灯光一起明亮，小贩们在火前忙碌，不时传来炒菜的哧啦哧啦声。店铺前，灯光下，站了三个两个观雨的闲人，似乎也是躲雨的。当他从他们面前经过，便都拿了眼往这边来看。他知道那些人都很奇怪——这么大的雨，怎么还能若无其事逛大街？

这一夜他没有睡好，不时被雨声惊醒，每次醒后，总感到风雨扑面而来，蚊帐和毛毯都湿漉漉的。他翻身而起，奔到窗前。他以为房间整个给淋透了。拉开灯，却并不见什么，雨只在窗外大作，窗内倒干干爽爽。为防万一，他将书桌从窗前拖开一些。不久他又一次在风中雨中惊醒，又一次奔向窗前。天快亮时，雨声里夹进了雷声。这也不是正正经经的雷，不是一个一个地打，而是无数个雷同时那么打，并不很响，嗬嗬嗬，哈哈哈，声音很是空洞，好像满天空烧起了大火，大火烧得发笑。所有的雨丝都在电闪中给照得纤毫毕现。他干脆将窗户关紧，终于在一片闷热中昏昏欲睡。他模模糊糊感觉全身发热、出汗，头脑里什么东西咣咣乱敲。他模模糊糊想，我是不是真的感冒了，得了寒热病。我的病要复发了。

雨无边无际，一夜未停，他不由暗暗心悸：原来真的这样啊。要是他不冒雨跑回来，到现在不真的还困在那座小茅棚里吗？一天下来，雨仍然未停，他更吃惊了：原来结果是这样啊。直到第三天，雨还没有停，他这才知道，昨天当他自以为得到了最终结果的时候，他其实仍然陷在雨阵深处呢。

楼上的朋友

年轻时喜欢文学，所交往的朋友也多是志趣相投者，大家交流创作，相互批评砥砺，不亦乐乎。世易时移，朋友们早已作鸟兽散，交换的文稿有不少竟忘了索回，一直留在我的旧纸箱中，每每翻捡，总能让我发上半天呆。曾试着联系到稿子的主人，用大信封装好寄回过一些。另有几篇稿子竟然没有署名，更没有地址，根本弄不清出自谁手了。多次准备丢进垃圾篓，最后又捡了回来。别看这些废纸一钱不值，当年可是凝聚了创作者多少心血，如此丢弃，只觉内心不忍，甚至有某种罪过之感。

夜读周作人《抱犊谷通信》，文前小序中作者说他常常羡慕以前的写作者，能在无意间捡到一本日记，或在旧书摊上买到残抄本，或在哪张包花生米的废纸上录出一篇东西，当作自己的作品发表。后来周作人终于也得到一卷字纸，拿过来发表了。我不由恍然，想自己为什么不能照此办法，将手头的无名朋友之稿抄在这里，权当自己所作？

冬天里的某个晚上，我终于打定主意到艮石那里去一次。我按捺不住自己的渴望。其实仔细想来，我并不想同艮石交流点什么，我只是想到他房间坐坐，到他所住的那栋楼房随意走走。这里我很难表达好自己的意思。我是说，我似乎不只对艮石本人感兴趣，我更想看看他的房间，看看他居住的那栋楼房。当时我的头脑里清晰地浮现出那栋房子的全貌。那一色的红砖红瓦，那阁楼上的一排长方形气窗，一齐静静地在那里呈现。不知为什么，我心里委实有些激动。

据说那栋房子是许多年前“大跃进”时代的产物，带有当时流行的仿俄罗斯风味，屋顶之上又突出一层更小的屋顶，屋顶与屋顶之间便形成了一排阁楼。把阁楼算在内，这栋房子共有五层，当时在这样偏僻的小县城，无疑是居高临下的庞然大物了，只是到后来，才渐渐淹没于周围更高更大的楼群之中。房子是真正的砖木结构，一色的木板楼面、木板楼梯，还有木门木窗、木天花板，在阁楼上的某些地方，墙壁也是由细木条贴了一层石灰墙皮构成，你随便一拳打过去，就如打在什么烂草堆上，发出空洞而柔软的声音。同时墙内或墙外什么高处，会沙沙地震下大股小股泥土来。尽管在每年雨季来临之前，房管所总会派些人来检修，将房瓦扒得哗哗啦啦直响，但仍然不能阻止其败落的颓运。墙壁四处越来越多地出现或大或小的窟窿，将里面的木板条一根根露出。楼板经过无数脚步的踩踏，很多地方也早已磨穿了。你沿着过道走走，脚下不断能踩到一些软软的物什，那是从单身汉房间里排出的剩菜剩饭或垃圾之类。假如你脚步重了，天花板上还会突然脱下一块石灰皮，准准砸在你脑顶上。

艮石是我的朋友，关系不是很好，也不很坏。我们在各自的单位上班，很忙的，或不很忙，到一定时候，我们都会想起对方，这才知道已有好长一段时间没见面了。于是不由有些急迫，或我到他那里去，或他到我这里来。而我去见他的时候，也正是他想起我，要见到我的时候。见面之后，也没有过多的话可说。“最近，都干了些什么？”我们会问。不是我问便是他问。有时会问得具体一些，问到某一件事干得怎样了，干成了没有。被问的一方总装作随意的模样，马马虎虎道："干了什么？也没干什么。"但是结果，还是能说出干了点什么。

艮石最喜欢躺在沙发上看书，听音乐。我到他那里坐的时候，他会到书柜上的录音机前忙碌好一阵，将几盒磁带从抽屉里拿进拿出，然后响起一片沙沙的倒带声。倒了一阵，他啪地关掉，把磁带取出看看，然后又放进去倒。

"你听这段。"他说。他终于将磁带倒好，做一个手势让我注意，便坐到我身边来。与其说我是让音乐吸引了，不如说是让他的容颜所动，也不由收起脸色，严肃认真去听。可我终于闹不清艮石那么郑重地让我听、让我注意的是什么。我也根本来不及仔细体会，艮石又匆忙爬起身，啪地把录音机关了。

他问我："怎么样？"

为着不使他扫兴，我装作很有同感的样子，点头道："不错，很不错的。"

到艮石家去的路上，四处极静，看不见一个人，也没什么灯光，满世界灰亮。看来已经很晚了。在我的感觉中，吃过晚饭后其实并没有过多久。一个人的日子就这么怪异，不是长，就是短。平时长得不行，可一短又飞快，比如今夜。当然没人更好，没人我便一个人走，无牵无碍，在这幽深的街道。艮石不会睡的，艮石喜欢躺在床上看书听音乐。

艮石住县城西头。西头是山，我到艮石家去，很远很远便一直在爬这山。我知道我爬的这路叫西门五支路。五支路白白的，一条直巷上去，两边叽叽咕咕的不知道都是些什么。当然都是房子。五支路直上直上，把那白白的走完，然后是暗的。原来巷子在这里打了折，向右手去了。这折的一段仍是五支路。不过此时事情已有些复杂，从那不引人注意的高处，分别有几条巷子盘曲而来，一齐交叠在这横着的五支路上，分别为六支路、七支路、八支路。我在这里犹豫了一下，有些搞不清楚艮石住的到底是哪条巷子，具体说，是七支路还是八支路。我承认我不知多少次来过艮石的家，但那是白天，一切明明白白的。夜晚一到，特别是这无人的静夜，周围景物突然变得异常陌生起来。我甚至不知道，原来有三条巷子交叠到五支路上来。

我最后选定的是顶头上的那条巷子——八支路。理由只有一条，那条巷子似乎宽些。不错，路边是水沟。没有水的水沟。路也不是路，是一道围墙。也不真的是围墙，两边的房顶都比路面低，甚至比傍路而行的水沟低，这样路便成了墙，人在路上走，自然而然便等于在墙头走。走过许久，并没见着艮石的踪影，我是说，没见着艮石住的那栋仿俄罗斯风格楼房的踪影。再往前，快到小巷顶端了。小巷顶端全是树，是松树。松涛哗啦啦响。松涛后面，便是与天空接在一起的巨大山影。有一点绝不会错，艮石的房子应该在巷子的中段，而不在顶端。我想找个谁问问。当然不能问。没人可问。四周一片静寂，每座房舍及房前的台阶，还有脚下的水泥地面，统统泛着一层灰亮的光。今夜我只怕仍是搞错了，艮石所住的并不是这条巷子。真的不是。不过我又想，既然已走到这里了，干脆往前走走再说，走到顶端再说。其实在巷子的尽头，衬托着松涛和山影，确乎还有一栋楼房，与艮石家的那栋几乎一模一样。我远远地仰头去看，一二三四五，没错，五层。又退后几步看，看到了高处那一排阁楼。又看到楼前一块狭长的水泥平台，都像。转到房侧，我找到平日极熟悉的楼道口，楼道内有木梯，果然是。原来艮石住处竟在这条巷子的顶端，今天我又是头一次发现。粗心大意惯了，每次来都轻车熟路，不假思索，从不注意自己走的是什么样的路，路两边又有些什么标志。倒是夜晚，特别是这样无人而陌生的夜晚，更能让你面对真实。

在我决定到艮石家来的这天下午，曾在街头偶然遇到他一次。当时我心情不好，干脆说，我在生什么人的气。我气鼓鼓走着，走得很快。尽管这样，我还是为我们的相遇而高兴。我不由叫了一声："艮石！"艮石不笑，但看得出他的内心也不平静。他说他曾到我家找过，但我不在，门是锁着的。我问什么时候。"几天前，十几天前……记不清了。"他用手狠狠揉了一下额前耷拉着的头发，抱歉地笑了。

我想我一定还在生那气，以至与艮石对话时显得有口无心。艮石还同我谈了些什么，我都记不起了。艮石讲话时，不断地环顾四周，身旁每经过一个人，他便皱起眉头，停了话不说，显出厌恶神情。有时还不由自主地将身体挪动一下，好似要给那经过的人让道。其实那人离他的身体有好几尺远，根本用不着让开的。不知他是怕别人听去了他的话，或怕他的话影响了别人行路。他讲话的声音很小，蚊子一般，且吞吞吐吐，讲一句便那么停一下。他的身材高大，健壮，讲话的声音却小而又小，给人的印象便很深刻，凡是跟他见过面的朋友，私下里总同我谈到这一点。不过我是听惯了，我不在乎他声音小。身子大，声音小，这是他的特点。

这天我们离去得匆匆，随后我才想起应该讲一句约定见面的话。但艮石已走开得很远了。艮石走路的姿势很特别，肩头一边高，一边低。高的那边手臂前后晃动，也只是微微的，幅度不大。低的那边手臂却一动不动下垂着，僵死了一般。这样他的身体明显向一边倾斜，同时脚步也向倾斜的那边歪过去。直到快要撞到街边的墙壁了，这才收住步子，贴紧墙根行走。那情景给人一种强烈感觉，仿佛他马上就要向一边扑倒，只能靠墙壁撑住了。

楼道里没灯。这是真正的黑暗，但我毕竟可以算是轻车熟路，只凭着记忆，知道哪里是楼梯的起点，走到一定的时候，便是楼梯中间的平台。平台上堆有住户家码放的木柴，你必须用手扶稳了，才不至于一头撞上去。我想不通，楼上楼下住那么多人，大家成天就在这样的地方出出进进吗？这里可真是狗洞一般，你简直不是走，你是在爬了。

这个时候我的判断已有些失灵，我感觉每一段楼梯都比平时要高。当我算准，我已经踏上一个平台，应该转弯了，可实际情形并非那回事，我还只是攀到梯级的中间。而当某一刻我抬起脚准备跨上一级时，这又到了拐弯的地方。我在浓密的黑暗中极力分辨着，想掌握住一点规律，又不断被来自脚下的干扰打断：楼梯板不稳，让你担心随时都可能踩翻什么。假如一脚踩进窟窿里，你会半天拔不出来。我不得不紧抓住扶手，双脚交替着一探一探。我简直有些怀疑，这楼梯是否废弃不用了，在另外的地方换了新楼梯，或者说，这栋楼已经在开始拆除，艮石他们什么时候已经搬家了，搬到了另外的地方？

当然，如果艮石另搬了地方，他无论如何会同我讲起的，何况下午我们还刚刚见了面。

越往上，楼梯越破损得厉害，我的脚几次踩空。不是双手抓得稳，且反应敏捷，快速收腿，我可能早已摔到什么地方去了。有两处踏板干脆没了，脱落了，身下一阵深邃的冷风从空洞处侵袭而上。我不得不伸出双手，抓紧再上面一节的梯板，才勉强爬了上去。

等到我终于控制不住自己的疑惑，站在梯级的某处四下环顾时，我觉得我今天夜里真的已爬了很久了。我应该爬到很高的地方,照往日的经验,早该到五楼了。可实际情况是,面前的楼梯仍在那里延伸,无论你用手摸,用耳朵听，都感觉不到哪个地方有尽头。我甚至意识到，我已经许久没有踏上平台，没有转弯，身下的楼梯似乎在无意之间盘旋着上升。我清楚这都是我的主观错觉。夜实在太深，特别是我经过这一阵的奔波，走过那么长的街道，又攀缘这么久的楼梯，想来身体已极度疲倦，神志不清醒，因此自然而然出现了一些幻觉。等以后想起来，今天夜里的经历可能会是很可笑的，也是很可怕的，我肯定会把这一切绘声绘色讲给艮石听。艮石一贯说我讲话时喜欢渲染效果，今夜可是半点渲染也没有。

尽管如此，我仍然止不住内心的疑惑。我已经讲了，我停住在楼梯的某一处四周环顾,总想能分辨出一点什么,找到哪怕一丝一毫的参照物,弄清自己的确切处境。同时我皱紧眉头，在记忆中搜寻来时的一路所历。我不得不承认，我真的是走错了巷子。看样子，所谓的六支路、七支路、八支路，从外观上看应该有很多相似之处。并且其中的一些建筑物，比如我现在置身其中的这座楼房，与艮石家住的楼房便完全是一模一样。这也难怪，都是“大跃进”时期的产物吧。

不用说,我想到了调转头来,从原路退下去。但最后我仍然没退下去。这理由也很简单，我发现自己无法很好地退下去了。如前所述，刚刚经历的一段路程我是从极度凶险中闯过来的,当时紧张,没在意,现在回想,不由万分害怕。更为严重的问题是，那几处踏板脱落的地方，你从下往上爬较容易，因为上面还有可以把捉的地方，双手一用力，身子便随着攀上来了。而从上往下,全是空的,整个身体无所依托,搞不好一个失脚,这条命今夜便丢定了。于是我想到了往上。我说一不做二不休，干脆往上吧，有这楼梯便会有楼层，有楼层的地方便会有人住的。其实这个时候我仍怀着一丝侥幸，我在顽固地坚持着相信，今夜我不可能弄错什么地方，这座楼不可能不是艮石住的那栋楼。只要我能翻越眼前这段暗道，我便可以踏到实处，到达我所熟悉的那层阁楼，然后敲响艮石的房门。我想象着，到那时我一定会把艮石的房门敲得极响极响，把整个楼里的人都吵醒。既是表达内心的兴奋，也借以驱除今夜这一连串的可恶幻象。

目标一经确定，我便埋下头来一心一意攀登。于是我完全给吓得魂飞魄散了。我发现楼梯真的没有尽头，总那么不动声色盘旋着上升。我最受不了的便是那种不动声色。你一直以为这是最后一段了，可就在你爬动的过程中，它已在不知不觉中转了向，面前又是一模一样的梯级。同时随着我的每一迈步，身前身后什么地方嘎嘎有声，让我以为另外有什么人正与我保持同样的距离,用着同一个姿势向上攀缘。不过我心下明白，这是因为木结构的楼梯过于朽烂，已无法承受我身体的重量，眼看整个要垮了。我想我绝对是狂奔乱窜着了。身下的踏板不断出现脱落处，甚至接连脱去两节三节，但我总能翻越过去。我猜想此时此刻，我的身体内真的爆发出了什么超自然的能量，有时双脚踩空，大半个身体都摔出去了，结果我仍能抓住点什么，死命挣扎着，又爬了上来。

“艮石，艮石！”

缓过一口气的时候，我便在内心这么呼唤，默默地，一遍又一遍。

“艮石，救救我！”

我这么呼唤着，果然看到了一线亮光，具体说，我看到了一小块天空，就在天顶不远的地方。多久没看到亮光，没看到天空了啊，我想道。再往上爬几步，扶紧墙壁直起身子，我发现我已给送到一扇窗户面前。窗子是横躺着的长方形，没有窗门，与艮石住处阁楼上的一模一样，宽两尺到两尺二寸左右，不会再多，高有一尺五寸。而窗户上方，顶多一两尺远的高处，就有一棵比碗口还粗的树枝横长在那里，我甚至能看清树干上皴裂的皮。树干后面隐隐有类似绿叶般的东西在婆娑。

也算天无绝人之路啊，我来不及多想，从窗户里探出身子。我想我肯定还踮起脚跟跳了一下，双手紧紧抱住树干，身体便从窗户里给吸了出去。我意识到不好，身体已经开始下沉。刚刚还置身其中的楼房如什么巨型木船，给一篙撑了开去。沉了好久，然后停住，紧接着腾空升起了。

“艮石，救我……”

我还来得及这么喊了一声，人便在大气中飘浮。

数清秧苗

这是旧纸箱中所收朋友的另一篇文稿，一并抄录如下：

下田没多久，我有了一个怪念头，很想数数已经插下了多少棵秧苗。早先读书时，老师叫写作文，我写一个字便数一个字，全篇写完，我把数目标在结尾的地方。是一种享受。现在我是个大人了，有了桂枝，又有了巴巴，还有这块蛇尾子。没听说过谁边插秧边数的。小孩子也不会。

浑身不舒服，插几棵就站起身，看着刚插的秧苗。我发现我在不知不觉地数着。我笑自己傻气，有我这样做事的吗？我忍住，一心一意地插。身子又不舒服，我很想做到心中有数。数就数吧。这样想着，我走上田埂，从第一棵数起。眼发花，数不准确。行行秧苗差不多，或者错把这一行当那一行，或者错把那一行当这一行。我找到一根小树棍，数一行做个记号。后来我想起，每排秧五直行，我只用数出横的行数，再乘五，不就成了？

数完了，我将数字记在田埂上。我试着插一棵数一棵。太费力，只好插完一段再数。我越来越认真地干着这一切。

一排秧没插到头，累积起来的数字大得惊人。我不懂这块田为什么叫蛇尾子？整个山垄里的田数它大，偏偏叫蛇尾子。小小山垄，偏偏有这么大的一块田。要数到多少才能插完呢？我十分烦躁。

田中间有棵小柳树，树下是个大泥潭，有多深，没谁清楚。那里不敢用犁，牛陷进去出不来，只好用锄头挖。人也不敢踩，挖田时，脚下垫两块大木板，边挖边移动。我祖父就是落进泥潭里死的。

秧插得极慢。从没这么慢过。我没勇气干下去了，同时我更想知道，蛇尾子到底能插得下多少棵秧苗？一年两季，我二十一岁，在蛇尾子里干过五六年了，共插了多少棵呢？往后算，我要是有六十一岁的寿命，还得插四十年，那又是多大的数目呢？

蛇尾子本来是我家的，后来合到村上，后来分田，又归了我。我一直嫌田小了，巴巴生下来了，三个人了。今天我觉它大得可怕。站在田中间，我好像只有脚下的蚂蟥那么大。

我回家了一趟。打定主意要桂枝帮帮我，至少，让她坐到田埂上陪着。我有点害怕，不知道害怕什么。离房子好远，我就后悔了。我从来不让桂枝做事。她到河边洗衣我也不让。夏天我怕晒黑了她的脸，冬天怕冻坏她的手。我情愿担水到家里让她洗。情愿自己累点。别人说我疼老婆，我愿意让桂枝养得白白的，胖胖的，年轻轻的，我看了舒服。

桂枝躺在床上，与巴巴一起。别人说她很懒，我就喜欢她这懒样子。我擦干净手，使劲揉她的胳膊，捏她身子。她问我回来干什么，我说喝茶。

山垄里很静。垄外远远的小河边，有两个插秧的人，当然不作声。太阳越升越高，田里的水却好像越来越凉。我后悔没有把桂枝叫来。我隐隐觉得，田里有个什么东西，说确实点，田里有个人在干什么。我瞪大眼睛四处望，空空的水田，田中间那棵小柳树正抽芽。我低头插秧，插得飞快。这次我明明发现，田中真有一个人，就在离我不远的地方，念叨着什么。

这人是我祖父，正数着秧苗。他不是帮我数，他数他自己曾经在这田里插下过的。我没有看见过祖父。我三四岁时，他就死了。那次，他犁完蛇尾子，又埋头挖那片泥潭。夜里他没有回家，锄头丢在田埂上。大家知道不好了，有人陷进泥潭了。七手八脚挖了几天，也没见个人影。泥却越挖越多。人们累了，再不想挖了。好歹算葬了，泥里就泥里吧。不知谁在上面栽了棵柳树。从我记事以来，柳树就那么大。年年发芽，年年长叶，就没见长大过。不知道为什么。更不知道，我根本没见过祖父的面，为什么却能相信田里这人就是祖父。

当然不会是父亲，父亲比祖父死得更早。母亲改嫁了，现在又儿女成群。用不着猜测，我敢肯定是祖父。祖父多大年纪死的呢，不清楚。最少，他在蛇尾子里插了四十年的田。四十年，多少棵呢，真够他数的了。

我站起身，向垄外走去。河边做事的两人，有一个老头，我想同他谈谈祖父。

"三公，记得我公吧？"

"他比我大五岁，属鼠的。"三公嘴边有块泥巴，嘴动，泥巴不动。

"你说，他是犁田时落进泥潭的？"

"蛇尾子犁完了，就剩田中间那块。天黑了，他看不清，落进去了。好多年了，连个尸身也没见到。"老人停住了。他怕我难过。

"你当时不在场，晓得他不是自己走进泥潭的？"

"瞎讲罢，天黑了，他没小心，哪晓得……"

我点着一根烟，又给他一根。我回到蛇尾子。

我不相信三公的话，祖父怎么死的，我忽然变得清清楚楚。那天，祖父也在蛇尾子插田。他想数清自己插了多少棵。他又想算清自己一生统共插了多少。他数不清，烦得很。回忆过去的日子，只看到一棵棵秧苗。一年年，在蛇尾子里插了收，收了插，没完没了。于是他老了，数不清插过多少棵了。他不想插了，也不想数了。他一步步走近田中间的柳树。

当然，当时还没有柳树。当然，祖父是死在犁田的时候。我很想再问问三公，是不是他记错了，祖父是插田时死的？

我不相信三公的话，问也白问。

顶好问问祖父，自己的事自己最清楚。田里空空的，只有我刚插的那排秧苗，只有田中的小柳树。柳树向我点头，好像让我过去。是的，祖父就这样过去了。

我呢，不明白，我二十一岁了，以前的日子怎么过的。读了几年书，就回家，就结婚。有了桂枝，有了巴巴。桂枝白白的，胖胖的，年轻轻的，更懒懒的。我喜欢她的懒样子。我喜欢揉她的胳膊，捏她身子。我从没想过，我一生是一棵棵秧苗排成的。祖父也是，巴巴也是。我真不该生巴巴，祖父真不该生父亲，父亲真不该生我。

崩溃的走湖

小城很小，湖却很大。很大的湖坐落在很小的城的中心，所以很小的城便也给撑得很大很大了。

湖是小城的心脏，是小城的眼睛。湖是小城人的骄傲。早早晚晚，人们有事没事喜欢到湖边走走，看看。

不知什么时候开始，出现了一种小城人特有的健身活动：每天傍晚环湖走一圈。徒步。快速。

叫走湖。

大约十华里的路程，一圈走下来，正好需要一个小时。

时间已经很晚了，出门不久，空中忽然飘起乱纷纷的雨丝，路灯下密密麻麻，晶莹透亮。一天来头顶上一直这么阴着，一副欲雨未雨的模样，却又并不下雨。夜里大概也不会有多大的雨。越往前走，雨却越来越大，路上的行人四散奔逃着寻找躲雨的地方。等他重新跑回宿舍，浑身上下早已浇个透湿，雨打在街道上，打在窗外的树木上，噼噼啪啪已然很有阵势。

最后他是武装整齐出门的：脚着胶靴，手撑雨伞，神态安闲地在大雨中走着。伏案工作一天，这夜里的绕湖一周是非坚持下来不可的。下雨怕什么，雨越大，湖边便越清静，漫步其中会越加随意，思维也会越加活跃。作为一个与文字打交道的人，他一点也不害怕独自一人与夜与雨与湖与大自然赤裸裸相对。他一开始就有了这样的打算，一定要利用今夜这一小时，好好整理一下自己近段时间零乱的思绪。他要好好享受一下这只属于他一个人的雨夜。

身边的行人渐渐多起来。原来雨小了。后来雨停了。初夏的雨就是这样，说来就来，说走就走。雨停后路面上还干干爽爽，不留下半点痕迹，好似几分钟前根本没下过雨。雨一停，他的一身装扮便显得有点突兀：手拿长柄雨伞，脚着高帮雨靴，嘎嘎有声地一路大步向前，引来四周不少惊异的目光。偏这时迎面又遇上一个熟人。接着又遇上一个熟人。熟人虽没说什么，但目光是同样的惊异，长长短短地在他的雨伞和胶靴上一个劲拖动，让他感觉自己就似一头从动物园跑出的大猩猩。恍惚之中，自己也真成了什么猩猩，长臂很长，长得根本就找不到隐藏的地方。

眼下有几种方法供他选择：第一，回家换掉雨靴，放下雨伞，再重新出来。不过这里离家实在太远，回去再出来是不可能的。第二，就近找个地方至少把雨伞寄存一下。当然这同样不可能。

几分钟后他就知道，长靴长伞的问题实际上根本成不了什么问题，因为接下来，他遇到了一个更加严重，更加令人不安、令人困窘的问题。他发现自己的身体似乎有些不方便，明说了吧，他有些尿急。夜里吃了太多的稀饭，饭前还喝过一大杯开水。

尿急原本不应成为什么问题的。尿急之所以能成为问题，是因为在一时半刻之间他可能难以找到厕所。公园那边的公共厕所早已走过，而下一个厕所离这里大约还有五六里之远。他开始为自己寻找一个能及时、快速解决问题的办法。首先，起码的一点，他不能让自己像条狗一样随地大小便。第二，此时此刻即便你想同狗一样随地大小便，也根本找不到一个合适之处。这几年城市搞亮化，沿湖每一块石头每一棵小草都给灯光照得纤毫毕现，略微暗淡点的地方，偏又让那些蛆虫般无缝不钻的恋人们占领。一个暗处便有一对恋人，就像一个萝卜一个坑一样整齐。

尿是这样一种东西，当你没有意识到它的存在时，它便根本不存在，而当你意识到它成为一个问题，并且一时无法解决，它便如山崩地裂般汹涌而来。这个时候他已经有些心慌，这个时候他根本顾不得人和狗之间到底有什么区别。这个时候只要给他一个随意的地方，哪怕做条狗吧，也是可以的。于是他开始仔仔细细在湖边水边搜寻着，台阶、草地、石栏，看哪里可以容他暂时做成一条狗。

印象中，有一处地方比较理想。几天前他骑车从这条路上经过，曾看到湖边有一座正在兴建中的红砖矮房，可能是临时搭建的花房或工棚之类。未建成的房子正好是一处藏污纳垢之所，也是此时此刻他心目中最美好的去处。可等他满怀热望直奔而去，他看见矮房的窗口有很亮的灯光透出。原来在这短短的几天之内，一座简易工棚早已建成，并且有人住了进去。

这种打击远非一般人所能承受，此刻他感到来自身体深处的一阵疼痛。那是某种液体鼓胀到极点所产生的疼痛。他茫茫然端紧自己的身子，在路灯下缓缓挪动着。他挪到了一个比较僻静的弯道上，看到身旁忽然出现一条通向湖面的台阶。台阶与湖两边的石岸恰好构成一个比较阴暗的拐角。他紧张地四处察看一下。前面无人，后面也无人。再容不得过多犹豫，他端着自己的身子直奔阶下而去。不想还没等他很好地把衣服解开，一道雪亮的手电光刷地一下直扫过来。

“别动！”两位身佩红袖套的老头从暗影中突然跳出。

“好小子，终于让我们抓住一个。”

两个老头是湖泊管理处所雇的工作人员。近段时间许多市民投书反应，沿湖一带卫生环境堪忧，特别是少数人素质太差，随地大小便的情况时有发生。为此湖泊管理处特意聘请了专人进行执勤巡逻，抓一个严惩一个。两个老头已经在此守候多日，今天终于现场抓住一个，不由有些喜形于色，前后夹击着将他拖上马路。这时围观的人越来越多，他很想挣扎一下，至少为自己分辩几句。但是他不行。他不能。他正竭尽最后一点力气平衡着自己，抵挡身体内部那山崩地裂般的胀痛。这是真正的命悬一线，稍有不慎，一切很可能就会彻底崩溃。

受难的境界

受访者：某男，四十三岁。

那年我二十三岁，正准备结婚，未婚妻叫秀，与我同在这百十号人的社办垦殖场做集体工。秀长得秀美，人贤惠，别人都眼羡我这么个苦出身的人，命中偏偏也有这样的福分。我也暗暗认为，秀的出现是对我多年磨难生活的一个回报。就在这个时候，就在我行将结束长达十年多的流浪生活，过上一个虽仍然贫穷但也算得上正常人的日子的时候，特别是就要与我的秀日日夜夜相守的时候，我突然病倒了。

病是关节炎，实际上多年以前就落下了。在那样的不停流浪中，不落下一身病倒是不正常的。真不知道父母为什么要稀里哗啦毫无节制地生下一大窝孩子，生下了又不想承担一点责任，自出生之日起，我们便像畜生一样在房前房后的阴沟里跌打滚爬。“滚，滚，你滚出去！”父母对我们从来没有什么言语，一说话便是个滚字。有那么一天我真的滚了。我随一群出外摘茶的姑娘大嫂，顺着门前的大路走了两天两夜，第三天天亮走到县城郊外的一家茶场，浑身都给露水打湿了，头发、衣服、肩挎的与我身子差不多高的背篓，整个淋淋漓漓。一季茶摘完，姑娘大嫂们收拾好动身回家，只我独自留了下来。这年我十三岁。

摘茶的时节便摘茶，不摘茶时我帮人挖地、施肥、整棵修枝，风里雨里，霜中雪中，一年又一年的时间过去，从一个茶场转到另一个茶场。后来听说远离人烟的丝茅山新创办一家垦殖场，要招一批农茶工，我第一个报了名。总算找到了一个落脚生根的地方，同时有一种病，叫关节炎的那种病，也在我身上盘踞下来，生根发芽，蔓延滋长。开始我总同自己说，年轻人，小病小痛算什么，挺一挺就过去了。有了秀以后，我更不敢承认自己的病了。每次发作我都一动不动，极力忍受着剧痛，一面还装作若无其事的样子与秀说笑。我的四肢关节通红肿胀，十根手指如一排白胖的萝卜，却从来不敢让秀看到，仍然是风里雨里、霜中雪中地奔波。病是越来越严重了，我仍然只想挺住。我有一种隐秘的心理，至少要挺过结婚这一关。这一关通过，秀便是我的人，我再怎么病，再怎么痛，也用不着遮掩了。可是到底没有挺住，在结婚前夕我病倒了，真正的卧床不起，并且这一卧便是整整两年时间。

一旦意识到病况的无可回避，我反而安下心来、横下一条心来：治疗，不惜一切。病不治好，我便失去了一切，我便失去了我的秀。到县城，转省城，汽车火车，中药西药。用来结婚的一点点积蓄花光了，东借西挪的钱也花光了，病反而是越来越见严重。我想我是豁出去了，干脆转院到上海。经一家权威性医院拍片检查，我的右腿骨中发现一块异常阴影，医生一度怀疑为癌——骨髓癌。即便不是癌，至少证明了一点：我的关节炎严重到连骨头都开始腐烂了。或许是一种极度绝望后的破罐子破摔，或许是经济压力太过沉重，再无法这么无效地耗费下去，我决定回家。有人劝说在大医院都没什么效果，回家干躺着不更是眼睁睁等死。但这时我真的只剩下等死一条路。

我常常想一个人活着，为什么要有那么多的情感，要有那么多的牵挂，让人活不好死不好。比如我，如果只有我一个人，死了便死了，属于我的一切都会随我而去，干干净净无阻无碍。可我偏偏有了秀，有了那么多那么多的牵肠挂肚。我绝不能想象，我会丢下秀一个人在世上，绝不能忍受让她与别的什么男人接触。只要有一口气，我就应该看到秀，守着秀，变成鬼也要跟着秀。我想我这时完全是变态了。你想过古人死去，为什么要有妃嫔妻妾们陪葬吗？那或许正是出自一种绝望，出自强烈到极点的爱呢。我真的想过假如我死去，秀也跟着一同去死多好……至少在我死前，我应该将秀损坏掉，毁坏掉……不让秀脱离我单独留在世上，要留也不能留一个完整的秀啊。

当然这只是我的一时之想，我知道这都是变态的，阴暗的，是可耻的。我唯一的愿望是我死之后，秀能到我的灵前哭几声。那一个夏日，垦殖场发生了一件事：一个年轻人下河洗澡，让水淹死了。死者的女友送了一个很大的花圈，一边写着“某某某永垂不朽”，一边署名“某某敬挽”。我一看之下泪流满面。我想我死去时秀也能送这么个花圈，我便可以瞑目了。当然这同样是一种胡想。我死了绝不要秀送什么花圈。秀还要嫁人，还要生活，绝不能为我背上这黑名声。即便我不会立即死去，但像目前这半死不活，更应该让秀尽快从我身边离开。我不能拖累秀美的贤惠的健康的秀。我没有理由。但越是这么说服自己，便越是感到失去秀，将是多么地不可思议。秀已经成为我全部的灵魂，全部的全部。那段时间秀因事离开垦殖场，我真的是魂飞魄散了，从早到晚，天天拄两根拐杖，艰难地挨到岭头朝山路张望，企盼着秀突然出现在我面前。当时是冬天，下雪天，也是我病情最莫测的日子，在床上翻一个身都难于上天，更何况撑着拐杖出门呢。有次我不小心，一下摔倒在雪地里，浑身的关节痛发作，我晕了过去。直到天黑了醒来，发现自己仍在雪地里，棉衣棉裤都让冰水浸透了。真不知道那样的日子是怎么过的。有时我真的怀疑，我的病况那么沉重，也许都是因为秀，因为对秀的思念和牵挂。一个人整天沉浸在那样一种恶劣情绪中，怎么谈得上治病恢复健康呢。可是假设没有了秀，我不更彻底完蛋了么？

我劝过秀，说看来我就是这个样子了，好不到哪里去了，你怎么办？我的意思当然很清楚。秀不说话，一个劲地只是哭。哭完仍是烧茶喂水，端屎倒尿，仍是美丽，仍是贤惠。也是那个多雪的冬天，真的有消息传来，有人在追求秀了，男方是邻近村镇上的一个司机，父亲或叔叔还是当地的一个干部。我欣慰啊，高兴啊。我笑，或强迫自己笑，我对自己说："这就好，这就好，秀有了依靠，再不会跟着我受罪了！"不久果然见一辆大卡车三天两头来垦殖场。每次远远听到卡车的声音，我便以极快的速度挪到窗前。我想看看那车，看看车上是怎样一个男人。我一百次地阻止自己不要去看，一百次地阻止不了自己。有一天我再忍不住，拄了拐杖又守到路头，大卡车看来也认得我，到面前便停住了。我本来想说几句好话，台面上的话，说秀人善，心好，以后请你多照顾之类。可话一出口全变了。"我还没死，等我死了你再来插手！你滚，你滚！"我挥舞起拐杖，对他大喊大叫："猪，狗，畜生！"我想我完全疯了，拐杖乒乒乓乓打在雪地上，打在卡车上，我终于四脚朝天，狠狠摔倒了。

我们有一句古话，叫"登东山而小鲁，登泰山而小天下"。这里说的是一种境界。一场磨难过去，我发现我整个全变了。我感到一种说不出的心胸开阔、心旷神怡，好像真的置身什么峰巅一样，生活的一切风风雨雨、曲折艰难，在我的眼中简直是视若无物。我知道我已经置身于某种境界。病一恢复我便很快与秀结婚了，又生了两个孩子。我发狠种茶、种菜、开荒、做房子、养猪养鸡、养家活口。我开始学文化，有意识地建设自己。本来我小学没毕业，实实在在的文盲一个，这时一本本地往家里买书，买字典词典。我报考一个又一个函授学校，学会计、学哲学、学外语、学管理，总之见什么学什么，也不知为什么要这么学。随即我由一个普通的农茶工改任垦殖场会计，又做了副场长。后来社会上流行起做生意赚钱，我也开始做生意，也赚了钱。一切都那么容易，莫名其妙似的。八十年代末，丝茅山垦殖场完成了自身的历史使命，宣告解体，一伙人栖栖惶惶作鸟兽散，妻问我怎么办。我说怕什么，有什么过不去的难关？我将这些年积拢的那些肄业证、会计证全揣上，来到县城一家蒸蒸日上但是账目却一塌糊涂的公司。公司经理将一摞一摞的账本山一样堆到我面前，说多年压下的，全靠你了。两天两夜我没离开那房间，第三天将一本新账丢给经理。经理服了，马上聘用：主管会计。

生活是困窘的，无奈的，我知道。但我真的觉得，没有什么比活着，比艰难地活着更容易、更令人快意的了。

乡村写作者

柳伟家住一座大湖的西边。我们不很清楚路径，在一个乡镇下车后，沿着一条横向的公路走了两三华里，才坐上一辆中巴车到达另一个乡镇，下车后又沿着湖区大路一直向前，连猜带问才找到这个叫长坑的村子。当我们从一条竹林小径中钻出，看到山冈下面，田垄和湖滩的那边，一个村庄如一条搁浅的小船出现在面前。这时阳光强烈而又密集，暴雨一般浇得我们满头满身都是，也将面前的村庄照得亮而又亮。于是我自然而然地想起柳伟一篇文章中的句子：阳光之下，泥土之上。

认识柳伟缘自于他的来信和来稿，那大概是五六年之前。柳伟每次来信都是厚厚的一叠，所谈不外乎当时文学界流行的一些话题，有关语言、时间、死亡之类，很深刻很专业，但看得多了，也不觉多么新鲜。而柳伟当时所寄的几篇文章，我感觉有点类似于四川诗人钟鸣的一些随笔，也嫌缺少钟鸣的某种内蕴。当然我只是私下里这么以为，没好意思直接同他说。于是这以后收到的柳伟一些文章，如《月夜孤泊》《流沙》《月光下的说书人》等等，那种潇洒而肆意的表达，那种对语言的敏感，便让人感到十分吃惊。我以为柳伟在这些文章中表现了非常出众的文学能力。这以后柳伟专程找到我这里玩过一次，柳伟嘴很大，头发长长地从脑顶中间划一条痕往两边披着，上面的门牙似乎缺了一颗，讲话时便不很关风，不时发出极轻微的嘶嘶声，好像在给自己伴奏。我原本不善言辞，更不习惯同初次见面的人打交道，柳伟看来同样如此，两人在一起多半只是一味傻傻呆坐。就在这种简短而又笨拙的交谈中，我仍感到柳伟在文学上的阅读面极广。实难理解柳伟这么年轻，又长年生活在偏僻的乡村，到哪弄那么多的书来读？柳伟说他主要靠邮购。

柳伟对写作的热爱是在中学读书时开始的，这种热爱可能带上了几分偏执，以至荒废了学业，高考时他落榜了。这以后，他自费到北京的鲁迅文学院学习了一年，回家后便娶妻生子，白天认认真真从事他的田间劳作，夜间守住一盏孤灯，独自看书、写作。柳伟具有较好的写作素质，语言感受力极强，这大约与他那作乡村说书人的生身父亲的遗传有关，只需几个月时间，一部长篇小说就能完成。这些年来，柳伟已经完成多部长篇及中短篇小说的写作。柳伟曾给我讲过其中两个长篇的内容，头一个当时正被天津的一家大型杂志留用，其构思神奇而又怪异，带有明显的恣肆才华的痕迹；另一部的情节框架则有点模仿著名作家格非的长篇《敌人》。在发表方面，柳伟运气不够好，他的小说深得某杂志副主编的喜爱，一再编发他的长、中篇稿子，但不知什么原因结果都没能用出。云南的某杂志副主编去年也曾一次编发了他的两个中篇，结果又在终审时打下来了，这主编又把这两个小说推荐给了广州的另一家杂志。某著名作家对柳伟的小说更是深加赞赏，曾专门来信加以鼓励，前不久柳伟还受这位作家之邀，赴上海拜访。

柳伟家住的是乡村中那种典型的两层水泥楼房，房前是水田、湖坝、柳树、水井，房后是递次上升的各式新旧房屋，简陋的卧室里堆满了历年来各种文学杂志。我从来没有看到过一个人家里有如此众多如此齐全的杂志，我想订这些杂志一定要花去好多钱。柳伟家其实一点也不富裕，他上有体弱多病的父母，下有一双正在读书的年幼儿女，他是家里的顶梁柱，是最主要劳动力，从每个季节的农事安排到具体劳作，每天从早到晚都有忙不完的活。几亩水田，几亩棉地，是家里唯一的经济来源，前几年做房时背了不少债，到现在还有几千块钱没能还上。而他多年来耗精劳神痴迷的文学，不但没给家里带来丝毫经济上的收益，反而又是订书费又是邮寄费，不知白白耗去了多少钱。柳伟也曾几次出外找事、打工，但他一没文凭二没技术，根本无法找到一份像样的工作。这次在上海，他在一家儿童玩具商店找了一份事，专门骑一辆黄鱼车穿街走巷给人送货，每天早上六点钟就要起床，而且还要记清仓库里无数货物的名称及单价。柳伟只干了两天就出来了，他重新回到了乡村。

在家里，柳伟大概是个说一不二的人物，别看他在客人面前又说又笑，当他转身同自己爱人说话时，马上把面孔一拉，连喝带叫，下嘴唇不知耷拉得多长。吃饭时父母是不上桌的，爱人更不上桌，只有他那个宝贝儿子在桌上又笑又闹。小家伙特别调皮，当客人想逗逗他时，他不但不怕，反而油腔滑调，嬉皮笑脸把你逗弄一番。傍晚时柳伟带我们出去看湖，看湖边他日日劳作其间的稻田和棉花地。柳伟指着远处的湖面说，几年前他父亲曾承包了那边的一片水域，养鱼。后来没赚什么钱，就不承包了。我不知道面前的这是什么湖，水面并不很广，横一道竖一道的还被许多湖坝隔开，有的湖坝断断续续的，似乎并不起什么具体的作用。太阳落山，湖雾起来，水面上的风如一把巨大的铁锤，咚的一声朝人迎面撞来，于是我感到了这片土地的力量。

耕种，并写作着。让人稍感遗憾的是，我个人隐隐觉到在柳伟的耕种与写作之间，似乎存在着一定的距离，他的许多小说作品就目前看，似乎也没有很好地立足于泥土之上、阳光之下，而过多地在书本、在他所阅读的那些文学杂志上趔趄、打滑。

辑三

战栗的手指

流浪与放逐

所谓艺术家乃是这样一种人，他们是人类社会的感觉器官、感觉神经，能比一般人百倍灵敏地知冷、知热，知痛、知痒，知悲、知喜，总之，外界的一切首先能在他们那里得到强烈的反应。艺术家更具有别一种感觉，他们似乎能凝神地倾听、清晰或模糊地感受某种来自天空、来自另一更高视界的呼唤，因此他们时时存有一种想超越、想飞升的要求。这是我对一个真正艺术家的一般看法，一般的起码的要求，也是我阅读台湾作家三毛作品时一再得出的印象。从很早的时候起，三毛就显示出一种别样的敏感、别样的忧郁，别样一种对每一生命瞬间的顿悟与理解，和别样一种的爱和怕。她十七岁发表的第一篇作品《惑》的主题曲："我从哪里来，没有人知道，我去的地方，人人都要去。"更与后来的歌词"不要问我从哪里来"遥相呼应，响彻了三毛烟波浩渺的一生。我们说，青少年时期的三毛真的是带露的花朵，在阳光下颤颤巍巍、晶莹耀目，感受着大自然的每一呼每一吸，我们很难想象这样的花朵怎能容得半点的碰触和伤害。

可是一连串的打击偏偏接踵而至，三毛失恋了，出走了。特别是新婚前夕，新郎却无缘无故突发心脏病，死在自己的怀抱中，这完全可以导致一个人对自身命运的不信任，导致整个生存信念的崩溃，尤其是对于以爱情为依归的少女三毛来说。我相信这时候，礁石那样潜伏在我们民族生活和民族心理中的许多带有宿命色彩的阴暗名词，比如女子“克夫”之类，一定会壁虎一般爬满三毛的意识。于是一次不成功的自杀发生了。等到三毛再一次负辱出走，来到撒哈拉沙漠的时候，面临的更是极为黯淡的局面：荷西本来并不是理想中的爱人，婚后感情生活也并不美满，三毛作品中大量的细节都可以证实这隐秘的一点，当然更不用说物质生活的艰难和屈辱了。在命运的打击下，三毛无处可逃，早已心力交瘁，花零枝落，残红满地，彻底丧失了反抗的能力。一个人怎么失败成这样？这样的失败什么人能担当得起？也许是下意识一种自我保护的本能吧，三毛开始拒绝承认这一切，拒绝承认生存的本相，拒绝正视命运的狰狞面目，拒绝承认她是一个失败者、可怜虫。三毛开始着意美化、装饰自己的生活，从某种程度上可以说，三毛开始了一连串的自我欺骗，自我说服。在这里，三毛本性中原有的倔强、好胜、虚荣以及后天得来的艺术素养，都给了她极大的帮助。虚荣和好胜让她获有了欺骗自己、让自己闭上眼睛的心理基础，艺术素养又让她具备别具一格、标新立异地看取生活的眼光。她一心要让自己相信：不是她的命运太凄惨、太可怜，而是她自愿过这种生活，这种生活浪漫、潇洒，“好玩”。三毛的所有行动都显示着这方面的努力。别人嘲笑她住处的寒酸，她却能将如此寒酸的地方布置成艺术的圣殿，让人折服、赞叹不已；别人可怜她生活的困苦，她却说不经过物质生活的困难，是对每个人在经验上的多多少少的损失；荷西不把她放在心上，她却说这才是她心目中的男子汉；无钱买木料，只好拿装运棺材的木板做家具，三毛不但不尴尬，反而觉得别有一种情趣，

“好玩”。如此等等，“好玩”成了三毛的口头禅，遍布在她的全部作品中，如一根点土成金、化腐朽为神奇的魔杖，化解了三毛头顶上一切不幸的阴影。多少痛苦，多少屈辱，多少无可奈何，都在“好玩”的笑声中化为潇洒的一挥手。这实在是出人意料的效果：困苦的生活不但没让她消沉、尴尬，反而成全了她，衬托得她更加超凡脱俗、飘逸绝尘。三毛更通过文学作品的创作，有意无意间将自己扮作了热爱生活、拥抱生活，并且正在幸福地享受生活的欢乐天使，塑造成自己心目中，也是千千万万少男少女梦想中的英雄，浪漫而潇洒的三毛的神话就这样诞生了。

这里我们必须注意三毛的人生信念，那种对生命全身心的热爱和投入。这种观点的得来如前所述是苦难后的成熟，带有极大的苟且和无奈，但一旦被接受，便成为三毛全部的生活态度，让她能勉强承受住命运的残酷打击，度过黑暗的岁月。让她能平静安详地看待人生，容纳人生，并且享受人生，用三毛自己的话说，是让她由“二毛”变作了“三毛”。当别人感叹现代社会人情冷漠，三毛会奇怪，别人冷漠，你自己不会先笑，先热情啊？三毛来大陆旅行，有人向她抱怨住房狭小，三毛说你们的住房非常好，小就小一点吧，打扫干净了，一个纸灯笼一排，一个竹帘子一挂，一张烟雨图一放，一枝杏花一插，这不就是一个很漂亮的家吗？你说你住得坏，你为什么自己不去布置？对大陆的生活三毛当然有深深隔膜，她无法理解置身其中的具体滋味，只是外部地用一个游人的诗意去看取一切——我们抛开这点，单纯地分析三毛这番话，确实有一种很高的大境界在。三毛四处旅行漂泊，主要喜欢看的是人，人的生活，而不是自然风景。静观天地与人世，慢慢品出它的美与和谐，“在我，生命的享受就在其中了。”三毛无愧于读者心目中，也是她自己心目中的快乐天使，走到哪里，便将热情、欢乐带到哪里，让一切人一切事物都消融、沉浸在她周身弥漫出的如水的温馨之中。三毛以她一贯的惊世骇俗的语言，渲染她的理想职业——一个拾破烂的人，在大街小巷游走玩耍，一面工作一面游戏，自由快乐如同天上的飞鸟，空中的精灵。在这里，以非凡的热情爱恋生命、拥抱生命、享受生命已经不单是一种生活态度，而升华为一种信仰、一种心灵的依托、一种身心所系的存在了。三毛如落水之人抓住稻草一般抓住了尘世的生活，一旦自以为抓牢，便拼命吸附在上面，双眼紧闭，神情亢奋迷离。也就是说，三毛已经将她的全部，灵魂的、肉体的，全部交出来了，贡献在这生命的、现世生活的祭台之上。

我们知道，从青少年时代起，对人生奥义的执着追寻就是三毛生活的主题，在经历了如许的大波折大磨难大觉悟后，三毛终于找到了。我们一边陶醉在三毛的激情之中，一边又有着隐隐的担心和不安。一个没有信仰的人的生存是可怕的，那犹如无根的飘蓬，永远随风来去，恍恍惚惚。而一个具有强烈的信仰要求，从而饥不择食地将身家性命胡乱寄托的人就更为可怕。三毛对尘世生活的献身无异于沙上楼阁，实在太玄乎危乎。每个明眼人都会清楚，三毛在玩着一种可怕的游戏。果然，随着荷西的撒手逝世，三毛多年来苦心经营的一切顷刻间灰飞烟灭。当我们读到荷西死后，三毛天天去墓园陪伴，日复一日隔着冰凉的泥土与荷西交谈，日薄西山，暮霭沉沉；当我们读到有多少年时间，三毛如丧家之犬，如游魂一般，在西非拉芭玛岛、马德里、中国台湾之间飘来飘去，不知何处是归途，于是我们不能不深深感到，人生是多么孤独、脆弱，现世生命是如此不可靠，如此让人难以信任。父母之爱、姐妹之爱以及读者大众的崇拜都是很虚很隔膜的，唯有三毛自己知道，实际上她是怎样的赤条条一无所有。我相信这时候三毛一定是经受着噩梦般的惶恐的折磨和压迫，无论是睡去还是醒来，浑身都是湿汗黏黏，力短气虚。这时候，三毛只有两条路，第一条便是再成立一个家庭。她应该重新有丈夫，特别是要有小孩。人便是这么奇怪的东西，他一定要有信仰，要有心灵的依靠和归宿，要有一个精神上的安身立命之处。可是我们生活在一个绝对物质或者说虚空的世界，那么家庭和后代便是我们的最终寄托和归宿。一个人到了一定的年纪就要结婚，成立家庭，就要生育后代，其实这绝不只是纯粹的结婚和生育的问题，而是关乎信仰，关乎灵魂的归宿的问题。我们是绝对的生殖崇拜者，生殖力是我们唯一的宗教。我们唯有借助子孙后代的繁育绵延来实现每个人意识深层对不死的向往、对物质生命的超越、对某种属于无限的东西的呼求。我相信三毛一定会深深地意识到，当一个人年老时，特别是死亡来临，儿孙亲朋的哭声便是漫漫一生中最实在的唯一的温暖和安慰。原先我们太无知太短视，总认为死者的葬仪比如做道场、开追悼会、大操大办等等，都是生者的繁文缛节和虚情假意，现在才知道这一切的热闹全是关乎死者的。人生最深层最终的悲哀莫过于在孤寂中死去。三毛现在所踏上的正是这样一条绝对听不到哭声的黑暗路途。

其实这时候的三毛几乎就要踏上另一条路了，她与另一空间相隔极近，只用迈一步，半步，甚至只有一纸之隔，就可以投入到另一种大爱的怀抱之中。我们每个人真的无法为自己承担一点什么，物质的生命无法为我们承担什么。我们唯有将自己的全部贡献出去，贡献给那广布世间、广布宇宙的大爱。可是在这隐约而又无所不在的圣光面前，三毛再次退却了。在这一点上，我始终弄不明白三毛为什么跨不出这一步，跨不过这一纸之隔。这是一种什么样的纸呢？听说三毛出生于一个宗教家庭，血液中应该流淌着特定的基因。可是在信仰问题上，三毛真的是一塌糊涂，她自己也说："我是一个没有目标的人，不知自己想要什么。"三毛真的是一个虚无主义者，用前面的话说是一个生命崇拜者、生存崇拜者，或者干脆可以说，是俗世崇拜者。也许三毛真的过于脆弱、虚弱，永远缺乏正视自己的勇气，即便是对生命、对生活的热爱，也完全建立在一种回避和掩饰的基础之上。这决定了她始终只能在现世生活层面上浮沉缠夹，而无法经由对世界真实面目和人类生存真实处境的认识而达到某种澄明之境，而踏上通向彼岸的路途。直到这时候，三毛念念不忘的仍然是自己那点可怜的现世的虚荣，是怎样保持好不容易建立的英雄形象英雄神话，她觉得她应该永远是众人心目中的快乐天使。与此同时，读者大众也不允许他们心头的英雄偶像就此消失，他们要求三毛永远是那活泼可爱的快乐天使，他们甚至明确表示不希望三毛再婚找丈夫，不希望三毛有三十年河西(荷西)，再来一个四十年河东。即便说现在三毛身世凄凉，但正因此才更会平添一种凄艳的美，更具有一种悲剧色彩。这时的三毛其实也被异化，她不是以自己的作品培养读者，而是按读者的要求塑造自己；不是三毛塑造作品中的人物，而是作品人物三毛塑造自己了，是英雄神话在塑造自己了。一副沉重的枷锁紧套上三毛的颈项，她不由自主地完全在为别人活着。

如果说三毛神话的形成是无意的，不知不觉的，那么成为神话中的英雄以后，特别是现在要维护、保持住自己的英雄形象，便是一种竭力的勉强的制造，有意的设计了。又如果说从一开始，三毛的浪漫和潇洒就有一定程度上的虚假和做作，那么现在的做作就更为明显，更为人工痕迹，更为矫情。《闹学记》中所描写的三毛完全是一个活泼、纯情、天真、娇嗔的少女形象，《星石》篇中表现的也绝对是一种刚涉入人世的少女的初恋感受，而实际上这时的三毛早已经四十多岁，可以说是徐娘半老了。三毛到大陆的时候，一大把年纪更是时时处处做孩童状，居然向表舅讨要一只小皮球，然后天真可爱地拍起来，显示自己的“乖”，等等事例不一而足。现实生活在三毛这里变成了舞台表演，到处是效果、夸张，到处是极浓的戏剧味。三毛不光自己表演，还要求周围的人一同加入她的演出，一同配合着或笑或哭，大喜大悲，一同大惊小怪、一惊一乍。不配合就会冷场，配合下去吧又过于别扭，所以有朋友说，与三毛共处的时候也许确实很欢乐，但情境一过就会感到很累，很难过，因为那里面带有太多不真实的成分。三毛不只累了别人，更累了自己，她竭力用人生这种外部效果、外部欢乐来抑制毒蛇般咬啮着自己的孤寂，她要将自己的内心深深地掩藏，不让任何人看到，也不敢让自己看到。实际上掩藏的结果只会让孤寂更深更甚，而更深更甚的孤寂又反过来促使她更进一步掩藏自己。三毛掉进了生存的恶性循环之中，终于以自杀这样一种惊世骇俗、石破天惊之举来做最后的一掷，以取得一次更大的高潮式的舞台效果，为自己浪漫潇洒的神话的一生画上了一个漂亮的句号，显示了她在尘世泥潭中的万劫不复。

我们并不否认三毛对人生的乐观态度，不否认三毛的入世精神。其实很多伟人、很多精神探求者都是入世的，都极端地热爱生命，贪恋生命，并且虚荣心极强。正因为强烈的现世精神才带来不可遏制的对现世的超越的愿望，对某种不朽的、永恒的终极依托的追求。我们理解三毛的虚荣，我们理解三毛始终以一种入世的方式，以与生活相化相融的方式达到超凡脱俗、标新立异的效果，从而不断完善和发展自己的英雄神话，而这种神话的自觉制造和维护，又是为了更好地取悦读者及大众，借以达到更好更高级的入俗甚至媚俗——所有这一切我们都能理解，我们不理解的仍然是三毛为什么不能进入另一更高的灵魂空间。世界是由大地和天空构成，二者互为因果，缺一不可。三毛是天生的流浪者，全身每一个细胞每一神经末稍都充满飞升的要求，但是世界在三毛这里却是残缺的。三毛只知有脚下的大地，只能在现实的泥潭中苦苦挣扎，越陷越深，却不知抬头就是天空，不知道在她头顶的某一高处，有一抹温馨、慈爱的阳光宛如博大安详的面庞一般，向她投来关注焦虑的一瞥，终是叹息而去。于是三毛永远成了放逐在茫茫沙砾之中的流浪者，她的额头醒目地刺有一行大字：永不得返！

有时我想，三毛的局限可能正好与她的不停浪游有关。三毛是一个行动着的人，想干什么就干什么，想去哪里就去哪里，一生永在旅行、永在表现，她能用行动、用肉身动作表现一切了，这样一来其内在心灵发展必然会受到某种程度的限制，凝神谛听、察微烛幽的感觉力也会相对萎缩。其实更多的灵魂探求者、灵魂探险者都生活在静室中。也许他们精神的漫游越遥远，越心骛八极，外表上倒越是平静，甚至僵硬、干枯。三毛的确太活泼了，太具有灵动的个性了，太肉身化了。不过尽管如此，三毛仍是我们这片土地上极少见的能将自己的心灵与作品水乳交融的作家，她用脆弱的生命在苍茫的大地上写下了永恒的呼唤和祈求，完整地表现了被抛弃的可怜人类一以贯之的傲慢、痴顽和不屈。

蒲宁及其他

俄国作家蒲宁的自传性长篇小说《阿尔谢尼耶夫的一生》绝不同于其他作家的自传性作品,初看之下我完全莫名其妙。没有完整的故事情节,没有完整的人物形象,也没有时间、地点的完整性和确定性。有的只是印象,只是感受。特别突出的是对景物的感受,对光与色的感受。这部书的大部分篇幅全是写景的文字,全是作者对景物的印象,那么不厌其烦。看到幼年的主人公第一次出外旅行,我以为肯定有重大的事情发生了。谁知没有,还是景色,还是印象。路途的印象,城市的印象,“黑鞋油”的印象。作品主人公写了一篇小说,写的是地主破产这个过时的题材。作者说他其实想写的只是那位破产地主的屋前那株高大的银白色杨树,再就是他书房里的鹞鹰标本。看到这里,我不禁心下嘀咕:真怪,这有什么可写的呢?我很快知道,这种疑问不只是我一个人所特有。主人公向恋人丽卡讲到,有次他和哥哥因事钻进树林,感受特别强烈。“你真不能想到,”他对丽卡说,“一切都湿漉漉的,一切都在闪光和闪变!”他最后还向她透露,他想根据此事写一本小说。丽卡耸了耸肩:“得了,亲爱的,这有什么可写的。干吗老写天气呢?”

丽卡的话问到了要害。这里充分显示出阿尔谢尼耶夫,也即蒲宁自己才能的独特性。他对大自然的景物有一种特别的敏感，这是一般人绝对模仿不到的。蒲宁在此书中承认，他对光和空气，对它们最微小的差别总是极为敏感的。他一看见颜料盒就浑身发抖，从早到晚在纸上涂鸦，一连站上好几个钟头，凝望着那奇妙的渐渐变成淡紫色的蓝天。在炎热的怕见阳光的日子里，青天穿过树梢透露出来，树林仿佛沐浴在蓝天里。“我对大地和空气的色彩的真正神妙的含义，一向都有最深切的感受，这个结论是生活赐予我的。”

我们极力强调作家作品的独创性，而独创性主要依赖于作家才能的独特性。像蒲宁这样的例子，中外文学史上实在太多。勃兰兑斯曾就司各特的才能特点做过分析，说对周围环境具有敏锐的观察力，是司各特早就养成的特点。他对每一处断垣残壁、每一个古迹遗址、每一块奇特的墓碑石碣都兴趣盎然，但他对单纯的自然景物本身并不像华兹华斯那样强烈地关心。自然景物吸引他的地方只在于它们能使他发思古之幽情。而对柯勒律治的作品，勃兰兑斯则又认为是属于纯粹幻想的浪漫主义的强烈感情的反映。柯勒律治的历史感和他的地方感一样缺乏。柯勒律治就承认，在这方面，司各特和他本人是一双恰恰相反而彼此和谐的对立面——每一处古老的废墟、每一座小山、每一条河流、每一棵树，都能在司各特心里触发出一系列历史的或人物传记的联想，而柯勒律治自己呢，“我即使走在马拉松平原上，也会像走在地貌相似的其他平原上一样，对脚下的土地不会有什么兴趣。”（见《十九世纪文学主流·英国的自然主义》）

从某种意义上我们可以说，一个人的才能越具有独特性，往往就越少全面性。一个人某方面有突出的才能，其他方面往往却愚钝得厉害。司各特对单纯自然景物的感受力不强，柯勒律治的缺乏地方感与历史感，都可做这方面的例子。别林斯基曾比较过俄国的两位演员卡拉狄庚和莫恰洛夫的才能特点。前者绝对能够演好一切角色，并且一切角色演来都不相上下，或者更正确点说，任何一个角色都不会演得糟不可言。后者只有扮演某些好像特地为他创造的角色，才可能愉快胜任，演得精彩纷呈，无与伦比，而演起其他角色来，多半会一败涂地。别林斯基将才能分为两种，一种是偶然的，是由于生活情况或者幼年形成的趋向发展起来的，也就是靠教育培养出来的才能。另一种是："独特的才能，当它不超出范围，忠实于自己的倾向的时候，总是成绩斐然，而当它由于计算或者体系的缘故，干起外行的事情来的时候，就总是不免失败。偶然的才能没有一件事不能干，并且永远不会完全失败。"（《别林斯基选集》第一卷）卡拉狄庚是偶然的才能，莫恰洛夫是独特的才能。我们所说的作家才能特点，就是指这种独特的才能。

我有一位搞写作的朋友，在他身上这种才能的独特性，也可以说才能的片面性显得格外突出。他从不注意人物的外貌描写，也丝毫抓不住人物的外貌特征。对他来说，所有的人长得全相差无几，身材只有高矮之分，面容只有美丑之别。他对大自然的感受力也绝对迟钝，视自然美景与房间里的破旧桌椅板凳差不多。如果对大自然发生兴趣，也只有与人、与人的灵魂结合起来感受才有可能。没有对人的灵魂的理解，没有与人的灵魂融为一体，他就对自然美景熟视无睹。大自然在他眼里，只是表现灵魂、烘托性格的道具。充斥在他作品里的，全是些独特的心理体验。他说过，他构思人物，既不是由一个具体的人引起，也不是集合几个人的特点，更不是根源于某件事，而是一种心理特征，并且还得是一种独特的、全新的心理特征。所以他笔下的人物或者个性鲜明、别具一格，或者是些毫无内涵的影子。他很希望像当代许多作家那样，能描写广阔的社会生活画面，能刻画各行各业的人物、各种各样的性格。但是他不行，他只能写心灵，写人物的独特感受，并且他的人物老带有自传性。他十分苦恼，担心长久下去，路子越走越窄，最后会自我窒息。

这位朋友的苦恼是可以理解的，也是令人高兴的。这证明了他的觉醒，认清了自己的尴尬处境。我们强调作家尽量开拓题材领域，将整个社会整个时代包含于笔端，但并不是要求每个人都这样。我们还应该照顾到各个作家才能的特点。像我这位朋友，他在内心生活方面显示出异常的敏感，也显示出一定的表现力，我们何必要求他去写毫无感受的人物外貌、外部生活呢？只能描写内心生活，这是他的致命弱点，但也许也正是他的优点，是他为别人所根本不能企及的地方。作家莫里亚克说过，陀思妥耶夫斯基的癫痫病在他笔下的所有人物身上留下深深的痕迹，印上了立刻就认得出来的属于自己的标志，正是这种癫痫病使这位作家创造的人物性格具有一种特殊的神秘性。一个艺术家如果是天才的话，他的一切缺点和偏见也可以为创作服务，借助于它们，创作得以向从来没有人敢于冒险问津的方向扩展。莫里亚克说："要是我有足够的时间和勇气的话，那么我将力图证明，在长篇小说的领域里会有这样的事，作者的缺陷不仅没有损害他创造的人物，甚而还使他们丰满起来。"（莫里亚克《小说家及其笔下的人物》）

可以说，作家自身的弱点，也许正是他独特性的标志。问题是怎样利用这种弱点，怎样发现自己才能的独特性。阿尔谢尼耶夫在写作时也遇到同样的烦恼，他脑子里总是一团乱麻，随心所欲，杂乱无章，光怪陆离的思想、感情、想象折磨着他。"莫非真的不管我怎么努力去观察别人，他们总引不起我的兴趣？我想：也没什么，大概写小说真要从自我开始吧。怎么写呢？像《童年·少年》那样？或者再简单点：我生于某地、某年……可是，上帝，这是多么枯燥、多么无聊，也多么不真实啊。要知道我体验到的根本不是这些。”是的，不是勉强自己像别人那样，照你的体验去写吧。你的体验就是你的独特性，就最能体现你才能的特点。一旦认清了自身才能的特点，我们就应该有足够的勇气，将这种才能尽情地发挥出来，切不能迟疑犹豫。勃兰兑斯说，勇气是同作家表达这种理想的能力同样重要的。作家追求代表自己倾向的典型性的勇气，常常就是使他的作品产生美的关键。“说得更明白一点，如果这种倾向，例如浪漫主义，拨动了幻想的琴弦，那么把幻想推向最危险的高峰的作家，我认为是最令人感兴趣的，例如霍夫曼。他越是恣意幻想，便越显得美……美在于使典型性显现出来的勇气和力量。发现新大陆的人可能在发现过程中遇上暗礁而搁浅，避免暗礁是容易的，但却发现不了新大陆。”（《十九世纪文学主流·德国的浪漫派》）

我们强调作家才能的独特性，当然不否认他们才能的社会因素。试想，蒲宁如果不是从小生活在大自然之中，他到哪里去寻找那些丰富的感受？如果没有十八世纪末、十九世纪初浪漫主义文学思潮的推动，柯勒律治的幻想从哪来？如果不是苏格兰民族情感的激励，司各特又怎能对历史故事有那么浓厚的兴趣呢？

面对荒芜

不止一次听周围的人说，《废都》是模仿《红楼梦》《金瓶梅》写的，又听人说，有报纸称这本书是当代《红楼梦》《金瓶梅》。对这些意见我总有些不以为然，认为都说的是一些外行话，模仿与否实际无关这部书的实质。今天读完《废都》,终于不得不抛开其他,而专门想谈谈这“模仿”。因为这一点实在太突出，无论是从语言、结构方式到具体的人物、场景等等，都可以在《红楼梦》中一一找到对应之处。阅读此作，如同玩赏一件仿古制品，让人不知产生一种什么滋味。

应该说贾平凹有与他的名声很相称的文学能力，他的那些大批量的作品就是明证,《废都》的成功叙述也是明证。但是就《废都》来说，你写得再好，哪怕好得与《红楼梦》一样了，也只能是《红楼梦》的儿子孙子，只能是一件仿制品。作者的一切能力都掩盖在仿造的阴影之中。在我们民族的文学史及精神生活史上,《红楼梦》横空出世，那种惊人的叙述，特别是那统率一切叙述的精神涵盖力，仿佛一股飓风，裹挟着世世代代的阅读者凌空而去,直达遥远的彼岸世界。对此我曾十分惊讶和不解。因为我们这片土地上的确缺乏这种摄人心魄的形而上飓风。而在《废都》这里,给人的却只是很浅表的社会与人生感叹。《废都》指向《红楼梦》,《红楼梦》指向星光灿烂的浩瀚天穹。

对于此点，作者贾平凹如此聪明之人，不会没有清醒的认识。但他仍然只能这样写下去，而无法改变自己。这不是他没志气缺乏自信，而似乎是一种限定，其实是由他本身的精神素质决定的。他无法拔着自己的头发离开地面。文学的问题、艺术的问题其实是心灵的问题，艺术、哲学、宗教等等，都是伟大心灵的充盈和流溢。而对于《废都》来说，我深深感到这里的写作驱动力并非伟大心灵的外泄，而是来自于一种阅读时的模仿欲望，或者说一种写作者的职业惯性。他只能借助于这样一种外在于心灵的拐杖，否则他无以支撑其写作的冲动。他是写作者，所以他必须写作，于是他写作了，如此而已。很多时候，所谓的文学写作真的完全与精神绝缘，只是一种下意识的模仿，与小学生学到一个新名词就匆匆忙忙用上一样。我们这里的诸多作家都是如此，或借助于人类天性中这种原始的模仿本能，或借助于某种社会思潮的裹挟，或借助于某种知识或哲理的演绎，甚至借助于某类人的赏识，唯独与自己内在的精神要求、心灵要求无关。因为他完全没有这样一种心灵，没有独立完整、能与汹涌的外部现实相抗衡的内心世界。我们这里只有知识、学问，只有时潮，而缺少吸收消化这一切从而创造全新生命的机制，缺少统率这一切的真正人的灵魂。我们吃进马尔克斯，吃进《红楼梦》，排出的还是马尔克斯的残片、《红楼梦》的残片，吃进弗洛伊德、老庄，排出的仍是弗洛伊德、老庄的残肢断体。灵魂的贫乏是民族精神荒芜的根本原因。一切都成了一种赶时髦，不管是物质生活的改造或精神创造活动，都畸变成一种时髦、时潮。

这种现象在贾平凹身上表现得正是十分突出。他的早期表现社会改革的作品那种概念图解式的处理方法，如《鸡窝洼人家》用两位青年农民互换老婆的故事来表现改革的深入人心，《浮躁》里故事情节的胡编乱造等，都十分幼稚可笑，你在那里实在找不到什么属于文学的东西。很多问题就这样不可思议，比如《浮躁》的粗制滥造，稍有一点文学鉴赏力的人都可以感到，但此作偏偏赢得一片叫好声，并且偏偏还得了美国的什么奖。这以后便是寻根、魔幻、马尔克斯，如《商州》系列、《古堡》等，贾平凹给我们发掘了一大批古迹和古董式人物和诸多怪异现象，《古堡》中还出现了一个老道士，讲了一大段古文，将所谓的佛道思想贴标签一样贴在了自己的作品中。这同时或稍后，文学界又流行起了“性”，于是贾平凹也有了“性”，如《黑氏》诸篇。性、魔幻、佛道都写过了，再也不知如何发展了，作者便将这几点统统加起来，再在制作技艺上玩一点花样，这便是《太白山记》。《太白山记》反响很大，并且都说它是作者病中所作，充满奇思异想，不可把捉。我看完后仍是大吃一惊。此篇同我当时手头正翻的清人笔记小说《萤窗异草》及以前所看的袁枚的《子不语》等是如此相似，其中某些篇目如写一挖药人出外卖药，其妻在家门上安装古铜镜那篇，已不是简单模仿，简直近乎一种抄袭了。即便是早年的《商州初录》，不也是对沈从文《湘西散记》从形式到内容的照搬照套吗？再往后一组写历史故事的中篇小说应该说是贾平凹最优秀的作品，尤其是《美穴地》一篇。一个人能把往日的故事讲得那么好，实在太不容易。可是读完之后你便有一种强烈的空虚感：这组小说除了翻来覆去地讲那同一个陈腐的情爱故事，另外还有点什么呢？这里其实仍然回到了《鸡窝洼人家》的起点上去，只不过将改革的背景换掉了，换为强盗、地仙、娼妓遍布的往日中国。而《废都》整个更是一个大杂烩，社会改革、魔幻、性、佛道等等一齐出场，再加上文体上的对《红楼梦》的依傍，一部小说便制造出来。应该说贾平凹的作品更多的只是一种数量上的堆积与重复，数量上的加减乘除，而没有什么新的精神质素的出现。

在《废都》开头的声明中有这样的话："唯有心灵真实，任人笑骂评说。"而在后记中，作者更强调了在写作此书前自己的凄惨处境：疾病、死亡、官司、家庭纠纷等等。他这里强调的恰是此点：《废都》是个人心灵极度痛苦的产物。这时又回到刚才接触到的问题：我们的心灵里到底藏着些什么货色？是灵光辉耀、充满生机的繁茂世界，还是干枯寂灭的沙砾一片？对于我们这些窄小卑琐的所谓心灵，再沉重的苦难、再丰富的生活阅历也只能是废物一堆，你尽管手脚并用、殚精竭虑，所开出的也仍然只是那么一片窄小卑琐的精神空间。再进一步说，所谓心灵指的是人的心灵，为人所有，唯人所有，但是，假如我们这里根本没有那种真正意义上的人呢？不解决这些前提，其他的许多问题的展开便显得荒唐而可笑，比如《废都》里一个重要主题是对现代文明、物质文明的批判，对某种原始生命力的呼唤，其实我们连什么是真正的物质文明、现代文明也完全弄不清楚，何必跟在西方人后面，进行这种人云亦云的所谓批判呢？我们指斥西京城为"废都"，其实我们自己就是这座废都最肮脏角落里腐烂发臭的一摊，我们能弄得清什么是真正的"废"吗？

道具记

依次看了张艺谋导演的三部影片,《红高粱》《菊豆》《大红灯笼高高挂》,感觉深深的失望。

谁也不能否认张艺谋在刷新电影语言、拓展电影造型表现功能方面做出的巨大努力,以及这种努力对于旧有的中国影坛所具备的意义。我们看他的作品,一个个带有强烈表现力的画面排山倒海般压来,本身就给人造成冲击和震撼。电影艺术的诸多特点在这里得到了尽情的发挥和突现,在张艺谋这里,电影更成其为电影了。我们每个观众可能都会有这样的感受,看了多年的电影,到现在才知道什么才是真正的电影。我们或许还可以这样惊叹:原来电影还可以这样拍。也就是说,张艺谋的电影给人一个总的印象是:新。特别是对于中国的观众来说,这样的电影叙述话语毕竟是前所未有的。

如果张艺谋真的能将自己的努力贯彻下去,那么的确是宝贵而伟大的。目前的事实是,张艺谋没有,也不可能有能力实现自己的努力。他标新立异的结果却越发显出自己内在精神的陈旧与腐朽来,并且这两者的矛盾是那么强烈刺目。张艺谋其实并不能自始至终以他的画面,以他的造型语言说话,他的叙事方式丝毫没有超越早先的那种理性框架。他仍然像任何一个平庸的导演所做的那样，自己站在银幕旁边，扮演着忠实的图片讲解员的角色："喏，这个画面表现了什么，那个动作是什么意思。"也就是说，张艺谋的每个画面的意向性都太明确，理性思考的痕迹充斥于他的全部画面全部动作语言中。张艺谋每部电影的主题实际上都可以用短短的一句话简单明了地概括出来，所有的情节与画面都朝着这个主题奔去，目标明确，步伐坚定，目不斜视，用中学教师的话来说，是主题鲜明，中心突出。可以说，他作品中的每一个设计都笼罩在这样一种线性思维之中，以至于我当初第一次接触他的作品《红高粱》时，就觉得其意旨与内蕴是如此单薄和纤弱。看《大红灯笼高高挂》更加深这种印象，我甚至觉得从某种意义上来说，《大红灯笼高高挂》不过是一篇意义直露的说明书而已，张艺谋全神贯注地在给我们说明，万恶的封建社会怎样压榨人摧残人，或者说明女性自身具有怎样的局限等等诸如此类的人尽皆知的大道理。《菊豆》似乎在层次和色彩方面要复杂些，但仔细看一眼，也只是一种芜杂而已，其画面结构叠床架屋，不分重点，没有节奏和节制，那给人的已不是震撼，而纯然变成疲劳大轰炸了。从这里我隐隐感到，张艺谋似乎更适合搞摄影，他对于某些具体的画面有一种特殊的敏感，但作为一连串画面的组合——电影语言，则缺少很好的把握力和分寸感。

细一思考，个人感觉在张艺谋的艺术思维中根本缺乏一种形而上的东西，缺乏内在的心灵力量。他的理性还只是中学生式的，基本停留在社会评判与道德评判的浅俗层面上。理性思考是张艺谋的致命弱点，可他自己却似乎丝毫没有意识到此点，偏偏将他的每部作品都建立在这样一种浅薄的理性框架之上。读过苏童的原著小说《妻妾成群》就可以知道，此小说最成功之处就是那样一种纯粹而典雅的叙事语态，及这种叙事所飘散出来的处子般的宁静与和谐。我们只能从语言层面叙述层面上来欣赏这部小说，而不可能像一般的阅读习惯那样，从主题意旨上去深入它切割它，否则你只能像戳破一个五彩斑斓的肥皂泡一样一无所得茫然无措。苏童的全部小说都是这样，五色斑斓的外表下掩盖的是一个个空洞。而张艺谋正是从主题意义上来进入这部小说，进而以此为内核建构自己的电影故事的，并且在表现上那么干脆利落，好像除了直奔那种主题，其他的就什么也没有了。这种情形真的很惨，就像一个莽撞的北方大汉手提牛刀，将一位优雅秀丽的江南女子宰割得零零碎碎，然后再按照自己简单而浅俗的理性，粗暴地将那些零碎肢体拼凑在一起。当然他会像火葬场的整容师一样，在这也不知是木偶或木乃伊的东西上笨手笨脚、大红大绿地堆上一层脂粉。我想原著作者一定会感到一种被宰割的羞辱，尽管他正是借助张艺谋的电影才名播海内外的。

从精神实质上看，张艺谋绝对是古典型的人，不具有多少现代色彩。但偏偏是这样的人要进行一系列新型的艺术试验，于是必然地造成今天这种不伦不类的畸胎。张艺谋在革新电影造型语言方面的全部努力，成就了他作品的一个奇怪特点：道具性。我们可以回想一下张艺谋设计的诸多细节：《大红灯笼高高挂》中的挂灯笼；用粗大的弯竹筒到高处声震天地地吹灭灯笼；老妈子给即将受到宠幸的姨太太捶脚，等等。记得当时我与几个朋友看到这些场面时，忍不住在电影院里哈哈大笑起来："纯粹糊弄洋鬼子的干活！"可以说，一部《大红灯笼高高挂》的电影，基本就建立在这么几个道具的设置之上。我仿佛看到，张艺谋在设置这些道具场面时，一定是多么津津有味、洋洋得意，旁边肯定有更多的人在为他如此巧妙的设计而大声叫好。而我呢，在看到这些细节时，讲真话，我感到深深的悲哀：这到底是一种艺术创作的激情呢，还是一个能工巧匠的精编细织？一个艺术家完全靠道具的设置来建构他的作品，不能不说是一种极大遗憾。

张艺谋对故事背景的选取与渲染，比如酒坊、染坊、深宅大院里的阴森角楼，还有那半空而下的大幅布匹，那满场院的酒缸，那大红的灯笼，当然更有那形形色色的奇风异俗乡土人情，以及《秋菊打官司》中对底层民众日常生活场景的实录，甚至每一个具体画面的浓抹重写，及其反面——《秋菊打官司》中的刻意淡化，都带有了极强的道具色彩。如果没有道具的外部效果，张艺谋的电影将无以立其足。总有这样的感觉，张艺谋的每部作品都是一件件精心的手工制品，这里没有心灵内部透出的信息，没有发自人性深处的真诚痛苦，而只有技术层面上的七手八脚瞎忙乎，只有一连串的外部画面、外部道具的鼓噪和击打，将这些鼓噪和击打拂去，张艺谋的灵魂基本上是一片苍白。

曾与一位朋友将张艺谋的作品与吴子牛导演的《欢乐英雄》《阴阳界》作过简单的比较。看张艺谋的电影，无论他极力渲染怎样的苦难与压抑，都给人一种轻飘飘的感觉，这除了张艺谋本身灵魂世界的轻浅外，他运用电影语言的过分做作也是一个重要原因（《秋菊打官司》的刻意淡化其实也是一种夸张与做作）。看《欢乐英雄》则不同，这里有大痛苦、大绝望，以及痛苦绝望到了极点时的大欢乐在。《欢乐英雄》有一种默默的、沉静的，却穿透力极强的灵魂力量，绝非张艺谋的敲敲打打、热热闹闹所能比。但张艺谋偏偏能从国外捧回那么多的大奖，而《欢乐英雄》却只能永远沉默，这到底是一种机遇，或是因了其他的什么？朋友说，其奥秘可能在于张艺谋的画面内容更具中国特色，比如描述了那么多极富夸张感和道具性的奇风异俗及其反面——纯然的中国底层民众生活实录，这在懵懂未开的外国人眼里，肯定是多么新奇和具有魅惑力了。应该说，张艺谋很聪明，他懂得怎样运用他的道具，他也成功地运用了他的道具。但我们也应该想到，这毕竟只是一种道具的运用、道具的摆弄而已。这些都与心灵无关，与真正的艺术无关。我们应该呼唤具有深刻穿透力的伟大灵魂，而不只是雕虫小技的外部运作。我们呼唤艺术大师，而不只是捉笔操刀的能工巧匠。对于张艺谋，我们难道不应该有更高一点的期待和要求吗？

陈离家的两只老虎

一年前的某个夏日，陈离和他夫人因事来九江，送我一本他新出的论著《在我与世界之间——语丝社研究》。接连几天，我一有时间就把这部书捧在手上，读了个天昏地暗。历史上有几个特殊时期的文人生活特别辉煌有魅力，让我们这些后人无比迷恋，这其中就包括上世纪二三十年代的那伙人，比如创造社、语丝社等等。在我的心目中，能像陈离这样做一个学者，避开日常生活的全部平庸与琐屑，倾其一生的时间和精力静心面对自己的研究对象，面对内心敬仰的那些历史人物理想人物，读自己所愿读的书，想自己所愿想的问题，足不出户地坐在书房里，一直到把自己坐僵坐死，这是多么美好又多么幸福的事。大约从很年轻的时候起，有一种遗憾就在我心中扎下了根，我想这一辈子我可能真是入错了行，选错了职业：没有任何基本的天分，却偏偏以为自己能写小说，并且一写几十年。这真不知道发的是哪门子神经。有一次电话中，我把自己的感慨以及内心深处的羡慕之情对陈离说了，没想陈离的看法同我正好相反，他说他的真正志趣并不是做什么学问，而是在写小说上，只有写小说才是真正创造性活动。我听了不由哈哈大笑，说他这样的大博士再来写小说，用我们乡下的话说是高射炮打蚊子——大材小用了。

前几天陈离传来他新写的两篇小说，我心中非常好奇，想尽快看看高射炮打下的蚊子到底是个什么模样。看完一遍我不由有点发呆，实话说，两篇小说我都有点看不懂。后来想想也许并不是我没看懂，而是这两个故事远远逸出了一般的小说思维而已。头一篇《夜行记》写的是一位乡村民办老师，教书一辈子，年近暮年却被学校粗暴辞退了。老师身有残疾，一辈子没结婚，上面还有一个九十多岁的老母要他赡养。在生活完全无着的情况下，他只能一次次向上面反映情况，一次次到县城找自己早年教过、现为某单位官员的一位学生，结果却一次次被人敷衍，遭人冷遇，受人作弄，不得不失望而归。如果按照时下一般的情节模式，这篇小说无论是向所谓的“底层”路子上走，或是向“先锋”、向“存在”的路上走，最终都会弄得个凄风苦雨，声嘶力竭，要死要活。可是陈离的故事偏偏走向了只属于他自己的另一个方向，这是一个狂乱与荒诞，同时却也充满无限温暖与爱意的方向。故事看完，我不由不产生这样一种感慨：这个世界还是比较美好的，这种人生还是值得珍惜的，这个老人这一辈子还是没有白活的。

让这样一个简单纯粹又身有残疾的乡下老人，或者说让这个满头白发的纯净稚子去与复杂凶险、冷漠残酷的外部世界相对峙相碰撞，就像是用一块晶莹的水晶、用一只脆薄的鸡蛋去与冰冷坚硬的石头相碰撞一样。碰撞的结果非常奇怪，石头碎了。究其原因，我想一定是小说作者自身的气质在起作用。读着这篇白发稚子的奇遇故事，我的眼前不时闪出作者陈离的面容：光洁的额头，沙哑的声音，被身上的书卷气浸泡、被满肚子学问坠压得都有些畸形的身体，骑自行车时一边肩膀高高耸起，另一边肩膀却耷拉下去。每次见到陈离，就像见到一本心仪已久的好书一样，让我不由自主地产生一种莫名的亲切之感。从并不很多的接触中我深感到，这是一个真正的读书人，一个至纯至善的谦谦君子，这样的人哪怕面对再凶险再复杂的世界，哪怕经历再多、年龄再大、对现实对社会对人性认识得再深刻再透彻，他也永远如他笔下的那个乡村民办老师一样是一个纯净的稚子。带着这种心理去读陈离的另一篇小说《两只老虎》，我以为我的感觉又一次得到了佐证。这是一篇很典型的带有象征或寓意色彩的小说。一对流浪异乡的年轻夫妇,住在村中一幢阴森森的大房子里，孤单恐惧，无依无靠。村长的出现似乎带给他们格外的关心和恩宠，小说主人公“我”却在这种关心面前日夜不安，果然，一两年后，妻子美兰生下了村长的孩子。强烈的羞愤之下，“我”唯一的选择是自杀，或杀死这个孩子。但陈离笔下的主人公是不可能采取如此激烈行动的，即便是内心深处暗暗产生的这一点小小杀人恶念，也能吓得他惊恐异常：这时老虎应声出现了。老虎赶一个什么约会那般直接来到了“我”家中。

就这篇小说的内在意旨，我曾打电话问过陈离，陈离讲了一通，似乎也不很明晰，甚至还有点难以自圆其说。一篇真正的好小说当然是拒绝明晰，拒绝理性分析的，一百个人看了就有一百种解读方式。我的头一个理解，这只老虎是某种恶念的象征，是恐惧的象征，或者说是“我”被内心的恶念吓住、心理失常后所产生的一种幻象。在陈离及陈离的主人公这里，人性深处任何一点小小的黑暗都是他们所无法忍受的，都被自然而然地视之如敌，如虎。但这只老虎一旦出现，就具有了自身的内在驱动力，也就是说它已经自动进入小说的情节流之中，作者便干脆借着这个情节来进一步实现自己的意图。老虎爬上了“我”家的阁楼，与妻子所生的那个小孩相遇。于是“我”再一次颤抖了，“它的到来也许就是为了一件看上去不可能解决的事提供一个解决……再不能有什么比这更好的结果了……而且说起来这事与我也没有什么关系……我应该静悄悄地退下去。就让一切都听从天意吧……”可这种念头真的只是一种闪念，紧接着陈离笔头一转。小说这么写：“后来我突然又改变了主意。为什么会改变主意就连我自己也不知道。那是在一瞬间做出的决定。”看到这里我有点暗暗发笑，这个人为什么改变主意我想我是知道的：只因为他是陈离笔下的人物。陈离是不可能允许黑暗在他的笔下进一步弥散的。你看，小说中的“我”很快跨上几级楼梯，上了阁楼，把孩子从老虎身边救出来。

当然所有这些理解也许只是我的一种臆测，与作者的原意没任何相干。不过小说情节的发展却有些让我吃惊。我以为在以下的情节中，陈离将他精神深处所具有的纯善气质发挥得淋漓尽致。看看这是一只什么老虎，这真的是陈离家才有的那种老虎，它不但不吃人，而且接连多日躺在阁楼上不吃不喝不动，眼中只有茫然，只有面对人类时的不知所措，然后便是默默落泪。后来它终于出门了，可是它已经连路都走不稳了，恨不得要人上去扶上一把才好。而“我”与老虎相处多日，竟然已处出很深的感情，这感情深得都有些让“我”感到羞愧了。于是为了显示自己与老虎并非感情很深，“我”不得不装腔作势地举起铁锹。在“我”的轻轻一触之下，老虎就落到桥下，被众村民打死了。老虎被打死，并且是“我”带头打死的，此种结果再一次让这位可怜的主人公胆战心惊，从此以后他再也无法摆脱老虎惨死的景象，以至连活着都感到是一件艰难的事。他深信一定还会有另一只老虎找上门来，对他的所有罪恶进行惩罚。从这里可看出，在陈离所营造的这片纯善的空间，是不容许有任何脏污和杂质出现的，甚至对黑暗、对恶念的惩治，本身就制造出一种新的罪恶，新的黑暗，这更加让人无法接受。

近几天我常想，一个人如陈离这样对人性对黑暗如此敏感，他的内心生活该是怎样一片景象。因为我们每个人，当然包括陈离自己，每天所要面对的真的是一个十分复杂坚硬的外部世界。当然同样是在陈离的这两篇小说里，我看出了他的自信，看出他保持内心平衡的办法。这就是陈离站在这个世界面前的模样了：他一边周身战栗，一边浑不在乎。他挺着一只肩膀高一只肩膀低的身子，脑袋半歪着，睁大一双稚子般的眼睛看看这里看看那里，稍不留意就从什么地方摸出一只水晶或鸡蛋之类的脆薄玩意，啪的一下敲在面前坚硬的巨石上。巨石碎了，手上的玩意却继续闪闪地发光。

午夜的书

伊恩·麦克尤恩的《赎罪》

连夜看完伊恩·麦克尤恩的《赎罪》。此小说去年曾看过开头部分，翻来覆去渲染一个小女孩在做游戏时的细微感受，觉得过于琐碎，过于纤弱，没看完就放到了一边。不知为什么，我一直讨厌小说从一个人的童年、少年甚至出生时写起，总觉得小孩的感觉太干净，包容不了更多的社会含量，许多作品就这样刚刚拿起又放了下来。如果通篇写童年少年什么，就更不愿看了，不管是谁写的，如托尔斯泰、狄更斯等人的相关作品，我至今都没翻过一下。

《赎罪》共分三部和一个结尾。第一部占整部作品篇幅的一半还多，故事发生的时间在一九三五年夏日中的某两天，特别是写了后一天；地点在伦敦郊区的一个庄园；人物较多，但活动的范围及线索都很集中，简直是严格按照古典戏剧上的三一律弄成的。从整个故事的走向上，戏剧化倾向也极其明显，情节波澜起伏，并且巧合连连，尽管开头时的进入是那么细腻，那么艰难。十三岁的布里奥妮爱好文学创作，为欢迎在外读书的哥哥利昂归来，特意写了一部戏剧，并约请刚投奔到她家的亲戚罗拉三姐弟一同演出。于是几组人物先后出现：罗拉三姐弟到来；布里奥妮的姐姐塞西莉娅和她们家里帮工的儿子罗比到来；利昂及其朋友马歇尔也一同来了。布里奥妮及罗拉三姐弟在排练，罗拉及她的双胞胎弟弟不配合，布里奥妮生气、失望，取消排练；塞西莉娅和罗比这对恋人因闹别扭而把一只瓷瓶弄落池塘中，塞西莉娅当罗比的面脱衣下水捞瓶，无意中被布里奥妮看到，产生误解；利昂和马歇尔聊天，后马歇尔与罗拉及双胞胎弟弟相遇；另外布里奥妮的母亲不停地叫嚷头痛；罗比给塞西莉娅写信以解释误会，请布里奥妮转交，谁知却把私下里写的一封放肆的情信转了出去。罗比后悔莫及。布里奥妮私拆了此信，对罗比的误解更甚，没想塞西莉娅却借此与罗比沟通感情，两人在图书室约会，偏被布里奥妮撞见。接下来便是吃晚饭，饭没吃完，两个双胞胎小孩因想家及不满姐姐的严厉而出走，所有的人都连夜出去寻找。在寻找的过程中罗拉被人强暴，布里奥妮断定是罗比所为，并出面指证，罗比被捕。

相比而言，后几部的内容就简单得多。第二部写时过了五年，罗比出狱后在二战中的法国战场，主要是写向敦刻尔克大撤退途中的情形。负伤的罗比与两个士兵一起徒步向海边走，反反复复写沿途所见，村庄、田野、撤退中的军队、正在耕作的农民和马、敌机怎么轰炸、无数的死尸和断体残肢、活生生的人怎么在炸弹中化成一缕烟消失等等。其中也穿插罗比的回忆，他入狱后塞西莉娅与家人断绝来往，出狱后与塞的一次见面，后他开往法国，塞西莉娅也参加军队医院做护士，并一心等他。后罗比终于来到海边，却没有轮船渡过海峡回到英国，只能混在无边无际的军队之间，夜晚来临，他在高烧的迷糊中睡去（看到这里时，我当时还以为罗比就此死了）。第三部写在后方医院做护士的布里奥妮。当年罗比入狱，布里奥妮随即意识到自己的错误，开始痛悔。为惩罚自己，她放弃学业，小小年纪也进入医院做见习护士，忍受严厉的护士长的管束和斥骂，忍受没完没了的繁重的体力活和医院里特有的肮脏。后来战争开始，大量伤兵一齐涌入医院，布里奥妮护理着一个又一个的临死者，心灵受到无限震撼。后来她接到父亲寄来的一封信，得知当年被强暴的罗拉与强暴者马歇尔即将举行婚礼，布里奥妮偷偷赶去观看。参观完婚礼后，布里奥妮去看她的姐姐塞西莉娅，竟意外在姐姐处发现了刚撤退回国不久的罗比，五年后相见，布里奥妮无比惊慌，同时也无比安慰。布里奥妮向姐姐和罗比道歉，受到罗比的斥责。后布里奥妮答应再次到法庭作证，为罗比洗冤，以挽回清白。小说的结尾发生时间已是一九九九年，作为作家的布里奥妮已七十七岁，医生刚检查出她正面临痴呆的危险，但她却很高兴。这天正是她的生日，她去博物馆捐献二战中的遗物，却在这里遇到年迈的马歇尔与罗拉夫妇。从博物馆出来，又赶往郊区的那个庄园，参加由后辈们为她举行的生日晚宴，并由她的曾孙辈演出了她十三岁所写、当时却未能演出的那个戏剧，布里奥妮感慨万端。小说最后才交代，罗比和塞西莉娅都在二战中死去了，现在只剩下老迈的布里奥妮一人站在窗前，用最后一丝精力思考一个人该怎样赎罪的问题。

看完全书，我自觉并不能对此作品构成准确的判断和评价，很多地方甚至颇有些费解。很显然，此小说三个部分的发展是不均衡的，整体布局也不是完整的。我不知作者是有意为之，或者是自己也驾驭不住的结果？从全篇看，第一部的内容其实也不复杂，只是为了表现布里奥妮怎样铸下终生的过错。如果按照一般写作技法来理解，这只是个事情的起因，是整个小说的基点和出发点，作品的重要部分应该在后面。可作者为什么并不能意识到这些，反而在此处安排那么长的篇幅、那么多的人物，集中了那么激烈的矛盾冲突，并且设计下那么多实际上似没有很大必要的巧合？起点部分就弄得如此庞大如此复杂，等到小说要向纵深处深入，从“罪”过渡到“赎罪”时，却发现篇幅已经不够了，尤其重要的是作者蓄在心中的那股气势也已经消耗得差不多，再想向深处拓展也显得无能为力。于是后面的几个部分只能截取某个人物的某个生活断面，中间部分只好以虚线，以映射以投影的方式代替，再在很远的地方，在虚线和阴影的尽头设置一个结尾，从而人为地为整篇作品做一个照应，画上个句号。如果说作者是有意造成所谓文本的开放性和现代感，那么第一部的技法为什么又那么中规中矩，结尾又显得如此圆满？还有那么多巧合，不只手法上陈旧，而且也有些让人难以置信，经不起推敲，比如结尾处布里奥妮去博物馆，为什么马上就能遇到马歇尔夫妇？作者的用意不就是想对人物的最后结局做一个交代吗？又比如第一部一个小女孩并不明确的举证，就能定一个无辜者犯罪？

我这样理解麦克尤恩当然是可笑的，一个世界级的大作家不可能如此简单。那么我只能说，此作标题“赎罪”所呈示的只是一个显主题，或说是个表面主题，作者不可能如此单纯地写“赎罪”什么，他一定还有另外一种让人看不出来的复杂用意。这样看来，作品的结构也不是表面所呈现的纵向性，而是由几个主题、几个意义层次所相互支撑形成的横向性结构。这种结构弄得好能形成一种巨大张力和整体合力,弄得不好，也可能会给人造成残缺感分裂感。

厄普代克的《跑吧，兔子》

夜散步，后回，上床看厄普代克的《兔子，跑吧》。这书已拖得太久，中途被其他一些杂书打断，现只剩下几十页，想今夜看完。不一会儿极倦，竟睡着了。后醒，才十点半吧，起身，终把《跑吧》看完。似越来越清醒，后完全失眠，干脆起来再看书，见是一点钟。后再看华盛顿·欧文的《旅客奇谈》，到两点再睡，仍无法睡着。大约四点多，似睡去一会，但又醒，天已亮。

这一夜简直是个噩梦。一夜的大雨不停，我一直听着雨声。

在给一位朋友的邮件中曾说过，此时看厄普代克这个四部曲，是带有一定的针对性，想为自己找一些参考。我想看看作者怎样将一个人的一生分成四段。书前介绍，四部曲分别选取主人公兔子一生中的四个时间段来进行展现，每个时间段相隔正好十年，从青年写到老年。这个第一部《兔子，跑吧》写兔子三十岁前某一年的几个月生活。

我弄小说几十年，又曾教书十多年，但一直弄不清写作教科书上所提到的一些写作方法，如白描之类到底指的是什么意思，所以这里也弄不清作者在这个兔子身上所用的是什么手法。只感觉作者端了一盆水，朝着地面哗地一下倾倒出去，水流到哪里他便写到哪里。用电影的手法，可能就是一种长镜头吧。当然，电影中没有哪个镜头会有这个镜头长，在好多天的时间里，兔子走到哪里，作者的笔便跟到哪里。表面看来，兔子没有任何心理波澜，相反，这明显是个生活散漫且有点缺心少肺的人，傍晚回家，见到街边一伙小孩在打篮球，他竟然也忍不住插进去，卖弄了好久的球技。到家后，妻子让他到一方的父母家接孩子，又到另一方父母家拿车子。兔子于是又出门，到了一方的父母家看到了孩子，觉得孩子玩得挺好，于是到另一个地方拿车子。车子开动，他没往家里开，反而开出城外，并且一开几百几千里，中途还加了两次油。第二天不知为什么，兔子觉得这么往外开也没意思，于是调头重新回来，当然他不再回家，而是找到他中学读书时的篮球教练，在他那里住下来。然后又通过这个教练，兔子认识了妓女鲁丝，两人同居。牧师杰克以自己的方式规劝兔子，想让他回家。恰好兔子妻子詹妮丝临产，兔子震惊，辞别鲁丝回到妻儿身边。后来因为妻子拒绝了他的性爱要求，他再次出走。妻子伤心之余酗酒，迷糊之中新生的女儿落入浴缸中淹死。兔子惊慌赶回，但在小孩的葬礼后，不知为什么他又一次出走，来到鲁丝处，得知鲁丝也怀了孕。兔子想让鲁丝把孩子生下来，但鲁丝再无法接受他。兔子出门买食物，再一次在大街上飞跑起来。

厄普代克曾解释："中产阶级的家庭风波，对思想动物说来如谜一般的性爱和死亡，作为牺牲的社会存在，意料之外的欢乐和报答，作为一种进化的腐败——这些就是我的主题。"据序言介绍，厄氏甚至将男女性爱上升到宗教、信仰的高度："我们（男人和女人）已经成为彼此的教堂。""兔子四部曲"也就是厄氏性爱宗教的四部"福音书"。实在说，对所有关于家庭生活及性爱之类的内容，我从来不感兴趣，更不要说是有关美国中产阶级什么了。我真的弄不懂这里所涉及的一切，其中许多人物的行动在我看来都是莫名其妙的，比如那个兔子，因对家庭生活及妻子不满而离家出走，这点我能理解。但兔子离家后，妻子及她娘家的父母那么惶恐，兔子归来后他们又那么讨好他，不是说，西方社会的家庭与婚姻是很松散的吗？兔子离家归来，仅仅因为妻子的一次拒绝，竟又一次出走等，这些人物行为我以为都超出了起码的生活逻辑与艺术逻辑。厄普代克是一位超出我兴趣范围之外的作家。像我们这种从小吃红薯长大的人，哪能品尝得出巧克力及黄油面包的滋味好坏呢。

厄氏写此作时才二十八岁，但那种简洁干净客观的文字能力，那种对生活细节的敏感捕捉，仍让人极其吃惊。作者写兔子接到女儿出事的电话，他一边听着，一边看电话亭外的一排字母，一心想着怎样给这行字母分节；他写街道上某一摊废水等等，那种真切和准确都是超出一般人眼睛的。当然这部小说也有明显的缺点——比如视角的转换我以为就非常生硬和突兀。此书将近一半篇幅，都是以主人公兔子的视角来展开，可是写到他和鲁丝在海滩上时，突然转为鲁丝的视点——此前没有任何征兆他会转换视角。从这里开始，视点便在不停变换中，但这样一来，作品的整体感基本就给破坏了。当然作者这样做也是不得已而为之，他起初可能并没想到视角问题，直到将近一半的篇幅时，才感到这么单一视角太过于呆板笨重，只得中途转换立足的地方。

尤凤伟的《中国一九五七》

全天看尤凤伟《中国一九五七》，夜看完，到一点半。惊人的艺术勇气。一部真正的中国作品，一部中国当代最伟大的作品，也可能是唯一的一部中国当代作品。在这部作品面前，许多著作等身的著名作家只是一个个苍白的跳蚤、小丑。只要有这部书，就足够可以证明眼前这个民族的作家在那场灾难面前没有交白卷。

对尤凤伟，印象并不很深。以前看过他的《石门夜话》，写一个土匪想占有一个抢来的女人。他完全不用武力，只是对着她文绉绉地说话。说了几个晚上以后，从内心里把女人征服了，心甘情愿地委身于他。很机智，有趣，但也仅限于此。后又看了一个短篇，写的是一个叫格的小孩，或者是傻子吧，但他却永远记得一个杀人场景，并且多年后以此破了案什么。后又看过他的一个长篇《色》，觉得写得非常不好。真不知这位作家怎么突然一下写出如此一部大书。

从手法上看，《中国一九五七》最让人吃惊的是那种写实的能力。全是监狱中的事和人，那么细小、琐碎，却是那么扎实，细针密缝。看到中间的某个时候，我几次有些不以为意，但等看完后，发现不一样了，面前升起的是一座巍峨而厚重的城，里面就是由那许许多多的琐碎细节码砖一样码起来的。

全书共分四部：第一部写入狱初期生活，穿插“我”给打成“右派”的全过程。审案的人让“我”交代三个日期的活动情况，“我”想不出，于是专心回忆。第二部写在劳改农场清水塘生活，以简短日记，然后加上事后注释的形式。第三部写黑龙江兴湖农场（我猜是不是兴凯湖农场？）一个叫御花园的小场，其中只有三个犯人。饥饿。吃草、吃蛇。这一部曾以中篇发表在《收获》杂志上，当时我已经看过，印象比较淡。感觉写得过于温和，可能还没有张贤亮好。第四部叫《我乐岭人物记》，写另一农场我乐岭的生活，用一个个人物姓名作标题，许多人物相互穿插缠绕。

这篇小说从艺术上讲，觉得还是有缺点的：第一，主要人物“我”的性格似乎没什么发展，从收审后就固定了下来，没有强烈的内心冲突及冲突后的突变；“我”与其说是一个人物，不如说是一个视点，是一个观察者，是一个串珠的线。由此又造成一种情况，几个不同农场的生活，也就是小说的不同部分好像也没有太大本质的区别，只是一种量的叠加。第二，小说表现了巨大的社会勇气，却没能表现面对人性黑暗的基本勇气。所有的人物基本上都是好人，即使有几个坏人，也是那种黑白分明的坏人。当然有时候作者也着意写一个人的复杂与矛盾，如一个叫孝子的犯人最可怜，没想这却是个监狱方埋下的可怕内线，可这个内线后来又表现得非常善良。但所有这些努力、这些复杂，给人的感觉仍是黑白过于分明了。这是作者硬性安排的复杂，而不是从人性深处自动升出来的。

总觉得没有经过地狱之火、阴暗之火的煎熬与粹炼，所有的好、善与光明都有些靠不住，有些可疑。

比较起来，张贤亮小说其实更具小说性，主要人物更丰富更立体，但是很显然，张的小说是站在一种奴性的立场来回望自身的。特别是《男人的一半是女人》最后，那个张永璘津津乐道于自己参加了一个什么会，实在让人受不了。尤凤伟所有的则是一个真正的人的眼光来审视非人性的一切了。

拜伦的《该隐》

昨夜看拜伦的《该隐》，想一气看完。越看越兴奋，直到夜两点半，真的看完了。原准备早睡，结果比往常还晚。拜伦最深刻的一部作品，也是整个文学中最深刻的一部，深刻得让我再一次吃惊。直抵人类生存的本质。亚当一家从伊甸园给逐出来，面临着因知识而带来的所有人世的罪孽与痛苦，但仍一心信守上帝，只该隐不以为然，说罪是父母犯下的，与我有什么关系，为什么要让我来承受一切。作者写到这里的时候是有困难的，因为当时人类刚刚开始，所有的苦难与死亡还都是未来的，该隐哪来那么多的恐惧？不像释迦牟尼，一走出都城，触目都是灾难。于是作者设计一个情节，以魔鬼卢西弗来带领该隐漫游未来的地狱世界，把他子孙们的受难情景提前展现出来，这就给该隐的质疑提供了理由。

人物系列：约伯、拜伦的该隐，陀思妥耶夫斯基的伊凡，安德烈耶夫的瓦西里·菲维伊斯基，艾克玛托夫的《死刑台》。大痛苦大灾难后的质疑与反叛，然后是那种弥赛亚情结。

莫里亚克的《给一个麻风病人的吻》

全天看莫里亚克，下午出去散步，到图书馆一次，翻了好久的书。伏桌上睡了一觉。可能睡的时间不短，眼睛压在手肘上，醒来后竟然半天无法看东西，书上的字全是模糊的，好久才恢复。后借奥斯特《神谕之夜》一书——这本书已经借过一次了，总想看完。但看了个开头就觉得过于浅薄、做作。厌烦，看不下去，于是把它还掉了。这个作者过于别扭地模仿卡夫卡和博尔赫斯，基本上就是把这两个人糅合到一起，并且每部书都差不多，跟中国现在的许多卡夫卡与博尔赫斯的蹩脚模仿者是一个水平。但不知为什么，看了这本书的内容介绍，那种神秘兮兮的东西仍是吸引人，很想看看到底写了些什么。可见博氏对我们一般的写作者有多大的魅力，连他的翻版、他的影子作者都如此吸引人。

夜上网一会儿，后看莫里亚克，把《给一个麻风病人的吻》看完。这篇是第三遍看了，八十年代和九十年代各看过一次。这次觉得没有以前的印象好。让出身名门旺族，却长成个丑八怪，并且行动怪异，不能自我控制，内心因此自卑得不行，成天老鼠一样活着。这时候偏偏找了个漂亮健壮的姑娘做妻子，于是他更自卑了。知道妻子厌恶自己，为避免痛苦，夫妻两人都相互躲着，于是两人更痛苦。后来让找个理由去了巴黎，相互离远之后，两人由假装思念，发展到真有些思念。于是妻子写信诉说思念，让于是回家，重新掉入痛苦之中。让天天去陪伴因肺结核而垂危的朋友，想自己也染病去世，摆脱痛苦。通篇是让的视角，但中途也偏到了妻子诺埃米、神父及最后那个给让看病的医生（猎艳者）身上。这小说写得十分节制，很多故事情节都隐到了后面，只模模糊糊让人猜测。从艺术上讲这也许是大的优点，但在我看来却不满足，总觉不过瘾，太多很好的情节没有铺展开来。在这方面，总觉莫里亚克与纪德都给人这个印象，记得一九八八年头一次看《背德者》《窄门》，内容上那么吸引我，但把小说看完，禁不住失望，一切都是那么半吞半吐。

过于节制的作品有两种情况：里面的东西太丰富，作者全隐起来了；第二种，里面什么也没有，故意搞得神神秘秘，以掩饰自己。此种手法好像更多适用于玩赏性作品，比如短篇，但感觉并不太适于叙述性作品、叙事体作品，如长篇小说。

奥斯特的《玻璃城》

昨夜看完保罗·奥斯特“纽约三部曲”的第一部《玻璃城》，直看到夜里一点多。很轻巧的一个东西，写一个作家接到一个打错的电话，对方以为他是个侦探，向他寻求保护。后来他竟真的以侦探身份去接受对方委托，跟踪委托人那位曾得精神病、刚从医院放出来的教授父亲。为了更好地监视，他不知怎么就躲到垃圾桶里去，在垃圾堆里吃住，共待了几个月之久，直到胡须满脸，遍身脏污，成了个十足的乞丐。谁知那个监视对象反而弄丢了，而委托人也搬家走了，不知去向。后来他回到自己家中，家里也住上了另外的人。这个故事当然很卡夫卡，也很博尔赫斯，里面还有不少地方很生硬很突兀。但一个长篇能写得这么小巧、轻松，仍对我有很大的启示。但第二部就不太想看了。对西方当代这些尚未得到最后定评，更没成为经典的作家，我主要是想看个新鲜。今天开始看诺尔斯的《独自和解》，这小说吸引我的是里面那种忏悔的成分。上次我看麦克尤恩的《赎罪》，不知为什么觉太琐碎，太纤弱，没看完就丢到一边。

诺尔斯的《独自和解》

下午接安去练跆拳道，电梯坏了，爬上十二楼。我开始看石黑一雄的《长日留痕》。回时很冷。夜上网，后看完诺尔斯的《独自和解》。当初购此书时，介绍中说其中有忏悔的情节，但同时又是一部校园小说。我对校园小说什么的一点兴趣也没有，看了大半后，越发觉得此小说没什么意思，很大篇幅我以为都是可有可无的，写一些学校生活什么的。这部小说最独特的地方是菲尼亚斯这个人物。菲尼亚斯非常活泼，天性善良如天使一般，体育方面更具有非同一般的能力。这些似乎都对“我”造成非同一般的压力。后来在玩耍时，“我”有意摇动树枝，导致他从树上摔下，成了残疾。菲尼亚斯也意识到什么，对“我”有所怀疑。但他太善良了，竟为自己的疑心而不安，并因此而向“我”一再道歉。后来“我”终于向他坦白了事情的真相，可他完全不能承认此点，反骂我是个“傻瓜”。再后来在一些同学审问下，事情的真相再也回避不了，但菲尼亚斯仍然坚持说：“我不在乎。没关系。”他转而大骂帮他弄清真相的同学，然后转身冲出门去。这样他又一次摔倒了，断腿再一次摔断。即便是这个时候，菲尼亚斯躺在病床上，他仍然边哭边要“我”承认：“在树上你只不过是盲目的一时冲动，你并不知道自己在做什么，对吧？”“你只是鬼使神差，你并不真恨我，那并不是某种你长期体验到的仇恨。那绝不是针对个人的。”后来菲尼亚斯终于死在随之而来的手术事件中。

菲尼亚斯实在是个太过纯粹的人，纯粹到连最基本、最清楚不过的丑恶与黑暗都不能也不敢面对。可以想见，这样一个人如果也不得不对人及人类产生怀疑与绝望,那么他的绝望将会是多么震撼人心。我一再想，这个故事如果让我写，我一定会紧紧扣住这个核心来展开全篇。可惜作者也不知是出于什么动机，小说的许多篇幅都脱离了这个基本的情节，让人弄不清作者的意旨到底是什么。当然也许并不是作者的原因，而是我自己没有很好地看懂此小说。

另外这部小说开头四五页是以回忆的形式展开的，写十五年后“我”回到学校的所见，随之展开对当年学校生活的回忆。让人不解的是这种回忆宕开出去后就再不收回来，直到结尾也没有进行一点照应。于是我又一次对这种结构感到奇怪，弄不懂作者为什么非得在开头处戴上这么一顶“十五年后”的帽子。

施林克的《朗读者》

这两天学校没上课，因大雪，同双休日换了。夜出去散步，后看完施林克的《朗读者》，应该说，写得不好。作者其实很投机，很取巧，里面有少年与中年女性的畸恋，有纳粹及对其审判反思等，特别是其中写到了奥斯维辛。这些实际上都是最能吸人眼球的材料,但作者在具体展开时，哪一点都没深入。第一部分的恋情一般化，没多少独特之处。尽管其中也写到汉娜的许多反常，如米夏给她留字条，她大发脾气等，这似乎都在暗示着什么，但再多的暗示也无法挽回其平淡之感。第二部分写审判，也同样浮在表面，后来简直难以为继，作者只好跑出来发些无力的议论。小说中较为丰富的是第三部分，特别是女主人公自杀，简直是对社会的审判了。

还有一点让人不解，就是对朗读及朗读者的理解。汉娜是文盲，所以她在集中营做看守时，以及后来与米夏交往时，都让人给她朗读书籍，这似乎是对文化及文明的向往，及对自己文盲的羞耻。她几次变动自己的职业，都是为了不暴露自己的文盲身份。甚至后来宁愿被人诬陷坐牢，也不愿暴露此点。作者甚至以此点作书名，这些都表明朗读及朗读者在作者那里应该是有很重要的指涉的。那么他的意思只能是表明这样一个意思:对文化及文明的向往，及对没文化的耻辱。不过如果只是这点意思，那就显得浅而又浅了。

作者在书前访谈中谈到此书的意旨："人并不因为曾做了罪恶的事而完全是一个魔鬼，或被贬为魔鬼；因为爱上了有罪的人而卷入所爱之人的罪恶中去，并将由此陷入理解和谴责的矛盾之中；一代人的罪恶还将置下一代于这罪恶的阴影之中——这一切当然都是具有普遍性的主题。""通过汉娜和米夏，我想表现的是，第三帝国是如何在那些一起参与了建设和维护它的人身上打上烙印，如何给世界和战后一代留下印记，它又造成了什么样的罪责感。"这些想法都是非常好的，但不知为什么在具体实行中，似乎并没很好地表现出来。

石黑一雄的《长日留痕》

夜呆坐。后把石黑一雄的《长日留痕》看完。对于当代的国外小说，实在说有很多我是读不很懂的。幸亏我有一个方法去对付这样的小说，就是不去读懂它。不是一种说法，叫读书不求甚解吗？不过就石黑一雄此书，我觉得自己比较有把握，这次我应该是读懂了的，因此读后的疑惑也就越大。小说写一个男管家的生活，第一人称叙述。以他开了新雇主的车子出外旅行为第一线索，然后回忆他在同一个庄园的两任雇主手下的经历。写他对职业的尊严感及虚荣感，以致义无反顾地拒绝了一个女性等。但总感觉这样的生活是不是太过于缺少普遍性了？为什么要花那么多力气来写什么管家这样一种职业身份呢，为什么不把他当一个人来写呢？由此还想到一个叙述技术上的问题，就是所谓作者与叙述者及人物的关系。还有一点，我们平日客观强调人物性格的自身逻辑，所谓贴着人物走，贴着性格走，那么是不是说，作者可以整个消失，作品可以整个陷入失控状态？小说毕竟还是人写的，而不是什么小说写人。

似乎很奇怪，还没有读过这样写法的小说，可是此篇偏偏得了英语布克奖。

胡赛尼的《追风筝的人》

夜看完胡赛尼的《追风筝的人》。前面部分是以回叙的方式写阿米尔少爷与小仆哈桑小时的关系，哈桑总以生命来保护阿米尔，但哈桑在被人强暴的关键时刻，阿米尔却不敢上前，反而退缩而去。阿米尔良心不安，一直想坦白，但又没勇气。后受不了，反而进一步污蔑哈桑，让父亲把哈桑赶走。这时国内动乱，阿米尔与父亲一同逃到美国，读书成家。多年后，阿米尔接国内一朋友从巴基斯坦打来的电话，让他回一次巴基斯坦。小说的后部分就写阿米尔的回巴基斯坦，又从巴基斯坦回阿富汗国内之行。从这个朋友处阿米尔得知哈桑原是父亲的私生子，深感震惊。但哈桑已死于塔利班的暴行中，遗下一子索拉博，现在孤儿院。阿米尔为解救哈桑的儿子索拉博，独自租车回喀布尔，却遭小时侮辱哈桑、现为塔利班官员的阿塞夫的殴打，几致毙命。阿米尔反而感到被惩罚的痛快，边挨打边哈哈大笑不止。后被哈桑的儿子索拉博用弹弓救出。阿米尔想将索拉博带回美国，却在办手续时受阻。阿米尔只能将索拉博暂时送回孤独院，再想其他办法。小孩在惊骇之余割腕自杀。被救后，阿米尔终于把索拉博带回美国，索拉博却已生趣全无。结尾再写放风筝，小孩终于露出一丝笑意。

此小说的叙述技术还是不错的，每一场景的展开都很真切，每个出场人物也都很生动活泼，写两代人的罪感与救赎。但从整体看，此作的艺术性并不很强，叙述太满，动作过多，意旨过于明确，没能给人留有足够的想象空间。尤其是后部分，这些缺点更突出。这篇小说能有那么大的读者量，能上美国的排行榜，从而成为一部流行小说，很可能就因为其中的流行因素，比如写到了阿富汗的国内情况，特别是写到了塔利班的罪恶等。我想此作的最大价值还是在其认识因素，满足了人们对一个热点国家的好奇心。从这方面来说，此作与《朗读者》有许多共同之处，就是其内容的流行性，或者说商业性。

从这点来说，以后的阅读还是应该有所选择，当代这些过于流行的东西还是少看为好，哪怕它的读者量再大。

巴尔扎克的《高老头》

早上被敲门声惊醒，知是万一家到了，他们刚下火车，一看时间，七点二十分，与他昨夜所说一点不差。忙起来开门，见万夫妇，我问小孩呢，才知蹲在他妈脚那边，正躲我呢。我先洗漱，后与他们讲话。又到外面买吃的，春节刚过，幸好还有一家小店开门，买了馒头花卷。后与万闲聊，他讲到今年看书一千多万字，共三四十本之多，写作几十万字那种札记类文章，还有十多万字的短记。我惊奇，说他速度快，因看的都是学术书，据他所说，基本都是有关目前农村问题的。

对万近年的思想走向，实际上我挺为疑惑。他的基本特征是那种社会激情，后走向对个人出路和信靠的寻求，如宗教及中国的老庄等。然后由原始宗教进入民俗学与人类学，这些我都能理解的，我也一直认为原始宗教里保存有更多更纯粹的宗教成分。后来他由下层的民间立场，转而对所谓精英文化的批判，这一两年似乎一直在听他讲这些，现在他干脆转到对农村问题农民问题本身的考察了。我隐隐感到，他转了一圈后又回到原来的位置，回到那种社会激情之上。我表示了自己的疑惑，他解释，对他来说个人信仰问题基本上已得到解决，现在可以平心静气地关注现实等等。后他用了不少时间对自己的关注点进行了一番描述，主要就是精英阶层与底层利益的对立等，我听后说这不就是当年所提倡的阶级说吗？万说正是。我愈加觉得奇怪。

我讲到对当代国外一些小说的看法，说看来看去，感觉这些东西跟古典作品还是不能相比的。我说到前不久看过的托尔斯泰的《复活》。在托氏的三个长篇中，《复活》早年给我的印象最为平实、朴素，甚至有点呆板、枯燥。这次重读，同样是抱着一种技术方面的、挑剔的眼光，全篇读完才知道什么才是真正的无懈可击。又说到近几天我手头正看的巴尔扎克的《高老头》对我的启示。早年看巴尔扎克看《高老头》，并没留下多少印象，最难忘的只是小说结尾拉斯蒂涅对巴黎的那句宣战。现在再读，主要仍是从技术的角度来打量，感觉也比第一次读要好得多，这点也让我自己都有些不解。连开头那么长的环境描写也不让我觉得累赘。很显然，此书有极强的戏剧性，每个人物都在动弹，每个人物都是戏剧冲突中的一环，缺一不可。除此之外，我最欣赏的还有巴尔扎克在其中所表现出的这种截取生活、进入生活的方式。《高老头》并不是顺着生活写，而是从中截取一段，然后在此基础上生发出去。比如栽种土豆吧，我们不能把整只土豆埋到土里，从而让它长出一棵新芽。这样太浪费了。我们应该将土豆切成片，一片一片种下，然后以片为基点生发出去，每一片再长成一个新的完整的生命。而所有的生命合在一起，便能组成一个丛林了。

吴敬梓的《儒林外史》

今天值班，基本没干什么。夜忽然拿出《儒林外史》来看。说来好笑，此书不知读过多少次，可还没完整地读完过一遍。年少时迷《水浒传》《三国演义》《封神演义》时，那读的是故事，而这书又没什么吸引人的故事，当然是读不下的。后来读国外小说，读的又是一种心理的纵深、精神结构的纵深，当时似乎也翻过此书，感觉这样的东西是一件由许多碎布片连缀起来的百衲衣，同样也是读不下的。后来读的范围更广些，许多笔记体的那种志怪什么的，同样读得津津有味，哪怕就是为一般人所不齿的天命轮回、因果报应之类，其实这正是最吸引我的地方。我以为只有在这里，才展现了我们这片土地的神奇想象，展现我们这个族类对眼前这个世界最为独特、最为繁复的理解。而这部小说却是实打实地写一些迂腐的书生，一点奇特的东西也没有。更重要的原因是，我对所谓的幽默讽刺之类的东西，某些漫画式的东西一直不感兴趣，我从心底里讨厌以那样一种方式进入现实，特别是进入小说。当然讨厌的同时我也知道，这部小说应该是绕不过去的，于是一再捡起又放下，放下又捡起来。直到前些日子又想找出来看，竟发现我早年买的那部书已不见了，不知是什么时候弄丢了。只好又到书店再买了一本来。

今夜再读此书，仍感觉有些好玩。这里写一个人，各方面都铺排得清楚了，正以为接下来会有什么重要事件发生。没想到的是这个人原来已经写完了，作者转个身又去写另一个人。这感觉就像一个乡村人做房子打地基，他花了好多工夫将地基打好，弄得很平整很结实。读者正准备看他在这么好的地基上做一幢什么样的房子，谁知这时候他身子一转，又跑到旁边一个地方埋头挖起地基来。不多的工夫，大约在方圆几平方公里的一个大范围内，这人一口气竟然不知打下了多少层地基，却一幢房子也没做，甚至连一砖一瓦也没见着。

一直以为，小说毕竟是一种虚构的艺术，最大的价值就在其虚构上。而有关一个人物的身份、生活环境等背景材料，就相当于做房子的地基，实际是很难虚构的。房子可以凭建筑师的想象任意发挥，你想建多高就多高，想建多大就多大，想建什么式样就什么式样。但地基却不行，非得有那么实实在在的一块地方不可，所以我们一定要节约着用。我们要在最小的一个范围内，在一个最小的建筑面积中，造一幢最雄伟最华丽的建筑。而像《儒林外史》等小说这样，只打地基却不做房子，不是太过于不可思议吗？当然，这个搞建筑的人可能真的比较另类，他搞的可能也是一种建筑，是以无数优美的地基结构出的一种建筑。

华盛顿·欧文的《旅客奇谈》

夜看华盛顿·欧文的《旅客奇谈》。此书以前买过，后被一位朋友借走，再不还我。这次见有新版，只得重购一本。现在我手头除此书外，还有欧氏的《见闻札记》《阿尔罕伯拉》及一些所谓的短篇小说，其他的还有如《布雷斯布里奇庄园》等，尽管百般搜求，也无法找到。

华盛顿·欧文是我多少年来最为迷恋的作家，就像年少时迷恋卢梭与缪塞，及我们这里的郁达夫、郭沫若等人的文字一样，平日有事没事，喜欢拿出翻上一翻。特别是下雨的日子，或者黄昏的时候，一人独自坐在阳台，看几页书，再看几眼街面上的景色。当然内心里我也知道，无论是华盛顿·欧文还是郁达夫、郭沫若、缪塞等，从艺术上来说也许并没有多少高明之处，这实际上都是一些非专业性、非职业性的作家，我也只是在消闲的时候，在需要放松的时候才会过来看看。尽管如此，我仍然难以控制地喜欢他们。我喜欢的可能只是他们文字中的那种忧郁，那种诗性，还有进入生活展开生活的那种方式。比如郁达夫，我始终以为他的小说还谈不上是一种真正的小说，而是用第三人称写成，将私人生活加以虚拟化的散文，哪怕他写古代诗人如厉鹗、如黄仲则，实际上所抒发的都是极主观的个人情绪。而对于欧文来说，他生活的过程实际上就是写作的过程，他一生中的大部分时间常常是这样度过的：旅行来到一个地方，比如布雷斯布里奇庄园，比如阿尔罕伯拉宫，比如格拉那达，比如某个藏书家的私人图书馆等，于是在这里住下来，边悉心研究当地的历史和传说，边以此地为背景从事写作，小说、散文，故事、传说、速写等等，合到一起组成一部书。

每次看郁达夫，看华盛顿·欧文，奇怪的是我都会产生一种很强烈的模仿冲动，有很多次我甚至都开始动手了，但结果仍不得不放弃。因为在内心深处，一直有这样一种固执的想法：对于一个写作者来说，小说这种方式毕竟是一项重体力活，需要一个人拿出他一生最好的时光来对付。这个时光一过，你即便再想写也全然无能为力了。相对来说，写散文毕竟轻松些，随意些，当一个人年华已逝，年老体弱，干不动重活时，再来弄弄散文之类也不迟的。这样一来每次读郁达夫读欧文的过程，其实就是一种忍耐的过程，一种期待的过程。你得将内心深处强烈的模仿欲望忍耐下去，期待在不久的将来老之将至，便可以随心所欲，像欧文像郁达夫那样，不时找一个什么新奇的地方安安心心住下，边看书，边独自进行散文写作。我甚至将未来那些日子里所住的地方都暗暗想好了，写些什么东西基本上也一一准备停当。

元月所读之一

元月所读，共计小说三本：远藤周作的《深河》、黑塞的《荒原狼》、王蒙的《活动变人形》;理论四本:弗洛罗夫斯基的《俄罗斯宗教哲学之路》(部分)、张百春的《当代东正教神学思想》; 牟宗三的《生命的学问》《道德理想主义的重建》(部分)。

日本的小说一直是我不喜欢的。喜欢的只有大江健三郎、安部公房，还有这个远藤周作，可能都是因为他们身上的非日本倾向。在看远藤周作之前，我甚至不知道日本还有信天主教者。

黑塞的这本《荒原狼》是八十年代所购，漓江出版社版，一直以为自己没读完过。这次再读，看到书页从头到尾的划痕，才知早已读完了，里面的一些细节也能依稀记起。仍觉这小说开头部分那么静态地对人物进行分析，并且翻来覆去没完没了，很枯燥。整体上好像也没很好地展开，当然了，更大的原因是此小说所表达的东西与我个人感受没有很多契合的地方。觉得同是带几分夸张与寓言色彩的知识者题材，相比之下《迷惘》《赫索格》等要好得多。

记得一九七八年高考时，我在修水县城购过王蒙的《青春万岁》，没看完就让一个同学借走了，似乎再没还我。后我又买了一本。后看过王蒙的《组织部来了个年轻人》，也觉不错。再后来王蒙似乎专门写起那种意识流小说，我看了不少。王其实是一个没有多少现代意识的人，却专好写这种所谓现代式小说，之中的反差较大，让人觉得有些别扭。前几年还试图读他写的那个“季节”长篇系列，也无法看进。但他的这部《活动变人形》写得真不错，与作者其他的小说都不一样。特别是许多细部，微妙、精妙。小说的主人公老家靠近渤海，我查了一下地图，王蒙的老家河北南皮正靠近那里，于是觉此小说很可能带有作者及作者家族自传的成分。

对俄罗斯东正教问题的关注，前后大约有二十多年了。当时读过舍斯托夫的《在约伯的天平上》，便开始收集这方面的书籍，现在手头已积有几十本了。陆续读过一些，但总没有完整时间系统之。这次更有些手忙脚乱。但正因为时间不够，便抓得紧，效率也还不错。同时还参考了另外一些书籍及网上资料，把有关拜占庭帝国及俄罗斯留里克王朝、罗曼诺夫王朝每个皇帝及大公的生平经历及相互传承经过都梳理了一遍。那天在电脑前整整坐了有四五个小时没动弹，到夜里十点累得不行，只得去洗碗以为调剂，仍不行。第二天发现，左眼的四分之一眼白变得通红，结膜下出血了。

东正教问题有几个方面是我一直想弄清的：第一，作为一种外来宗教，俄罗斯是如何接受，又是在什么情形下接受东正教的，相互之间竟结合得如此天衣无缝，形成了一个最完美的整体？第二，在一个东正教思想如此深入人心，与人性、精神传统如此深厚的国度，在一个产生过托尔斯泰、陀思妥耶夫斯基、安德烈耶夫与契诃夫的国度，又是如何产生了横扫整个世界、持续整整一个世纪的无神论、虚无主义及社会主义运动？第三，与十九世纪世俗化运动几乎同时并起的宗教复兴运动及此后的一批宗教哲学家和神学家，特别是所谓的新基督教意识代表者，他们的所思所想又是什么，他们到底又做了些什么？当然还有，当东正教思想在这片土地上灰飞烟灭了近一个世纪之后，俄罗斯精神界的现状又是如何，这些都让人好奇心顿生。这次所读，先是弗洛罗夫斯基的那本《之路》。但觉弗氏作为局内之人，有些评价不免过于偏重个人看法，还有时候，过于陷入琐碎的局部史实，半天不愿自拔。于是作为参考，同时又读张百春的那本《神学思想》。结果把后一本读完，前一本倒丢到一边，没时间再去捡起了。张百春的这本与《之路》相反，主要着眼于“当代”，内容上同样有局限。

俄罗斯是一个极年轻的民族，公元九世纪中叶才从北欧什么地方请了一个人来做自己的统治者。俄罗斯是在幼年被洗礼的，在东正教传入之前，这还是个野蛮民族，没有自己的文化，也还没来得及形成自己的文化传统。公元九八八年，弗拉基米尔大公把东正教从拜占庭引进到俄罗斯，东正教自此成了俄罗斯的国教，取代了此前盛行的多神崇拜，俄罗斯成了一个东正教民族。东正教信仰成了俄罗斯民族精神和文化传统的发源地。当然，俄罗斯民族更有自己的民族本性，这便是天生的宗教倾向，他们所接受的的确是一种超越性的宗教信仰。俄罗斯民族在本性上是个宗教性的民族，是个拥有虔诚信仰的民族。宗教性是俄罗斯民族自身固有的，而且这种宗教性与基督教内在地一致，东正教的引进正适合了宗教性的需求。俄罗斯民族固有的特性是极端主义和救世主义。极端主义表现在俄罗斯民族精神处在永恒的探索之中，这个民族所关心的是永恒和绝对的东西。可以说，基督教是信仰上的极端主义的结果，没有极端主义无法产生基督教，也无法理解基督教。救世主义是一种普世主义，是对整个世界的关心，对整个宇宙的关心，把宇宙变成天堂是普世主义的最终目的。至于为什么东正教适合了俄罗斯民族的宗教性需求，这涉及东正教的本质特征——否定主义和神秘主义，否定主义适合了俄罗斯民族的极端主义，神秘主义适应了俄罗斯民族的救世主义。俄罗斯引进东正教，对这个民族发展来说是成功的。基督教信仰并不适合世界上所有的民族，有的民族从根本上来说是不适合引进基督教的，因为基督教并非对所有的民族都是一种积极因素。基督教在俄罗斯的传播是基督教历史上的一个奇迹，就是在基督教民族里，也没有这样的先例。

无论俄罗斯人具有怎样强烈的宗教性，这个宗教性又成了俄罗斯神学的内在根源，但最终，俄罗斯帝国却被坚信无神论的人给推翻了。那些坚信自己虔诚信仰的人被驱除出境，此后是约七十年的苏联无神论时代，它形成对长达千年的俄罗斯宗教传统的冲击，在那个时代里，俄罗斯民族的宗教性丧失了。那么无神论又是如何形成并横扫一切的呢，我们又该如何理解这么极端的两种东西是如何同胎同体的呢？这里会涉及一个词，就是一个民族的自我意识觉醒及此种意识的代表者与象征者——知识分子。俄罗斯民族的自我意识是在国家形成之后才开始出现，而知识分子是在民族自我意识之后产生的。作为一个团体，在社会上发生真正影响的知识分子则是十九世纪的现象。这个时候，俄罗斯的基督教引进已经八百多年了，尽管国家统一了，但经济落后，思想贫乏，人民生活在艰难困苦之中。出于对俄罗斯民族命运的关心，有良心的知识分子对现实进行了反思，结果他们把一切罪过都推到沙皇专制制度，以及一切与这个制度相关的思想和机构上，首先是以东正教会为代表的东正教。

无神论思想已经在知识分子中间扎根，知识分子又成了无神论和其他激进思想传播的最佳工具，推翻沙皇政府已经成了绝大多数俄罗斯人的共同愿望。知识分子举起了反宗教的无神论大旗，对人民进行启蒙，目的是推翻沙皇制度，消灭东正教会，建立人间天国。知识分子所领导的这个运动在俄罗斯社会成了主流。他们崇拜人民，把人民当作新的神。由此可见，所谓的俄罗斯知识分子原来是有自己的理想，并为自己的理想奋斗直到献身的人，在他们那里，理想高于一切。他们几乎都是无神论者，然而他们并没有丧失信仰，只是用一种信仰对象代替了另一种信仰对象。在这个意义上，他们的无神论本身同样带有宗教色彩，他们相信社会进步，相信社会的奇迹。他们都是乌托邦分子，盲目地信仰科学把人类带进无阶级的天堂里去的能力。他们是那个时代俄罗斯自我意识的代表，他们对时代进行反思的结果是革命。革命成了知识分子新的宗教信仰,他们像传教士一样宣传革命思想。他们这个新宗教里的上帝是人民、公正、兄弟友爱等。许多年轻的追随者在心里仍然还是个基督徒，在他们身上能够感觉到强烈的基督教影响，福音书的精神在他们身上并没有泯灭，他们甚至把革命活动和对基督及其学说的信仰混合到一起，许多人把为了人民而牺牲看作是殉道。他们企图创造新的宗教以代替东正教，这就是社会主义、共产主义、唯物主义、无神论、民粹主义和虚无主义等。他们在坚持这些主义的时候，在宗教性上一点也没有变化，换言之，他们是按照东正教的虔诚来对待这些新宗教、新上帝的。别尔嘉耶夫说，俄罗斯灵魂是东正教造就的，这个灵魂所创造的一切因此都带有东正教色彩，俄罗斯的无神论、反宗教运动，都具有宗教色彩，都反映了：俄罗斯民族的深刻的宗教性，俄罗斯知识分子的反宗教传统里同样也渗透着宗教性。

托尔斯泰在一八五五年三月五日的日记中写过这么一段话："我产生了一个伟大的宏大的思想，我感到自己能够献身于实现这一思想。这个思想是新基督教的基础，它符合人类的发展，符合基督的宗教，这个新宗教清除了信仰的神秘性；这是实践的宗教，不许诺未来的极乐，却给予人世间的极乐。我明白，只有几代人为此目的而自觉地工作，才能实现这一思想，将这种思想代代相传。总有一天，人们的热情和理性会实现它。我希望有意识地统一人们的宗教信仰，这就是我的思想的出发点，它激发我的热情。""我产生了一种想法：写出唯物主义的福音书，写出唯物主义者基督的一生。"托尔斯泰这里所说的，就是他晚年全力投入其中的基本宗教构想。与托氏一样，俄罗斯这一时期所有的宗教哲学家神学家都在以各自的方式，建构着自己的体系和框架，进行着人类精神出路的苦苦索寻，寻到极致，其中甚至出现了不少趣人或者妄人，给读者留下极深的印象。记得有一次，我翻读费尔巴哈的《基督教的本质》，不由哑然失笑。实在说，无论如何，《圣经》里的上帝我是理解不了、接近不了的，但是费尔巴哈的上帝我却能理解，托尔斯泰的上帝也能理解。我们每一个人，不管是谁，一生中至少有某一瞬间，他会觉得自己悬浮在茫茫空中，无着无落，一无凭靠。他极需把捉到点什么。更有许多人，可以说是在穷尽一辈子每时每刻的精力搜寻着某种值得信靠的东西，这其中有一个，便是我自己。可我们一点不知道，自己已完全失去了信的能力、靠的能力，失去了基本的信仰能力。我们真的是没办法。这真是人们一贯所说到的那种基因缺乏，后天如何努力也无法补救的。可怕的是越这样，我们的搜寻却越加强烈。这是我们的本能，来自人之为人的基因深层，自己同样无法违背。我们伸着抽搐的虚汗直冒的手，朝虚无的天空四处抓扯，一刻也不得安宁。看来我们到死，一辈子永远也不会抓到点什么，这点我们知道。我们唯一所能做的，就是在虚无的天空中留下一只汗津津的手的影子，一只落水的手的影子。许多人正是这样，陷入了一种抽搐状态，一种虚妄状态、谵妄状态。

弗洛罗夫斯基说，托尔斯泰曾经道德败坏、邪恶，但终于幡然悔悟，清醒了，并且认识清楚了。弗洛罗夫斯基嘲笑托尔斯泰确实具有传教士或道德家的热情，却毫无宗教体验。托尔斯泰根本不是宗教信仰者，他在宗教信仰方面平庸无能。弗洛罗夫斯基又借用别人的话分析，在托尔斯泰的学说中，他看到的仅仅是宗教的替代物，只适用于一群有教养的教派信徒，他的学说枯燥无味，偏重于理性，是唯理论的学说。这不是心灵宗教，而是一种三段论推理。托尔斯泰反对传统的基督教，坚持用自己的理性来检验基督教。他拒不接受《旧约》中的暴力，特别反对以牙还牙以眼还眼的思想。对于新约，他接受其中爱的思想，但反对其中的神迹，认为神迹是人的理性所不能理解的，实际上神迹都是后人，特别是《福音书》的作者们加上去的，因为他们都是些文化素养很差的人。关于基督，他否定神性，认为基督不是神，而是一个道德水准极高的人。基督教的许多教义都是托尔斯泰不能接受的，比如三位一体、复活等，因为他们都超出了人类理性的范围。他按自己的观点校订《福音书》，轻率地删减并修改《福音书》。对他而言，《福音书》是很多世纪以前由缺乏知识的人和迷信的人编写的，因此不能全盘接受。他提出别具特点的方法，让每一位读者都拿着铅笔，在《福音书》上划出自己能理解的部分。弗洛罗夫斯基认为托尔斯泰要让一切都符合理性，抛弃一切违背理性的东西，他的追求被他强烈的唯理论思想引入歧途。托尔斯泰社会道德的揭露和批判方面的攻击性的极端主义与他所持道德学说的极端贫乏，这二者之间存在着惊人的不协调。

中国的道教主张肉体拯救，就是让人不死，实行蝉蜕，如一只大鸟那般脱去外壳，然后飞升而去，成为神仙。用现代人的眼光看来，这无疑十分可笑，但是在俄罗斯哲学家费奥多罗夫那里，更有一惊人之想简直能让人笑掉大牙：战胜死亡，不只要让人肉体不死，而且要让死人复活。让所有已经死去的人各自找到自己的肉体，然后复活。他认为死亡是一切痛苦的根源，但死亡是暂时的现象，因为它依赖于自然界的盲目力量。无论死亡的原因有多么深刻，死亡都不是原初的；它不是绝对的必然性。自然力量只有当未被制服时才是强大的，只有当人尚且软弱无力、没有认识它的时候才是强大的。而人比自然更强大，人负有掌握自然、征服自然，把自然变成理性和意义的驯服工具，那时死也就不会发生了。复活所有死去的人，便是费奥多罗夫的一个伟大计划。他认为科学技术、哲学和宗教都是实现这个计划所必需的。在复活的事业中，科学技术的作用是不能低估的，因为复活死去的人一个重要步骤就是复活他们的肉体，这当然要靠科学技术手段。对物质元素及其力量的知识，可以把死去的人的身体重新组织起来，恢复原来的状态。我们可以支配外部世界的一切分子和原子，从遥远的恒星上和地球的深处提取死者身体的微粒，把已经离散了的粒子重新聚合，按照父辈临终前的样子组合他们的身体。复活后的人可以居住在这个地球上，甚至可以考虑在其他星球上居住的问题。我们可以调节气象，支配地球本身的运动。我们应当成为直接意义上的天体机械师，使宇宙服从意识。当这个问题解决后，在宇宙空间就会第一次出现受意识和意志支配的星球或行星，人类更可以控制宇宙，把死亡从其中彻底排除。

自基督教产生以来，禁欲主义一直是对待性的问题的主导倾向，性的问题在基督教思想史上是个禁区。罗赞诺夫偏偏认为，在性的问题上基督教与现实相距太远，这是基督教的一大缺陷，于是他开始建立自己的性的宗教。把性与宗教结合起来，把最高尚的与最低下的东西结合起来，是罗赞诺夫思想主题之一，在他看来，性不仅不是人本性中的阴暗面，反而应该是人的生命升华的起点和基础。性已经超越了生理的范围。他甚至认为性与人的灵魂是一致的，精神和肉体是完全统一的，这个统一的基础就是性。罗赞诺夫还把性看作是婚姻家庭的基础，甚至把家庭理解为一种宗教：没有比家庭宗教更高的宗教之美。性、婚姻、家庭是人生中最神圣的东西，是任何宗教都不应轻视的东西，它们甚至高于国家和教会。罗赞诺夫十分关心婚姻、家庭、生育等与日常生活紧密相关却又十分琐碎的问题，寻找这些低级的问题的神学意义。他几乎在一切琐碎的事物中都能看到高深而伟大的意义。罗赞诺夫的宗教属于自然宗教类型，因为他的宗教是建立在对自然的崇拜基础上的，这一点最明显地表现在他对太阳的歌颂上。“太阳在基督教之前就存在了，如果基督教结束的话，太阳也不会熄灭。这就是基督教的局限性。”“试看看，如果把太阳钉死在十字架上，你们就会知道谁是上帝。”罗氏通过太阳来揭示基督的弱点和局限性。基督只让五千人吃饱，而太阳让所有的人都能够吃饱。太阳给人间以光和热，它是生命的源泉，它不仅照好人，也照坏人，具有无比巨大的能力。基督教则不具有宇宙性，在基督教里连草都不生长，牲畜靠它无法繁殖。这就意味着，尽管基督教有许多美妙之处，但人还是不能仅仅靠它而生活。罗赞诺夫是个拥有虔诚信仰的人，但他所理解的基督教是一种由他自己所设想的理想基督教，与现实中的基督教有很大差别。他曾严厉批判教会，指责教会歪曲基督教，使基督教远离人的现实。但所有这些批判都是出于信仰的需要，绝没有无神论的动机。或者是出于对时代灾难的恐惧，或者是出于对死亡的恐惧，在生命的最后时刻罗赞诺夫回到了教会的怀抱，与历史上的基督教和教会斗争了一生的他，最后死在修道院里。

特鲁别茨科伊一生都在寻找生命的意义，在此他肯定生命是有意义的，否则对生命意义的寻找就是无意义的了，而且无意义的世界也不值得在其中生活。只是生命的意义并非直接地表露在外面，而是被掩盖着，所以才需要努力探索之。生命的意义就在于寻找永恒真理。真理是一切统一的思想和一切统一的意识。"对真理的寻找就是在我的意识中寻找绝对意识,在绝对意识中寻找我的意识的一种企图。"然而,要寻找绝对真理，我们有限的意识自身是不够的，必须要假定绝对意识的存在。我们只有借助绝对意识才能进行思考和意识。人靠自身的力量无法找到生命的意义，所以才有各种宗教产生，目的就是帮助人们寻找生命的意义。一般地说，宗教意识就是在永恒的生命和暂时的生命之间找到结合点，所有的宗教都这样或那样地提出这个任务：寻找永恒生命。这是它们共同的主题,但只有宗教之中的宗教——基督教才获得了成功,达到了这个目的。在特鲁别茨科伊的神正论里，一个重要的问题便是关于恶的讨论。上帝是一切统一，是包含一切的绝对，那么恶是否在上帝之中呢？若不在上帝之中，则上帝不是一切统一；若恶在上帝里，那么上帝就不是完满的、完善的，因此就不能成为人生追求的目标。按照基督教的学说，上帝与被造物之间的关系是爱，上帝爱所有的被造物，爱联系着作为一切统一的上帝与被造物。但反过来，被造物不一定爱上帝，这是因为被造物拥有自由，他们有爱上帝的自由，也有不爱的自由。也就是说，被造物有可能反抗上帝，这就是恶。恶的根源在于被造物的自由。自由是必然的，但恶却不是必然的。上帝希望作为被造物的人成为自己的朋友，而不是无任何自由的机器。因此没有自由，在上帝与人之间就没有友谊，没有友谊就没有爱。如果上帝与人之间是爱的关系，那么人必然地要有自由。假如人不能够反对上帝，他就不能成为上帝的朋友，因为没有自由的人只是被动的存在物，根本不配成为上帝的朋友。如果人没有自由，那么就不能给同上帝的结合带来任何新的东西，因此人就无法参与同上帝的结合，这样的人生是无意义的。人的自由又导致反抗，导致恶，但恶自身没有存在的根源，它是寄生的。恶的被造物毕竟被上帝对它的构想所决定，所以这样的被造物只是消极地低劣地模仿上帝对它的构想。寄生物的生命只有在世界存在的过渡性阶段才是实在的。在永恒的索菲亚世界里根本不存在恶。尽管现实世界里有恶存在，但是上帝在构想世界时，这个世界是完满的，是统一的，被造物的使命就是走向这个世界。

有关人的拯救问题，别尔嘉耶夫提出了自己的看法，那便是创造。“关于创造、关于人的创造使命问题，是我一生的基本主题。”在传统的基督教里，除了创世问题外，一般没有任何关于创造的学说。拯救是传统基督教生活的核心和基本主题。别尔嘉耶夫坚决反对这种对基督教的片面理解。他认为新基督教的实质和核心就是创造，新基督教就是创造的基督教。基督教不仅是拯救的宗教，而且还是创造的宗教。没有创造，就没有拯救，拯救是被动的，创造是积极的。别尔嘉耶夫指出，基督教的拯救意识来源于原罪意识，然后基督教过分地被原罪意识所缠绕，以至于把如何摆脱罪恶当作生命的唯一目的，当作基督教生活的唯一主题。人人有罪，人人都面临着永恒的死亡，地狱随时威胁着人。人的一生就在这种恐惧中度过，基督徒因恐惧意识而无暇顾及创造，禁欲主义成了主流，一切与创造有关的东西则完全归于世俗世界里，如科学、艺术、社会建制等。基督教完全成了被动与消极的宗教。别尔嘉耶夫认为，创造是人的使命，是人对上帝召唤的积极回应。只有创造的个性才能被拯救而达到永恒。人甚至可以为了创造而忘记自己的灵魂拯救。在这里，创造被神化了，创造成了一种宗教。创造的体验是独特的宗教体验和宗教道路，创造的神魂颠倒是整个人的存在的震动，是走向另一个世界。在别尔嘉耶夫看来，人类历史上伟大的思想家和诗人等，才是真正地实现了自己创造使命的人，他们才最有资格进入天堂。“普希金的艺术不是基督教的，也不是多神教的，而是天堂的艺术。”天堂的余光就在创造的神魂颠倒状态里，甚至在爱的神魂颠倒里，这些神魂颠倒的状态都可以转化为天堂里的瞬间。在我们罪恶的世界里，达到永恒的唯一途径就在创造的神魂颠倒里，这样的创造就是对世界的改造，改造了的世界就可以和人一起进入天堂。因为人是世界生命的最高中心，世界生命通过人而堕落，必须通过人才能站起来，这就要求人充分地发挥自己的创造天赋，实现自己的创造使命。通过人的创造，人类将获得一个完全新的天和新的地，这就是《福音书》上所说的未来世界，即天国。天国不仅在无法预料的未来，而且还在生命创造的每一个瞬间，人只有积极地创造，才能体验到这些瞬间。在这些瞬间里，人将获得极乐和无上幸福。

元月所读之二

头一次接触到新儒家这个词，大约是上世纪九十年代初期了，后来中国广播电视出版社出了一套“现代新儒学辑要丛书”，其中就包括牟宗三的《道德理想主义的重建》。我立即把那几本都买了下来，有的一直保存到现在。但对现代那些儒学大家的喜爱，应该是在此前很久就开始了。记得同样是一九七八年夏在修水县城参加高考时，我购到上下两本的《章太炎政论选集》，这种书即便放到现在也未必能很好地读懂，但当时我偏偏以一种难以思议的入迷劲沉入其中。这两大本佶屈聱牙的文字，伴我度过了高考结束后等入学通知的三个月苦闷时间，其中不少篇目的标题如“驳康有为论革命书”“致汪康年书”“诸子学略说”之类，三四十年后的今天仍然随口就能背出，如同念什么咒语一样，真是怪事。以后读书及毕业后教书，又相继读到王国维、梁漱溟等人的一些作品。有一本书叫《王国维美学论文选》，是从师专图书馆借的，作者在这里所谈的绝不只是什么美学问题，不只谈《红楼梦》谈艺术，更谈叔本华，谈对宗教的诸多感受。因过于喜欢，我又用上那个老办法，就是买了个专门的本子做摘要抄录，不算薄的一本书基本给抄得差不多了。也是从这时起，还养成读传记、读年谱的习惯。特别是年谱，不只反映出谱主的种种思想，而且更能展现出这种思想的具体来源与发展、演变的轨迹，演示他一生中的种种曲折与求索经历，给人的启示最大，也最直接。许多年谱给我留下太深的印象，就在今天作这篇读书笔记的时候，我到书堆中随意乱翻，恰巧找到李渊庭、阎秉华的《梁漱溟先生年谱》，广西师大出版社一九九一年版，正是当年我读过的一种，里面布满密密的划痕和简要批语。在梁先生三十八岁于河南搞村治运动的一处，我用圆珠笔批了一行很大的字："由佛入儒，中国的现实问题粉碎了所有的形而上要求。"这里表达的可能是我阅读时的一个非常强烈的感受，就是对梁漱溟放弃精神探索走向具体现实问题的遗憾和失望。梁漱溟是个早慧的人，十七岁时开始对人生问题感到烦闷，从利害之分析追问，而转入所谓苦乐之求索，归结到人生唯是苦之认识，于是遽变倾向印度出世思想。梁漱溟读佛家的书大致有两个时期；一是十四五岁，辛亥革命之前，一是民国以后辞去记者职业、进北京大学之前在家闲居时。他说他开始并不懂得什么大乘小乘，什么密宗禅宗等，但由于自己对人生苦乐的探求与佛学合拍，便从较通俗的《佛学丛报》着手，边学边钻，久而久之，渐渐入门。研读佛学的结果，一是拒绝母亲议婚；一是从十九岁开始吃素，一度还想出家为僧。由佛入儒，进而到达具体的社会操作层面，其变化是迅速的，轨迹也是十分清楚的，那就是现实问题、民族问题的强力裹挟。梁漱溟说："感受中国问题的刺激和我对中国问题的热心，又远过于人生问题。同时在人生上，既以事功为尚，亦加重这倾向。"事功的追求，不只来自社会，同时也来自家庭的影响，梁漱溟说到，他的思想无疑受到父辈的影响。"先父虽读儒书，服膺孔孟，实际上其思想和为人乃有极像墨家之处。他相信中国积弱全为念书人专务虚文，与事实隔得太远之所误，而标出务实二字，为讨论任何问题之一贯主张……其大大影响到我，是不待言的。”梁漱溟说，人类日趋下流与衰败，是何等可惊可惧的事。拔本塞源，只有废除财产私有制度，以生产手段归公，生活问题由社会共同解决，而免去人与人之间之生存竞争，这就是社会主义。面对人类所遭遇的共同问题，那个时候的人，包括梁漱溟他们只以为在社会层面上就能彻底解决。世间的不平，人世的混乱不都是来自人的私利吗，那么好吧，把所有属于私人的东西全部没收，把一切罪恶与痛苦之源都切断，这想法有多么单纯。相对来说，我对梁漱溟的兴趣好像都集中在他在河南山东等地搞乡治运动之前的那段探索，此后觉得他基本上成了一个社会人，他的所思所想与我关系不大了。

牟宗三在文章中多次谈到所谓道统、学统、政统问题，中国的道统就是他所说的以儒家为代表、接续民族文化生命之本源大流的德性之学、心性之学；学统就是知识之学，包括科学与民主之类；政统则是指政治制度方面的东西。道统之肯定，此即肯定道德宗教之价值，护住孔孟所开辟的人生宇宙之本源；学统之开出，此即转出“知性主体”以融纳希腊传统，开出学术之独立性。牟宗三首先承认科学与民主是中国历史文化中所缺少的，而又为我们民族走向近代化和现代化之所必需。所以问题的关键不在于是否需要吸收西方的科学与民主，而在于如何吸收西方的科学与民主。民主与科学是不可抗拒的历史潮流，这点为新儒家所共识，问题是如何让它在这里生根成长。使科学与民主在中国的土地上生根成长，是新一代儒家学者谋求解决的中心课题。牟宗三认为：学统，也即他所说的民主与科学，在西方虽说是古希腊精神的传统，虽说是源远流长，然从文化生命之发展说，究非西方所可独占。一切学术文化包括科学与民主，从文化生命发展方面说，都是心灵之表现、心灵之创造，它是无国界，无颜色的，这是每一民族文化生命在发展中所应视为固有的本分事。如是，科学虽先出现在西方，其心灵之智用虽先表现为知性形态，然吾人居今日，将不再说科学是西方文化，或西方文化所特有，而当说这是每一民族文化生命在发展中所共有，这亦如佛教所谓“共法”。不错，我们的文化中并没有自动孵生出知识之学、没有孵生出科学与民主来，但在经过曲折酝酿、步步紧逼之后，时至今日，不得不被迫着要孵生出来。此被迫，表面观之好像是外在的，但如果从深一层看，从内在于自己文化生命而观之，则是内在的。这是文化生命开展之必然要求，是心灵开展之必然要求，是自己文化生命发展中固有之本分事。就并非是西化，而是自己文化生命之发展与充实，是我们生命内在的一种自我实现。如此一来，那为什么一说科学与民主，就以为是西方文化或者西化呢？了解一民族的文化，不能从其过去没有后来所需要的，便做全盘否定。后来之需要无穷，没有一个民族的文化能在一时全具备了，所以了解一民族的文化，只应从其文化生命发展之方向与形态上来了解，来疏导，以引出未来持续的发展或更丰富多样的发展。本此认识，以逼出民主政体建国之大业，乃是华族自尽其性的本分，根本不是什么西化。看到这里，我不由又一次失声笑起来，觉得牟宗三的这些观点既显示出不一般的豁达与洞见，而从另一方面看，又表现出一副孩子式或老顽童式的自尊自爱，同时还有几分说不出的无赖气。你口袋里装的那东西确是个好东西，那也是我应该有的。我应该有，那就表明这是一种我们共有的东西，不仅为你一人所独有，只是你暂时先有而已。即便不向你要，我们自己迟早也会有。这样一来，我既向你要了那东西，自己的面子又很好地保住了。

如果说在对待民主与科学的看法上，牟宗三表现得可敬、可爱而又可笑，那么当他谈到有关宗教，特别是儒教的一些问题时，作为一代大儒其所表现出的幼稚与不通，令我真有些惊讶乃至难以置信了。在中国虽有儒释道三教并称，但唯独儒教并不是真正意义上的宗教，应该是个不言自明的共识。一九二四年泰戈尔访华时，就此问题与梁漱溟曾有过一次专门的讨论。那天徐志摩约梁漱溟去拜访泰戈尔，两人到时，正值泰戈尔与杨丙辰在谈宗教问题。杨以儒家为宗教，而泰戈尔则说不是，梁漱溟不由加入了谈话。泰戈尔认为宗教是在人类生命的深处有其根据的，所以能够影响人。尤其是伟大的宗教，其植根于人类生命者愈深不可拔，其影响更大，空间上传播得更广，时间上也传播得更久远，不会被推倒。然而儒家似乎不是这样。孔子在人伦方面和人生各项事情上，讲究得很妥当周到，如父应慈、子应孝、朋友应有信义，以及居处恭、执事敬、与人忠等，好像一个法典，规定得很周全。这些规定自然都很妥当，都四平八稳，可离生命不免就远了。由此泰戈尔判定儒家不算宗教，但又很奇怪儒家为什么能在人类社会与其他各大宗教都有同样长久伟大的势力。梁漱溟说：孔子不是宗教是对的，但孔子的道理却不尽在人伦纲常中。梁漱溟就此说了好久，泰戈尔连连点头，说梁先生让他懂得了许多儒家的道理。但梁漱溟说来说去，有一个前提是不变的，那就是承认儒教并非真正的宗教。牟宗三其实也承认此点，但他以为在中国的文化生活中，假如有人说儒家所承继所发展的只是俗世的伦常道德，而无其超越的一面，无一超越的道德精神实体之肯定，神性之实、价值之源之肯定，那么所谓文化生命就不成其为文化生命，中华民族也就不成其为一有文化生命的民族了。若平心睁眼观之，有谁敢如此说，并且忍心如此说？

这里涉及牟宗三的一个基本观点，他认为宗教，也只有宗教是一个国家一个民族的立国之本，而中华民族的立国根本自古以来就是儒家和儒教，那么儒教便一定是宗教。我们一个堂堂大族，如果说没有宗教，没有立国之本，能讲得过去吗？即便讲得过去，谁又忍心这么说？基于这样一种心理，牟宗三认为儒家不只是宗教，而且应该比其他的宗教都要高级才对。他是如此推导的："儒家所透彻而肯定这超越而普遍之道德精神实体，绝不能转成基督教所祈祷崇拜之人格之神，因此儒教之为教亦绝不能成为基督教之方式。此基本密义若能透彻，立见佛教之有不能令人满足处，基督教之有不能令人满足处。"儒教不能转成基督教，据此怎么马上就能看到佛教、基督教的不满足之处来？

《现代汉语词典》对"宗教"一词释义时带有一种莫名其妙、完全不知从哪里来的道德优越感，采用嘲讽、批判口吻。相比倒是"百度百科"的解释更客观："宗教是人类社会发展到一定历史阶段出现的一种文化现象，属于社会意识形态。主要特点为，相信现实世界之外存在着超自然的神秘力量或实体，该神秘物统摄万物而拥有绝对权威、主宰自然进化、决定人世命运，从而使人对该一神秘产生敬畏及崇拜，并从而引申出信仰认知及仪式活动。"其他的解释还有各种各样，其实都有不够清楚处。我个人理解，宗教应该包括两个层面的意思：第一是苦难、罪恶、罪孽以及人的生老病死、人的有限与无救等等意识；第二便是基于苦难意识之上的拯救或说超越问题。面对人世的苦难、人生的残酷，如何拯救、如何超越呢？靠我们人自身当然是不行的，于是便有了对一种外在于人又高于人的绝对者、永恒者、至高无上者，一种无限存在者、超越时空者的向往与吁求。这种东西是万物的起源和归宿，是一切存在的根基及依据。这种向往与吁求便是一种信仰，是一种信仰要求、宗教要求。苦难意识是所有宗教产生的共同前提与基础，所以我一直以为，所有的宗教在最内在、最实质意义上都是相通的，至于它们之间的不同处，便是具体的拯救方法问题了。拯救方法不同，便决定了宗教与宗教之间的相互区别，决定了同一种宗教之间派与派的区别、宗与宗的区别。从这方面来看，儒教是缺乏宗教的基本前提的，儒家学说中看不出任何苦难意识及对人本身局限性的认识。儒家学说的出发点与实质内容只是基于一种社会的治乱意识，说穿了这只是一种治国、治世的方略，一种社会经营术与维稳术。在孔子及其学说面前，所有的人世苦难与在此苦难中辗转挣扎的每一弱小个体都一齐给抛弃了，他的心目中只有一个大而无当的所谓家国天下。一种治国术不只在当时风行一时，而且竟被当作立国根本千古流传，孔子本人也给当作万世师表的教主，这其实是一件多么可怕的事。俄罗斯在他的幼年时期遇到了东正教，其民族性中那属于神性、超越性的一面得到更大的发挥，而我们民族在自己的幼年时期遇到的则是儒学。其实夏商周三代，是中国传统宗教发展的鼎盛时期，和世界上许多古老的民族一样，当时的中国也是全民族信教的。自孔子及其弟子出，删“三礼”，儒学大盛，自此以后我们便踏上了一条没有任何超越情怀，而只有权术横行的赤裸裸的世俗社会之路。而牟宗三不知是出于认识的原因还是其他原因，对“宗教”一词所给出的定义是与所有的人都不同的：“凡道德宗教足以为一民族立国之本，必有其两面：一足以为日常生活轨道（所谓道揆法守）；二足以提撕精神，启发灵感，此即足以为创造文化之文化生命。”能给日常生活提供一种行为规范、道德规范，另外能振奋人的精神，激励人的生命力，这是许许多多的世俗学说所共有的特点，莫非这些学说都是宗教了？正是基于这样一种认识，牟宗三认定儒家之伦常固然有其日常生活之轨道一面，而其所透彻而肯定之超越而普遍之道德精神实体，则正代表提撕精神，启发灵感之文化生命一面。中国文化所凝聚成之伦常礼文与其超越而普遍之道德精神实体尤具圆满之谐和性与亲和性，不似西方之隔离，儒家教义即依据此两面之圆满谐和形态而得成为人文教。牟宗三进而认为，儒教，也即所谓的人文教中的三祭：祭天、祭祖、祭圣贤，皆因超越而普遍之道德精神实体而得实，而得其客观存在性，在圆满谐和形态下祭祀崇敬，主客、内外、本末混融而为一，形成一超对立之客观与绝对。“基督教中之上帝，因耶稣一项而成为一崇拜对象，故与人文世界为隔；而人文教中之实体，则因天、祖、圣贤三项所成之整个系统而成为一有宗教意义之崇敬对象，故与人文世界不隔：此其所以为人文教也，如何不可成一高级圆满之宗教？唯此所谓宗教不是西方传统中所意谓之宗教而已，岂必一言宗教即为西方传统中之形态耶？”

牟宗三在文章中曾就蔡元培以美术代宗教的看法提出批评，认为这是反宗教，“彼固不明‘宗、教’或‘宗教’的意义与职责。”实际上牟宗三自己更是如此。取消宗教的基本内涵，然后依自己所好随意设定一个东西，说这就是宗教，然后再依此设定，推导出自己的宗教有多么圆满多么高级，比世上所有的宗教都要好得多，只是我们的宗教与你们的不一样罢了。这些话固然说得好听，听的人与说的人都感到很舒服，但毕竟离真正的宗教远了。如果说我们这里所有的祭天祭祖祭圣贤也算一种宗教的话，那只是宗教的最低级而原始的形式，是一种宗教化石，与原始人类的祭祀是一个层次。在读《生命的学问》等书时，我一直理解不了，作为一代大儒，牟宗三是真的弄不清这一点，还是有意不愿弄清？据牟宗三所说，他的老师熊十力先生所持看法同样如此，熊十力手造的《新唯识论》，其理论规模大半有所资于佛家，而宗旨则为儒家。儒家义理规模与境界俱见于《易经》与《孟子》，而熊先生即融摄《孟子》、陆、王，与《易经》而为一，直探造化之本，露无我无人之法体。法体即本心，本心亦寂静亦刚健，故为造化之源，引发生生不息，此即其宗旨为儒家而非佛家处。以此为本，《新唯识论》并评判整个佛教之空有两宗，就根本言之，谓其“真如”只寂静而无生生；自文化言之，不能开出人文，不能肯定人性、人道、人伦，是即无异直握佛教之宗趣而谓其为出世之偏曲之教也。此种真如，自然不能生生，不能繁兴大用，开出人文。我没有读过熊十力的《新唯识论》，不知牟宗三这里的转述是否确实。如果熊先生原意真如此，那么他对宗教，特别是这里对佛教宗旨的理解同样是狭隘的、错误的，同时也是可笑的。他完全是以一种实用的、功用性的儒家立场，一种非宗教的、非超越性的立场来对宗教进行评判。新儒家另一位代表人物唐君毅更进一步，对宗教的理解整个就是一通胡扯。唐君毅说在一般的宗教意识中只信一个唯一的神，如耶稣、释迦牟尼、穆罕默德等。这种宗教意识以为我们中国人不应该把圣贤、豪杰、祖先当作神来崇拜，但我们自己则认为，真正至高无上的宗教意识，就应当把圣贤、豪杰、祖先当作神来崇拜。因为我们既说最高的宗教意识中所信仰的神如基督、菩萨，一定是以担负人类的苦罪为己任的，那么世间那些能为民众去除苦罪的圣贤豪杰，极可能就是由神化身为人的。我们如果真信神的伟大，那么我们就应该相信圣贤豪杰祖先等道德人格就是神的化身，我们就应该以崇拜神、皈依神的态度来崇拜他、皈依他。所以我们说宗教意识发展到极致，一定会包含一种把圣贤豪杰等道德人格当作神的宗教意识，同时也会把祖先当作神的宗教意识。因为祖先在其本性上没有不爱他的子孙，愿意分担子孙苦罪的，那么在子孙心目中，他们的父母祖先便同耶稣、菩萨无异了。所以唐君毅以为，至高无上的宗教意识，一方面应该有对超越之神的崇拜皈依；另一方面也应该有对圣贤豪杰祖先的崇拜皈依。而中国先秦儒者一方面崇拜圣贤豪杰祖先为神；另一方面同时也信仰天神，至少没有自觉地反对天神，由此可以看出，这才是真正最高的宗教意识。反正吧，无论你们外面的人如何牛×，到最后，最好的东西一定在我们这里。

在作这篇读书笔记的时候，昨天夜里十二点多，我坐在卫生间边洗脚边翻读辜鸿铭的一本书，恰好读到有关宗教的一段文字："佛教和基督教的宗旨之一，是教导人们怎样成为一个好人，而孔子的学说则进一步，教导人们怎样成为一个好的社会公民。佛教和基督教告诉人们，如果人们想成为一名好人，一名上帝之子，人们只需思索灵魂的状态及对上帝的义务，而不必思考现实世界。……换言之，本来意义上的宗教如佛教和基督教是一种为人们谋划怎样隐迹于山林荒野，以及为那些在北戴河避暑的小屋里，不干别事，只对其灵魂之状态和对上帝之义务进行思索的人设立的宗教。"真正的宗教原本就是植根于人世的深重苦难，怎会不思考现实世界，只谋划怎样隐迹于山林荒野与北戴河的避暑小屋呢？看来在一个没有任何超越思维、只有眼前的社会秩序的国度，要想弄清什么是宗教几乎是根本不可能的，更何况是这些道统意识极强的旧儒家新儒家了。当然了，面对一味菲薄固有、自轻自贱，丧失了基本的民族自尊与自信，"这里面的阴邪黑暗，不是以往的人所能想象得到的"之现实，新儒家怀着强烈的民族危机意识和使命感，致力于传统文化之精神价值的弘扬、发掘，和民族自我的重建，企图寻索到一条民族振兴之路，这中间的所有努力与偏执我们都是能理解的。牟宗三一再强调："我的目的不在成一家之言，而在贯通吾人的民族生命及文化生命，唯在这种贯通中，始能见出人类的积极精神来……人类内心深处的那种超越的亲和力，亦就是正面的积极精神，最易于从历史贯通的发展之体贴中荡漾出来。民族生命，文化生命，统在这种贯通发展之体贴中复活。"也正是在这一点上，多年来我一直对他们抱着极好奇的心理，总想做一些认真的阅读与清理。但读得越多，不满之处也就越多，出口闭口大而无当的家国天下、内圣外王，没有最基本的属于人的自我意识，虚妄的文化培养出的全是些虚妄之人，一些道德怪胎，与普通人生一点关系也没有。有时在我看来，这样的人简直与某些僵硬的低等动物无异。尤其是有关宗教问题上的信口胡诌，更时时让人哑然失笑。宗教根本不是这些儒家人士所以为的是什么立国之根本，而是立人之根本、立魂之根本、立魄之根本。宗教只应进入每个弱小个体的内心最深处。在疾病，在死亡，在世情冷漠及表面的和平与秩序，其实是极度的专制铁幕遮掩之下，无数弱小个体孤苦无告、辗转反侧，这个时候你不但不给以抚慰给以依靠，反而唾沫飞溅地对着他大讲什么德性之学、内圣外王，讲什么良民秩序、修身齐家平天下，还有与此关联的一系列积极精神、文化生命，你不整个是神经吗？我们真的只是一些可怜的生物、可怜的个体，我们很卑弱。我们很无救。我们朝不保夕，辗转残生。我们不需要内圣。我们只想在手心里抓捞到一点点什么，哪怕是一根稻草那样的依靠。

缺憾的结尾

平日阅读时，曾注意过许多精彩纷呈的作品，到结尾往往笔力不够，生气尽失，结构上也就显得残缺不全，总给人留下不小的遗憾。这里仅一时记忆所及略举几例：如萧红的《呼兰河传》、叶圣陶的《倪焕之》，以及众人交口称赞的钱锺书的《围城》，更不用说古代小说《水浒传》《三国演义》《老残游记》之类了。外国作品如杰克·伦敦的《雪虎》《毒日头》，甚至为我所十分喜爱的安德烈耶夫的《瓦西里·菲维伊斯基的一生》及卡夫卡的很多作品等。

此种现象基本上都出现在长篇作品中，特别是那些长篇巨著。作者在他的庞大作品面前总显得心虚气短，无法靠自身的能力将作品推向一个更高的层次，他无法居高临下地俯视他的作品，因而完成作品于自然天成之中。也就是说，这些作者大都是以他们无与伦比的才气、高度的智慧、丰富独特的经历和体验、广博的学识著称，而不是靠其深刻浑厚的内在力量——心灵来写作。他们的心灵无法涵盖其作品。文学的最终问题毕竟是灵魂的问题，这是其他任何东西都不能替代的。心灵的单薄致使其作品内容无法深入。比如萧红的《呼兰河传》，写的都是极为细腻、独特的女性心理感受、感觉，随意性强。当作品全面展开，只要鼓一口气就可以水到渠成进入一个更高层次的时候，她突然一口气憋了回去，完全不知向何处发展才好，明显给人以彷徨无主、不知所终之感。她的另一著名小说《生死场》，前部分写得那么惊心动魄，特别是对于黑暗中国的一位女性作家，就尤为不易。但后部分与抗战联系起来，这虽然能突出作者的某种思考，对作品本身却是一种极大的损害，甚至导致作品个性的丧失。实际上许多作品的所谓升华，企图依附于某种社会思潮与哲学观念，这是对作品的一种极不负责的表现。

我发现有很大一部分完全靠聪明才智写作的作家，比如《围城》就是这样一部大智大慧之作，整个那么机智幽默。当年我看此书时，还是一个在校读书的乡村少年，完全不知作者的学术背景，就惊叹过这个人的智商之高。这部小说在我的阅读范围内，完全是陌生的、无任何渊源可寻的新现象，在世界小说史上，似乎也找不出以此种态度描写知识阶层、知识者的作品。近来因为看了几集电视剧《围城》，又忆起这问题，才想到近在眼前的《儒林外史》，还有狄更斯《匹克威克外传》之类。

初读《雪虎》，我那么惊奇，以为只有狼自己才能把狼的一生写得那么好。了解杰克·伦敦的生平后，方知他确实有着狼一般的秉性，伴随他一生的，他作品所写的，都是森林、荒野、大海、野兽，和野兽一般强悍的水手、淘金者等等。一脱离这些，一落到平凡的现实人间生活，他的笔头便生涩、平淡、苍白无力起来，而他的很多小说偏偏是以这种现实人生作为收束，难怪他的结构便残缺了。

卡夫卡跟前面几位比起来当然是另一回事，他结尾的无力，甚至没有结尾，应该说是一种极度的犹豫、自信和妥协的结果。这是一个前无古人后无来者的孤独者，我这里说的不光是指心灵的他，更是文学意义上的他。他写作时完全不知自己写的是什么，自己写的有无一点价值。他没有任何参照物。一个人的内心再强大，也不可能面对一片彻底虚空的世界。我想卡夫卡如果不是有较优越的经济条件，就是说只要他带有半点功利目的，他就绝不会进行那样一种写作。尽管如此，他仍然不能彻底地进行他的追求，他实在无法自信，于是便随写随丢，写不下了或写丧气了，便不再结尾。

印象毛姆

几年前，一位朋友从很远的地方特地托人给我寄来一本毛姆的小说《月亮与六便士》。其实这本书我早已读过，并没有十分重视，因此有些奇怪朋友郑重其事对待此书的用意，便在回信中大谈了一通它的缺陷，特别提到我不喜欢这种只从外部叙述，而无法进入人物内心深处，展示其强烈灵魂冲突的写法，结果弄得这位朋友很尴尬。我这才意识到他的一番苦心，希望我能从小说主人公思特里克兰德对艺术的追求与献身中获得某种领悟与启迪。

我对毛姆了解不多，可是也很奇怪，他却是少数几位我最为喜欢的英国古典作家之一。这可能并不是指他的作品本身，应该说他的作品艺术层次并不很高。我是指从他的作品中表现出来的作者本身具有的那样一种纯粹的艺术趣味，或者说艺术家趣味。也可以说我喜欢的并不是毛姆的书，而是毛姆本人。一个明显的事实是，毛姆往往是以作家艺术家作为自己的文学对象，比如他在一些研究文章中对《呼啸山庄》的作者艾米莉·勃朗特怪异而独特的理解，《月亮与六便士》中对艺术家思特里克兰德的激情与迷恋，到后来他干脆站出来在半自传性小说《人性的枷锁》中对自身心灵成长与发展进行剖析，等等，都能在某种程度上弥补其艺术上的种种不足，而给人以美的陶醉。我读《月亮与六便士》已是十多年前的事了，到现在我仍能记得住其中的许多东西，我觉得主人公那一长串名字本身都有一种特别的韵味。

因此对毛姆的作品，凡是见到或能弄到的，都会产生一种亲切之感，哪怕只是他的一般作品，看后也绝不后悔。随着年龄的增大，阅读面的增广，挑剔也日多，特别是对那些接触较多，自以为已经掌握其品格的作家，往往不再加注意，总想接触些新的、对我来说陌生的东西，如果花时间读了一篇不新的东西，便有一种上当受骗的恼恨。但看毛姆作品，虽无太多思想上或小说技艺上的收获，但毕竟能得到心理上的愉悦和享受。

总有一种感觉，以为按照毛姆的艺术趣味、艺术追求，以及这种追求本身所呈现出的某种极为可贵的人性深度、灵魂深度来看，他的作品应该达到更高的层次。这里应该有什么地方出了些问题，比如他进入某部具体作品时的角度没有选好等，这种技术上的小错误完全可以导致一部作品的面目全非。像《月亮与六便士》，我总以为如果作者能从正面展示其主人公的心灵激情、艺术激情，那么这部小说绝对不会像现在这种样子。那年我给朋友的信中就曾谈到这点，说每个人的心灵，特别是那些伟人的心灵都是一个个锁闭的浩瀚世界，一个个变幻莫测的黑暗之谜，如何打开这个世界，解开人类心灵之谜，便是艺术的职责、艺术家的职责。当然这工作会十分艰巨，十分困难。我只是说，凭毛姆的艺术能力，他完全可以打开思特里克兰德的心灵，但是也许由于畏难，也许由于某种技术处理上的小错误，他没有这样做，对于读者来说，思特里克兰德仍然是一个谜，艺术没有更好地发挥其自身的意义。

再生人

那天经过一个小书摊，见有贾平凹长篇小说新作《白夜》出售，随手翻了翻。小说开首讲一个“再生人”的故事。一个十几岁的小孩拿了一把钥匙来西京城，开一位七八十岁老太太的家门，自称是她上一世的男人。“再生人”所说他与老太太曾经的夫妻生活细节，他们的儿女、邻居等等，莫不与事实相符。看到这些，我不由怦然心动。我们知道，类似于此类“再生人”的形象在我国古代传说及传奇、志怪类作品中曾反复出现，这里含有太多历史的、文化的乃至精神的丰富内容。并且从“再生人”这一细节的设置我们可以推想，整部《白夜》将会写到一些什么。对我来说，这不能不构成极大的诱惑，觉得应该读读这本小说。许多年来，我一直琢磨着这样一个问题：我们这个民族精神最本质的内容是什么？而作为一个民族精神生活的表现方式之一的文学，又应该怎样更好地表达这样一种精神呢？出于一种了解的需要，每出现一部稍具影响的作品，我都会找来翻一翻，结果基本上都是失望。我同朋友说，到目前为止，还没有发现过一部真正意义上的属于我们这个民族的小说作品。

花了几个晚上把《白夜》读完，这才知此书并非如我设想的那样接触到了民族生活及民族精神的深层底蕴。认真说来，此书不过是以前《废都》的重复。同样不知是清朝、明朝甚至宋朝话本小说式的语言与情节、细节设置，同样的风流倜傥、人见人爱、充满作者自恋倾向的主人公（名叫夜郎），同样多才多艺但见了男主人公便浑身瘫软、全没有半点矜持与自尊的女性，当然还有道士、和尚之类，半人半仙的算命占卦者之类，还有名士（画家），还有再生人，等等。总的一个印象，这里活动的是一伙宽袍大袖、发髻高束、面目如线装书一般发黄的古代人，却又时不时夹杂几句诸如宾馆、模特、电话等现代时髦词语，给人不伦不类之感。

民族的精神内容并非在这里，并非存在于所有的这些神神鬼鬼、佛佛道道之中。民族的本质、民族的精神早已化进我们每一个体的血肉深处，化入日常的每一时每一刻，每一皱眉每一欢笑之中。

西窗随笔

第一次读到的柏杨作品是那本《丑陋的中国人》，那是多年前的事了，当时这本小册子风行一时，我费了很大力气才得以匆匆一览。但读完也就完了，只是增加了一点读书的阅历，并没留下更多的印象。从那以后，我对柏杨的作品失去了兴趣，以至前不久一位朋友很郑重地送我一本柏杨的杂文集《西窗随笔》，我都有些想大叫冤枉，说你有这钱，怎么不去买一本更有价值的书呢？那次读《丑陋的中国人》，真给我留下了一份不好的印象，觉得此书内容上并没有超越半个多世纪前鲁迅等一代思想巨子的笼罩，及近些年汹涌一时的文化反思文化批判的巨浪的淹没，并且柏杨本人那样一种行文风格，那很多地方的看似愤世嫉俗、实际上不过是卖弄噱头的油腔滑调，都给人明显的不适之感。你很难相信这样一种油滑的人能有多少真实的情感，多大真诚的心灵，能做出什么独创的建设性的工作。

让我认识到柏杨心灵另一面的是这本《西窗随笔》。此书前面由作家聂华苓写的一篇序言中引用了柏杨因文字惹祸、被台湾当局囚于火烧岛狱中时写给女儿的两封信。两封信时间相隔两年，但内容相近，都是柏杨从报上获知某位儿童因患绝症，家产用尽，因此嘱女儿佳佳寄点钱给病者。因他自己身在狱中，不便寄钱。柏杨在信上说："此钱虽杯水车薪，但是表示人情温暖和对她的关心，盼能提高她的求生意志。十二岁的孩子，命运如此残酷。"柏杨又说，"她在照片中露出可怕的病腿在哭，爸爸看了也忍不住哭……她不过为了父母贫穷，便眼睁睁看着自己死亡而呼天不应。这小女孩就是我心中的小女儿，我能看到她得救，死也瞑目。"读到这些，我深深感动，也惊讶于柏杨怎么是这样的人，这与我印象中的那个饶舌者是全不一样的。我知道我误会了柏杨，一个具有如此爱心的人一定是内蕴着非同一般的大痛苦、大胸怀、大境界的。我们应该用另一种眼光审视柏杨，进入到柏杨的文章、柏杨的内心中去。我觉得我已经把握住了柏杨的精神实质：与鲁迅的文学历程和精神历程十分相似，柏杨在台湾十年小说，进而十年杂文，加上后来十年直接的对中国历史的研究，出发点都是基于那样一种对民族、对社会、对人的深切关怀，对中国几千年的所谓"酱缸文化"所造成的人性弱点的猛烈抨击。

这以前我曾从书店购到一本半价的柏杨《中国人史纲》。购此书一是因其"半价"，另外是真心地想读一本关于中国历史的私人性著作。我们这个年纪的人对民族的历史实在是知之甚少，所读的也只是那种整齐划一的通用读物，实在缺少叫作观点与见解的东西。我将柏杨的《中国人史纲》与这本《西窗随笔》放在一起读起来，我在沉浸于柏杨的文字世界的同时，又一次感觉到那种阅读上的别扭，感受到柏杨文字表达上的油腔滑调。并且这一次因为对柏杨有了更深的理解和期待，那种文字上的别扭感就越发强烈触目起来。

我特别不喜欢看港台一带的电影、电视、录像什么的，那种无聊的夸张做作和打打闹闹，那种丑态毕现的人物表演，还有那种声音，那说话的口气，除了让人感到这是对文明的一种侮辱、对人的尊严的一种侮辱，并迫使你不能不心绪烦乱外，还能给人什么呢？读柏杨的作品，我也始终不能理解，一个人怎么能这么粗俗地、随意地使用语言？触目皆是的“我老爷”“刘邦先生”“李渊老爹”“我与你赌一块钱”等等，活泼则活泼，随意是随意，但毕竟与港台电视剧的那种瞎胡闹一模一样了。相对来说，《中国人史纲》文字上的阻隔要小得多，那灵魂飞扬的叙述，特别是那种惊心动魄、令人不可思议的历史事实，让人如读什么武侠小说、侦破故事一般，不能不一口气读完。当然在这本书中，柏杨式的文学胡闹同样随处可见，沉重的令人惊悸的历史在柏杨那里如在街头上飞短流长的妇人那里一般，口舌翻动之间便一件件、一串串地给你抖搂出来，夹着不间断的嘻嘻哈哈、连笑带骂，让你不能不对他所说的故事产生疑惑，弄不清这里到底有多少真实、有多少胡编乱造，历史的公正、严肃某种程度上在这里都给消解了，冲淡了，这可能是柏杨自己所没有想到的。我真的不很理解，在如此惨烈的历史事实面前，在如此沉重的精神体验面前，哪来那种好心情打趣逗乐呢。这样一种不信任的感觉在我阅读此书时一直伴随始终。

当然这样一种行文风格与其作者自身个性、与某种对历史的超越性的认识很有关系。总是听到人们说我们这个民族是一个缺少幽默感的民族，我们被自身沉重的精神体验压得喘不过气来，已经失去那种超越历史、超越现实、坦荡地对待人生所需要的广博胸怀与平静心境以及调侃、幽默的能力了。不必追究这种说法是否正确，我只注意到柏杨似乎并非如此，至少他具有了挣脱此种规定的意愿与努力。柏杨为人纯真、坦率，异常地爽直，豪情侠义，他自己说：“我是一个梁山好汉型的性格。”比如聂华苓的序言里谈到，柏杨曾很明白地宣称他的杂文比鲁迅的好。鲁迅的杂文是知识分子的并且还是高级知识分子的杂文，而他的杂文是三教九流，什么人都可以看的。他嘻嘻哈哈开玩笑，其实眼泪往肚子里流，心里在呐喊。他不光杂文写得好，他的小说同样好，他为读者们只提他的杂文及历史著作，而从来没人提他的小说而大叫委屈。谁说这里的柏杨不诚实、坦率得可爱呢？不管他的杂文是否真的比鲁迅写得好，就当作一个玩笑吧，当作一种自信的表示吧，为什么不能在这些问题上开开玩笑呢。这里柏杨确实表现出了一种才子式的、文士式的落拓与狂放，因为这种自信、这种玩笑毕竟有些不伦不类，甚而有些荒唐了，仍然让人对柏杨产生一种一点正经没有的感觉。

面对我们的民族，我们这片沉沉的土地，才子式的、文士式的狂放是苍白的，港台明星、港台笑剧式的打闹更是无聊的。我们应该有一种虔敬之情，我们应该有敬畏之心。

辑四

往日书

致朱新明

老朱好：

我是二号下午回汤桥的，近两星期，在一心读书。先看刘再复《性格组合论》，没多大意思，都是些人尽皆知的大道理，文学普及读物上常能读到的那种常识。看了大半，便没看了，已经够了。白买了一本书。又看《鲁迅故家的败落》，看完了。我认识了又一个世界，认识了又一个世界里的人。我深感到一种命运的力量。在此力量下，败落与毁灭是根本无法阻止的。我十分可惜，鲁迅是写小说的，为什么不写写他自己的家世。如果写成，肯定不会比《红楼梦》差。鲁迅太少才力了。后又看《百年孤独》一部分。又看《梦的解析》一部分。后一本书因是理论，所以对我的吸引力不大，看得很心烦。再后来又看完陀思妥耶夫斯基长篇《白痴》，极有启发。你也非得看看陀氏的作品不可，如果不看，那终将是最大的遗憾。现在我同时在看《存在主义哲学》和艾米莉·勃朗特的《呼啸山庄》。后一部书我早先曾看过，并且把它列为我最佩服的世界四部小说中的一部。现在看了七十多页，还没看出什么特别的地方。存在主义以前也陆续读过一些书，现在这本是作一个整体的描绘，线索会更清楚些。实际上这东西与尼采是一脉相承的。另外还看了一部古龙的武侠小说《三少爷的剑》。

寒假中的另一方面收获是思考及写作构思方面。放假前我曾对你说，我应该消化尼采，调整自己受尼采冲击后所引起的内心紊乱。实际上我并没有专门抽时间来思考、调整，可是已经完全调整过来了。当然这一方面有“存在主义”影响，但是更重要的，是周围的环境给我的。处在我家庭这样一个环境中，什么尼采什么生命力什么强力意志什么超人，都只是荒唐的笑谈。包围着我的使我艰于呼吸视听的只有屈辱，只有苦难。所以我自然而然地重新展开了关于苦难的思考与感受与体会。当然现在的感受与接受尼采以前已大不一样了。尼采使我进入了一个新的层次。这些日子，我还试着把自己对这个世界的整体理解、整体把握做一次描画，写成一本理论式的书。其中心概念便是“极乐”“极乐者”。“极乐”的内涵就是我曾同你谈到的“自虐”，也就是人在大痛苦大绝望之后的大欢乐大享受，一种极乐。我认为“自虐”是人生的最高境界，也就是“极乐境界”。“在我们这个地方，除了极乐，除了追求极乐，我们还能有其他什么作为呢？”这是我写在日记中的一句话。我想在明年完成这部书的提纲。我的思考与当今的现世人生是完全不相合的，也是极少会有人理解的。如果一种思考能得到一般大众的拥戴，那么这种思考本身一定不会有多么特殊之处。所有真正的思想都是不合时尚的。原先我也同你讲过关于“自虐”的意思，我很想把“自虐者”升华为一种具体的形象，一种我所追求的人格形象，就像尼采的“超人”、加缪的“荒谬英雄”、克尔凯郭尔的“孤独个体”等等一样。所以“自虐者”变成了“极乐者”。在以后的小说创作中，我想将“极乐者”“极乐英雄”的形象推向一个新的高度和广度。我原先写过的一些人物，其实也可从“自虐”这一角度去解释。比如《酒仙》的主人公最后为什么要喝那么多酒，把自己弄成那样？难道不是一种自虐，将自己的苦难展示于这非人间、展现于这悲惨的人间，从而来报复来抗议这人世这人生，向把他投到这人世上来的那冥冥中的什么，向创造人类创造世界的冥冥中的意志进行示威吗？真的，我也实在不懂，既然注定我们人类得经受无数无数的苦难，既然人的本质就是受难，为什么还要把我们投到这世间来，为什么还要创造这人类？我不知这责任要归于谁。我不知道。

另外我还带回加缪的《鼠疫》等书，打算写小说的过程中看完，作为一种调剂。寒假中遗憾的是《梦的解析》看样子不能仔细通读一遍了。就谈这些。祝新年好！

一九八八年二月十五日上午于汤桥

致万松生、曹八珍

松生、八珍二位好：

来信收到。八珍的叙述真有趣极了。对松生的处境我感到极为不安。我从八珍来信中的介绍，觉着松生的生活真可怕极了，包几个房间，接待几个猪狗一般的家伙，每月还要向猪狗一般的家伙交二百七十元宾馆承租费，并且还向莫名其妙的人送十多块钱的礼，并且独身一人，没完没了地在家做气功，这是多么乏味透顶的生活。这是一个稍具一点灵魂的人所能忍受的吗？在这样的生活中长期浸泡下去，再好的金刚石也会腐蚀成烂泥的。我呼吁松生尽快逃离这莫名其妙的生活处境。松生，开个旅馆什么人都会，甚至姓沈的那个赌棍也比你好得多。这种事根本不是你干的。你应该尽快去追求你生命中所独具的、无人可以替代的东西，而不是这糊里糊涂的旅馆。你应该站到一个高度上去，一种精神的高度，一种能代表一个时代的精神高度。这里绝不是你的所在。松生，世上少一个像你这样可怜巴巴的生意人、旅馆老板毫无关系，但少了一个思考的人就很为可惜了。

你也许会说，你现在这样的经历，可能会更加深你的思考。但是我担心的是，你长此下去，是不是还有能力思考。一个活的生命才会在重压下不屈地成长以至超常地伟大，而一个缺少强大生命力、强大内在灵魂的肉团，只会在重压下畸变以至自动消失。松生，我们民族的每一个体本来就缺乏一般水平的生命力，你真有如此自信，知道自己在此重压下的结局是力的突飞猛进，而不是力的彻底丧失吗？这种比例实在是太小太小了，就像近亲结婚只有千分之一的人会生出天才的后代，而千分之九百九十九只能生出弱智儿一样。你相信你能成为那千分之一吗？我想起王晓明给你那封信里的一句话：摩罗兄，你为自己选的路实在太艰难了。

我们的社会实在太特殊了。我以为对我们这里的人来说，生命力一般应该分为两种内容：一种便是一般意义上的；另一种应该是防御性的、自我保护性的，没有此种自我保护，在我们这样的社会内，再强的生命也会夭折的。我以为松生钻进我们社会这样一个猪圈，这样的一个人际怪圈中去拼死挣扎，并不是对人的正当权利、对人的尊严的追求，而是自己本身就陷进了一种非人的魔圈中，是从一种非人的前提出发去追求一种对非人处境的超越、对非人的超越。结果只能是无奈地徒劳地原地转圈。松生，我老以为，对一种真正的人的意义上的东西的追求，并不是靠我们某一个人所能完成的。至少是我们这一代人，特别是我们，我、你、八珍等，注定无可逃脱。不说其他的，只是我们的出身，我们少年时的经历，便判定了我们这一生的无可逃脱。

“在我们这种地方，除了任其自然而外，还能有什么法子呢？”这是《查泰莱夫人的情人》中的一句话。我当时一看之下，浑身一震。我觉得我明白了什么，虽然这是我早就明白的东西，但被人再一次强调，总有些异样之感。

近期我在看弗洛伊德，原先因为厌恶其时髦，一直没看。现在一接触，实在吃惊不小。对人，对人体、人的精神之体进行如此精细的研究，对人尊重到如此程度，真是伟大啊。我觉得自己给他舔靴筒都不配呀。

一九八九年二月十九日于宁州

致吴洪森

洪森兄：

你好！我早做好了孤注一掷的心理准备。我绝不能忍受安安乐乐的正常人生活。我现在正做两种极端的打算：我想抛了现在教书这职业，到外面去流浪。我们安徽人现在有许多在外面做小生意做手艺流浪，我想加入到他们的队伍中去。我父亲就是这样的流浪人。就当我几年前没考取学校。如果我那年没考取学校，我肯定早成了流浪的小手艺人。我现在只担心因为读了几年书，结果把自己的体质拖得太差，难以吃下流浪人的那种苦。我的第二个打算是抛弃世间的万千念头，当然也抛弃我执着了这么多年的文学，干脆去出家做和尚，禁绝自己的千思万想。近期我发现，我的头脑中可能天生有一种禁欲的、苦行僧式的东西。

当然，要我真去做一个和尚，皈依一种什么宗教也是不可能的，我只是想能为自己找到一种能长久依靠的东西。这首先基于我自身的体验。我年年月月天天都在经受着一种可怕的失落感。比如在修水这地方，我是一个外地人，与周围环境总感到格格不入。我无法与现实中的人融合。那么如果我到安徽老家去呢？那边我一无所有，同样是一个外人。还有我的父母都老了，我真担心他们会死掉，他们死了，弟弟妹妹就会东一个西一个，我就连一个落脚的地方都没有了。我自己成立家庭吧？那更是我容忍不了的。一个什么样的女人永远有权利和我生活在一起，那实在是难以想象的。家庭、职业、金钱、房产……一切的一切，在我看来都是可怕的束缚。那么什么是我的寄托呢？文学？艺术？艺术又是为了什么呢？为艺术而艺术？那又是多么无聊。艺术不是目的，而是一种手段。是什么手段呢？我实在很茫然。文学为社会服务？更是狗屁不通的。社会有其本身的铁律，是谁也影响不了的。艺术不是我的归宿。我只感到失落，只感到无所适从，惶惶不可终日。

由此我想到整个现代的中国人，我相信他们或多或少或重或轻或有意或无意或清醒或蒙胧，都会感受到这样一种失落，一种无依归。实际上也许物质生活越富裕，越会产生一种失落感无归宿感。特别是，我以前曾同洪森兄提到过，我们中国人一点信仰也没有，什么也不相信，是最彻底的虚无主义者。我们之所以能心安理得地活着，只靠习惯成自然，靠麻木。但骨子里还是空虚的。于是我一直在想，我，我们，我们整个现代中国人精神上的终极托付是什么？我认为这种虚无感失落感，就是很强烈的宗教意识、宗教要求、心灵要求。我们人类应该凭借一种东西超越有限的生命，而达到永恒的无边无际的百川归海式的境界。

这里就产生了矛盾，我是指我的艺术上的追求与观念化的思考之间的裂痕。正如洪森兄提醒我的，当代小说越来越趋向于自觉，小说本身就是目的，表现本身就是目的，而不是某种思想某种观念的载体，不是表现某种东西的手段。但我实在抵御不了某种思想某种观念的吸引力。实际上我写小说，最根本的冲动还在于所表达的东西，而不是表现本身、小说本身。人们一致认为托尔斯泰的思想妨害了他的艺术表现，但我认为，托氏的伟大之处，不光在于他的艺术表现力，也在于或更在于他的思想。托尔斯泰高于其他作家的地方，就因为他不只是一个作家，而且是一个有更高心灵要求的人。

一九八七年六月十八日夜

洪森兄：

您好！近期我一直在读叔本华。我想系统地接触一下他的思想。叔本华太让我醉心了。不知怎么，我读书从来没有得到过这么大的享受，从来没有得到这样的陶醉。前几天本来极端无聊，心情抑郁，什么事也干不成，连小说也看不进。但一拿到叔本华，我就神清气爽，整个换了个人一般。实际上叔本华所说的许多观点许多体验我以前都体验过，并且我也向别人表达过。甚至我原先所说的许多话，都可在他的书中找到相应的句子，这实在太让我吃惊。我没想到世界上竟有如此深刻、如此打动我的哲学。更没想到我的许多感受别人早就体验过且系统地表达过了。于是我的整个身心全融入了进去。这实在是一种极痛快的消融。

我记得在接触叔本华之前，也怀着同样的心情醉心过基督教、佛教思想。我醉心的实际上是宗教思想中的那种苦难感。去年暑假，我为了更好地体验一下宗教气氛，曾特地跑到普陀山寻访。谁知却扫兴而归。我以为宗教思想只有伟大的灵魂才能体会到，而我们现在这个样子，只会吃饭睡觉，哪里懂什么心灵上的东西。这里太缺少灵魂的土壤了。

去年我还集中接触过尼采，当时受到的震动也是极大的。尼采将我多年来形成的对人生的看法都给推翻了。当时有好长一段时间我六神无主，写小说也无法动笔，思考问题更是少了一个基本的立足点。那段时间我整天有一种飘浮感。尼采太具有煽动性。我一方面为自己能接触到这样具有活力的人物而高兴，另一方面又因为他对我的冲击而不安。后来到了寒假中，我亲身置于其中的我家庭、我周围社会的那种悲剧、悲惨的气氛，才使我又恢复了此前那种对苦难的感受。当然，接触尼采之后，又让我体验到了人类苦难的悲壮性的一面。我认识到，人类生存不光是悲惨的，也是悲壮的。不过，认识到悲壮的一面之后，更觉得人生的悲惨了。

近些年来，我一直想为自己的思考找出路，也就是说，我想以自己的方式为这黑暗的人生找到一条精神之路。基督教找到的是天国，佛教找到的是空、是涅槃，尼采找到的是超人，叔本华是寂灭，中国现在知识界找到的是“人”“真正的人”。我现在日夜苦思冥想的是这样一种形象：极乐者。这里所说的并不是叔本华以及佛教所提倡的“寂灭”后的平静的极乐，而是一种自虐。不知怎么，我太神往于自虐这种境界。我以为这才是人生的最高境界。我很想写一组小说，系统地描绘一下“极乐英雄”的形象。

一九八八年三月十二日夜

洪森兄：

你好！昨天一口气读完你寄来的两篇文章。我先看的是《上帝的后悔》，我不知你这篇文章会写多长，我以为此文中那种把整个人类置于掌心进行观察的宏阔眼光、宽广的人类意识，实在是太有气势太有胸怀了。上帝的后悔，记得我第一眼看到这题目，就有一种深深的震动，这里包含了多么博大的胸怀和宽广的视野。我记得有好多文章，光看题目就能给人极大的震撼力。比如有天晚上，有人向我提到陈凯歌写过一篇文章——《面对这片苦难的土地》，我当时也是突然有些发呆。我不用看这篇文章的内容，一下就能明白他要说的是什么。《死亡·性欲·创造》同样表现了这样一种宏大的意识。如果说前一篇文章你考察玩赏的是整个人类，这篇文章则更多地针对我们中国人，或者说是具体地针对我们自己。你从死亡这一角度来考察生，考察中国人的生和性。这实际上也是一种再发现，一种再创造。对中国人的重新发现，重新创造。我刚刚明白，有人说好的小说往往都是一个独特的世界，实际上好的理论文章同样也是一个独特的世界。总觉你的文章不是写出来的，而是感受出来的，体验出来的。你体验人生，于是发而为文章，就像我对小说创作的理解一样。我一直以为，文学不是别的，而是一种强大的灵魂，强大精神力量的外化，一种自然流泻。不光文学，哲学、历史、音乐、美术等等都是一样，本质上都是相同的，都是强大精神力量的外在表现。所以中国古人强调要培养一种浩然之气，确实不无道理。具备了这股气，就可以任意挥洒，或文学，或哲学，或史学，或美术、建筑之类，只不过表现形式不同而已。所以我对前一段时间中国文学界的各种呼声，比如文学的自觉、文学的非理性化、文学的淡化等一直不以为然，我以为现在的中国，文学不但不能淡化社会意义，而且应该强化。这里只有一个问题，就是靠什么人来强化？靠伟人，靠天才，靠伟大的心灵、伟大的精神力量、精神个体，而不是靠那些御用文人，不是那些写作匠，不是那些平庸的市侩。在那些狭小的心灵中，什么伟大的东西深刻的东西都会变形会走样，更别说文学的自觉了。我以为现阶段的中国提倡文学的自觉，由那些狭小的心灵进行文学的自觉，后果当然是极为可笑的。

所以我们这里的文学，当然也包括哲学艺术诸方面，最首要的问题是每个文学者、文学主体的灵魂扩张、精神扩张，而不是纯粹的文学问题。

近几年来，外界的文学飓风不断地刮进我们这里，但也只是刮来刮去的一股风而已。风一来，我们就有不少人跟着跑一阵，风一停就随之停住。过一会儿又是一股风刮来，又有另一批人跟着跑。而没有一个博大的胸怀能容纳这所有的八面来风，在风雨的滋养下成长为伟人为巨人为天才。这就是因为我们不具备那种伟大的精神个体。我们现在流行的许多小说，那么横溢的才华掩盖的却是那么苍白、平庸的灵魂，看了实在令人感叹。甚至在鲁迅的作品中，也只表现出一种强烈的民族意识，而缺少一种宏阔的人类意识。至于当今其他许许多多作家，整天整年在那里比比画画量尺寸，做出一件又一件文学服装，以迎头赶上文学新潮流，做出的到底是些什么，可能只有天知道了。

一九八八年四月八日

洪森兄：

你好！来信说我和松生都写得太少，十分有同感。有时痛苦得不行，但我一直不敢轻易下笔。好几年来，我一直在小说的结构和语言方面感到极为苦闷。对外国的现代派作品我只是近些年接触了一些，对它们的技法虽有了解，但不太掌握。我不愿意使用我自己也半生不熟的方法。并且，即使我能掌握了，也不想学他们学得太像。我很希望能找到自己的独特方式、独特语言。但一直找不到。找不到我就不想下笔，我不想写些无特色的东西。但总不下笔，就永远也找不到了。我深深地明白这点。看样子我是陷在一种恶性循环中了。故此一直痛苦。我很想能找到一种发自自身气质深处的艺术方式，把自身的内在精神与作品的形式打通。但到目前为止，一直是迷茫和乏力。我觉得无法表达我自己。不知这样的日子何时是个尽头。平时我总不愿意谈及此点，谈了就烦躁。今天洪森兄问起，正好问在我头痛的问题上。我干脆把我在文学方面的考虑一并谈谈，希望洪森兄帮我分析一下。

你上次来信叫我抓准一个作家的作品下手。我最喜欢的作家无疑是俄国的陀思妥耶夫斯基，特别是他的《罪与罚》(听说他的代表作是《卡拉玛佐夫兄弟》，但我没看到)。对此人实在是佩服透了。我觉得他的作品实在不是人力所能达到的，而是超自然的，是一种很奇怪的生命现象。这个人完全将作品与自己的气质贯穿了起来。他百分之百地发挥了他潜在的天赋。我觉得要达到他的水平，有两个首要条件:一是他的精神病态；另一个便是西方基督教文明长期灌溉的土壤。基督教带给西方人的那种宏大的人类意识、宏阔的精神空间，都是我们这些没有丝毫精神目标的彻底虚无主义者所无可比拟的，甚至连全盘否定基督教文明的尼采本人也是此类文明的产物。没有基督教就肯定没有尼采,没有尼采的精神力量。尼采反对基督教，实际尼采本人就是一个宗教教主、宗教创立者，只不过这是相对于古老基督教的现代宗教而已，或者是基督教的现代的变异，是基督教在现代的另一种存在形式。尼采是最得基督教之精髓的人。同样，没有基督教就不会有陀氏。更特别的是，陀氏将全部基督教精髓与他特有的病态结合到一起，撞击出超自然的天才火花。一想起这点，一想起我们这片土地上这种纯动物式的精神状态，我就绝望得不行。我觉得我在文学上是根本没法超越的，我永远无法达到一定的高度。洪森兄，一个像我这样对文学有着不同一般迷恋的人，却明白无误地清楚自己永远也达不到自己的目标，你肯定能知道我的绝望与痛苦了。与历史上那些伟人比起来，我们现代人从一生下来就命定地只能成为一条毛毛虫。我们命定地只能是一个虫豸……写到这里，我又涌起了一种自戕的快感。这就是我说的极乐。一个人的痛苦永远无法解脱，只能在彻底的绝望中感到一种自戕的快感，达到一种极乐的境界，这可能是我们唯一的享受、唯一的出路了。

如此看来，我在文学形式上和语言上的苦闷，总的来说还是一种精神上的苦闷。一种强大的天才的力量的抒发自然而然有它完满的形式，而我只苦苦地寻求形式，我是永远也寻不到的。当然我也试图超脱。比如有一段时间我就有意想理解宗教，我到南昌和修水的基督会堂听过几次讲道，结果却怎么也忍不住发笑。什么伟大的东西到了我们手里全给糟蹋了，剩下的只是些令人好笑的闹剧。文学同样如此，作为赋予生命以形式的文学，到了我们手上，成了些什么呢?

当然，即便只能成为一条毛毛虫，我也得干下去。现代的一些作家我喜欢的有法国的莫里亚克、纪德，俄国的安德烈耶夫。另外茨威格那种感情旋风式的小说结构方式我也极喜欢。我觉得这个人的文体像一阵龙卷风，可惜这人的思想不深，只是在地面上旋旋而已。我很想把他的龙卷风式结构继承过来，然后将内容旋到一种形而上的高度上去。纪德的非道德主义思想也令我陶醉，对我有很大的吸引力。但是这次我将他的小说《背德者》《窄门》拿来一看，却是很乏味的。我怀疑纪德的小说肯定不会像我欣赏到的这么差。莫里亚克的形式也吸引我，特别是他对人类阴暗心理的描绘与他的小说横断面式解剖的手法。我以为莫里亚克可能也意识到无法超过陀氏等人的高度，于是他只能在独特上下功夫，对那些外部事物的描绘一概略去，而用全部笔墨集中展开自己认为是独特的内容、独特的感受。这也是我目前考虑实行的方法：独特的、只有我才能体验到的东西就尽情铺展，不是我独有的东西就一字不提。这样，我的小说可能就会成为一大堆跳跃性极大、间隔性极大的画面或心理的横断面式的集合了。拉格维斯《侏儒》那种让主人公一个人强烈抒情，发泄对人类强烈憎恨的结构方式，也在我借鉴之列。

当然，卡夫卡和卡内蒂的《迷惘》也让我特别喜欢。可惜世界上有了一个卡夫卡，任何模仿者都显得多余了。不过卡夫卡与卡内蒂那种非心理正面展示的方式也与我隔着层什么。又比如《百年孤独》，我一直欣赏不来。这部作品的外部描写方式同样与我有一层隔膜。相对来说，我反而更喜欢略萨的《潘达雷昂上尉与劳军女郎》和《城市与狗》，这里还有许多直接的心理交流的成分。但略萨作品似乎同样深度不够，缺乏一种精神统摄力。洪森兄，是不是这样？

几年来我虽然没写什么东西，但自觉并没停止自己的探索。并且是一种极苦闷状态下的探索。我有时怀疑是自己才力不够，有时又怀疑自己没到创作成熟期。或许是因为生活太闭塞。我觉得一种成熟的形式似乎不应该来自书本上的借鉴、书面上的探求，而应来自生活本身，来自开阔的视野与开阔的文化背景。

一九八八年十月二十日

洪森兄：

你好！来信早收到。最近松生从海南来，在修水住了十几天，一直陪他谈话，故此停止了一切的看书和写作。今天上午我刚送他去九江。松生这次来，显得十分疲惫。他在海南流浪三个多月，回来后向我宣布，说纯粹以下层流浪者身份出现的流浪生活不可取，说对身心及精神都是极大的摧残。这对我是个不小的打击。我还一直幻想着明年能抛开一切去海南呢。暑假时在海南，我与松生讲定，我回来写一年小说，将要写的东西全写出，明年正式去投奔他。谁知他自己也回来了。他谈了下一步计划，说工作不要了，去搞个体户，发点财后出去读书。而我却以为，像我们这种气质的人是无法发财的。并且发财前做个体户这一两年或者三四年时间，将是极为痛苦的。我总觉得，一个有独特精神追求，有自己独特精神世界的人，就无法容忍做生意时的那种生活，他必会在精神上感到极大痛苦。我老觉得，中国的商人和外国的商人都截然不同。中国做生意的那些人实在是太令人难以忍受了。只有完全排除了精神生活、灵魂空间极为狭小的人，才会忍受与那种人打交道所激起的厌恶感。我一想到那无穷无尽的送礼赔笑脸讲好话就无法忍受。我以为松生应尽快找一个安定的环境，写出一批东西，尽快出去，而不能老是在这样的生活中消耗下去。他说他除了做个体户，别无选择。不知洪森兄怎样看这事。

与万松生还谈了许多，特别突出的是艺术感觉问题。松生深深意识到自己艺术感觉力的缺乏。他说到我们小时候受的教育太差，音乐、美术一窍不通，这些方面的感觉没有得到半点开发，久而久之这些方面即便有些潜能也全萎缩了。我也深感到我们都是些畸形人。我们太缺少最起码的艺术修养了，故此我们表现出来的世界必将是单调的、苍白的、无血无肉的，至多只有一个灵魂骨架。这些体会，正好与你这次来信中所谈的相一致。我们都感到十分惶惑，不知将自己摆向哪里。

当然我们也意识到，既然自己已被造就成畸形人，我们只好写一些畸形的作品了。中国社会正是一个畸形的社会，如果我们将自己的畸形气质发挥得好，发挥到顶点，我们也许能歪打正着，能搞出一点真正中国式的东西。我们意识到自己唯一可以发掘的，就是下层人特有的那种敏感，和被社会压在最底层的一颗痛苦的灵魂了。也就是说，我们稍稍具备的就是一点心灵感受力。后来讲来讲去，我们竟有些欣慰。以为中国文学最缺乏的并不是纯粹的艺术感觉，而是作为一个人的心灵世界。中国文学作品中，根本找不出诸如浮士德、约翰·克利斯朵夫、于连等具有丰富内心世界的人物，找不出但丁、卢梭、拜伦、陀思妥耶夫斯基等具有强烈个性色彩与人格意识、灵魂力量的作家。也就是说，文学世界中的中国人的心灵还是混沌一片。我们目前最需要的可能还是打开心灵的工作。一个只有丰富的灵魂而不具备艺术感觉力的人绝不会成为一个艺术家，而一个具备艺术感觉力却没有强大灵魂力量的艺术家也不会成为一个伟大的艺术家。中国目前许多艺术感觉良好的人却无法在艺术上再一次超越，实在令人可惜。在这方面，我以为中国艺术家与外国艺术家又有所不同，在西方世界，由于人的问题、人的灵魂问题一直受到极大的关注，所以他们的艺术家无须过多去追求心灵的超越，他们早就站在真正的人的高度、站在灵魂的高度直接进入艺术世界了。而我们呢，却没有灵魂，没有对人的心灵感受力，我们还得经过一个寻找人的过程。也就是说我们是被埋在蒙昧的地层深处。我们第一步是超越自己，跳出土层，才能在地面上面对广阔的灵魂空间，建构真正的人的艺术。我们为自己的艺术感觉力的迟钝、残缺不全感到悲哀，感到绝望。于是我们只好以最直接的方式，将自己的痛苦内心展现给这个世界，以自己的伤痕自己的残缺撞击这个世界。当然要做到这一步，也必须付出自己的毕生努力。这可能也是一种别无选择。

一九八八年十一月十九日

致程永新

永新老师：

您好！首先谢谢您为我的小说《天杀》所付出的辛勤劳动。听吴洪森兄介绍说，您对此小说很为看重，这真让我兴奋。我相信，我绝不会让您失望的。我觉得我有许多独特的体验，是目前的文学作品中所没有过的。

本来早就想写信，但因为母亲病重及其他诸事，四处奔走，弄得身心交瘁。我觉得我这一生是太累了。我真不知道这过的都是些什么日子。我从出生之日起，即随做手艺的父母流落于南方诸省，所经所历实让人沉沦。直到现在，仍然承受着排山倒海般苦难的重压。我时时觉得，只要我稍微松一口气，就会被叭的一声挤趴到地面，被压成一团肉泥。更令人难忍的还是精神上的痛苦精神上的压抑。这是一种静态的看不见又摸不着，却无处无刻不在的典型中国式的苦难。这种苦难不会让人速死，只会让人麻木，让人死不死活不活地成为畜生。我们的民族就是在这样的苦难重压下苟延残喘了几千年。到今天，我们连喊叫也不会了。翻开我们的文学作品，不禁会令人奇怪，难道我们的生活是这样轻松的吗？从这些作品中，我实在找不到一点点发自真正人的心灵的声音，看不到真正人的痛苦的呐喊。即使有一些写国民性问题，反映下层人苦难的作品，大多也是以一种局外人的眼光，居高临下地指手画脚。读这些作品，我时时在感情上觉到一种受辱感。就我个人而言，我无法忍受那些故作潇洒的文学才子们在我们苦难的人民面前卖弄他们的才气、他们的娇贵。我觉得，所有的痛苦都不是，也根本不是他们的，而是我们的。永新老师，我们都是难友啊。

我出身于社会的最下层，下层中的下层，我的亲人们，我周围的人个个在生活中苦苦挣扎。整个民族在挣扎，在流泪。我无法摆脱，也不愿意摆脱。我愿意默默地全身心地投入，承受，体会，然后呐喊。这是我的义务，我的使命。

当然我知道，在文学上我的功底很差，我只会喊几声。也许越用劲，就越显得声嘶力竭，底气不足。但是面对我们所面对的一切，实在无法冷静的。

一九八九年六月二十六日

永新老师：

您好！好久没有给您写信。其实一直想写，总想能长谈一次，但也正因此才一直没有写成。一年多来，心情坏透了。首先是身体不好，去年下半年曾大病一场，住医院近五个月。现在病虽然好了，但体质一直不能恢复，时常头晕目眩。另外还有来自各方面的刺激，让我整天陷于一种极为阴暗、忧郁的心理中。这样又反过来损害了我的身体。真是无可救药了。永新老师，你可能很难想象我们这些下层知识者的现实处境。

今年上半年吴洪森曾到我这里一次，我带他们到了我在乡村的家里。事前我再三向他们打招呼，说我的家庭情况糟糕透了，要他们做好充分的思想准备。离开我家后，我问他的印象，他说比他所能想象的还差。其实他看到的还只是表面的，不知他是否向您介绍过我的这些情况。因此当我提笔写作的时候，周围现实中噩梦般的强烈印象便蜂拥而来，让我忍不住要嘶喊起来。我始终不能以平静的心情对待我的写作。我觉得处身于如此的现实中，一切文学的、技术上的讲究都是苍白的，甚至，有罪的。中国文学的不足，不是技术上的，而是灵魂上的。面对如此沉重的现实苦难，我们的文学却如此纤巧，我感受到深深的罪孽。我不止一次地自问，我们文学的良知在哪里？在苦难的人民面前，我总感到自己是一个罪人。这方面的感受实在是太强烈了。主啊，饶恕我们吧，我们都是你无知的孩子。

生活于如此不幸中的我们，实在是无可逃脱。我们只好把一切都承担起来。这时候，我深深地理解了耶稣，理解了释迦牟尼。我也深深地意识到我自身的责任，我的文学使命。

有时绝望之余，我甚至产生了一种极强烈的自虐心理，将自己比作一个猪猡，一个爬虫。前不久我同一位外面来的朋友讲话，他又讲到什么“民族精英”的问题，并且对愚昧的苦难的人民表示了某种程度的蔑视。我忍不住叫起来：“我们这里没有精英，只有爬虫！”我的意思是说，能在这样一种非人的社会环境中，这到处是残杀、欺诈、愚昧、罪孽的环境中生活下来的，根本就是畜生、爬虫。这个时候还谈什么精英，不是可笑之至，无耻之至么。在这些阴暗的日子里，我反复地暗自念叨这句话：“我是爬虫，我是爬虫。”我甚至想傲慢地对上天，对冥冥中的上帝发问：

“我是爬虫，你知道么！”并且这也成了我写作的基本主题。这时候，我还理解了一大批文学人物和文学心灵，如陀思妥耶夫斯基的“白痴”“爬虫”，卡夫卡的“鼹鼠”“甲虫”，卡内蒂笔下那个深藏在私人图书馆里的“学者”等等。

一九九〇年十二月十三日

永新老师：

您好！这里想就小说《天问》谈谈我的一些设想。对此篇小说，我一直埋怨自己写得太笨拙、太拖沓、太无才气。但就它的内容本身、体验本身，我却是较为自信的，我觉得我深入到了人类精神的某种极为独异的角落，至少此种东西在中国文学中是从来没有人接触过的，这便是对苦难、对耻辱、对黑暗的一种极致体验——自虐。中国人，特别是中国农民的苦难，应该是所有的小说、所有的艺术的必然前提，并且简直是一个可以省略不提的必然前提，我所要表现的便是在这样的前提下的必然结果——这便是怎样解脱、怎样拯救的问题。当解脱与拯救都成为不可能的时候，他们的唯一出路便是自虐，在自虐的快感中得到片刻的辉煌的极乐体验。像《天问》中的马元舒和他的父亲，他们在苦难的现实生活中，在悲惨而黑暗的人生途中，遭受过多的痛苦和屈辱，这只从他们诸多卑微心理中即可看出。可以说，他们的生存本身便是一种耻辱，是苦难与屈辱的绝妙象征。一句话，苦难与耻辱是父亲和儿子性格发展的基点、起点。现在父亲的生活终于出现了一点转机，他的儿子考上大学了，他以为这下他可以扬眉吐气、苦日子终于熬到头了，于是他才那么满怀热望地去看望儿子，以他农民的方式、流氓无产者的方式表达对儿子的爱心，比如买饭、买衣等。在儿子身上，寄托了他全部的人生热情。可他万没想到，他的所有这一切给儿子带来的，却只能是耻辱，他完全是以一种苦难与耻辱的化身出现在儿子的学校。从他儿子马元舒这方面来说，完全可以想象，这样一个敏感的、极度自卑又自尊的乡村少年，在学校生活中，在周围形形色色的现实刺激面前，体验到的是多么沉重的屈辱与辛酸。他要想抛弃那种与生俱来的沉重的阴影，那底层人的苦难与屈辱，那种卑微，从而适应让他眼花缭乱的现代生活，将是多么困难。这几乎是完全不可能的。充满苦难与屈辱的生活已经完全将他扭曲成了畸形人。实际上他也许只能一生待在他自己的那个环境中，那样他也许能平心静气地度过他卑微的一生。可是现代生活以不可阻挡的浪头推到他的面前，特别是命运还有这样一种奇怪的安排，让他考上大学，置身城市生活中，他的痛苦与屈辱当然是十倍地强烈了。偏偏此时他的父亲来了，他的好不容易掩饰住的痛苦的记忆一齐给唤醒，他所有的摆脱屈辱人生的努力全给击个粉碎。于是在这样的残酷现实面前完全呆愣了，一任面前的事实推着不由自主地走下去。尽管这时他还本能地做一些逃避行为，想摆脱父亲的纠缠，但这不过像个落水者的徒劳挣扎，只能越陷越深。

父亲当然也能意识到儿子的绝望处境，自己的一片爱心竟然只能给儿子带来屈辱，这对他来说更是一个难于接受的残酷事实。也许正是这个时候，父亲同样面临着他整个生存的毁灭，他的痛苦与绝望可想而知。但一个极为偶然的机会，他在汽运公司招待所与司机对话时发觉，儿子对他的瞧不起，对他的逃避与嫌恶，竟让他十分兴奋和欢快。儿子能瞧不起自己了，这表明儿子比自己强了，儿子是一个城里人了，自己生的儿子都能看不起他这个做父亲的了，这让他感到无限荣光，无比骄傲。所以父亲出于这种奇怪的心理动机、心理惯性，不由自主地要刺激儿子，出儿子的丑，让儿子更看不起他，他可以从中得到更大的快感。但是这种心理毕竟是畸形的，是与极度的绝望并存的，因此实际上这同时也是一种激情状态下的自虐与虐人的混合。

他们都本能地意识到这是一种极为可怕的人生激情，好像吸毒者的毒瘾一样，一个人一旦陷入此种绝望到顶的、挑衅般的、示威性的、苦中作乐的激情中，那么他们将永无摆脱之日。果然，尽管他们一再挣扎、逃避，比如汽运公司里的装病、电影院里的躲藏等，他们总想让自己从那种可怕的激情中逃离出来，但都无效果，只能在相互的纠结中越陷越深。直到最后，父亲在装病与疯狂的拼闹发泄中、在自虐式的快感中耗尽最后一丝生命。因此我想在此篇中安排一种漩涡式的心理结构，父子两人都带着各自的耻辱与苦难，一旦在学校这样的特殊环境中相遇，他们便无可逃脱。父亲没有走出去，儿子也同样无法走出去。

至于《天问》的结尾，可能涉及我对自虐这一人类情感形态的认识。我对永新老师说过，我一直对自虐体验有着十分执着的追求和向往，每次写作总不由自主受到吸引。以为自虐状态下所体验的大欢乐、极乐，是我们唯一的精神出路，也是人生最美好辉煌的境界。我甚至以为，耶稣上十字架、释迦牟尼的苦修，都是一种自虐行为。这实际上是一种象征行为，象征着我们人类的出路、人类苦难的唯一拯救之道便是自虐，是这种极乐境界，这大毁灭、大痛苦之时的瞬间体验。难怪基督教说世界末日来临、末日审判之时便是人类的拯救之日，真是太对了。所以我在《天问》中写父亲是在异常平静、幸福、温柔中死去的。父亲终于得救了。

我很想写出父子两人由痛苦绝望向人生的终极欢乐的转化的全过程。

洪森来信上说到《天问》涉及的父子之间的冲突，只是一般人观念中乡下青年进城读大学，为来校的父亲感到丢脸，是一种非常庸俗的冲突，这一点我自己也意识到过，比如皮蓝德娄的小说《西西里的柠檬》，甚至“文革”时的电影《决裂》都涉及这一情节。但正是这一点让我自己感到得意，我觉得我能从这一最平庸的心理现象入手，一直深掘进去，从而探讨人类，特别是我们苦难而充满耻辱的中国人的终极出路问题，拯救与解脱之道。我以为人类的基本情感大致都是差不多的，重要的就是文学者怎样审视这种情感。《天问》写的虽是父子冲突，但我觉得从来没人如此审视这种冲突。我只是担心我的意图在写作的过程中没能得到很好实现。

一九九一年五月二十二日夜

致张宏

宏兄：

你好！我一直想以你在海南的经历为内容写一小说，名字借用吴洪森论文的题目“上帝的后悔”。我想写一个完全被激情所贯注的人，这世界上简直没有适合他生活的环境，他无法发泄他全身的激情，于是跑到一个待开发的地区去蹦蹦跳跳，追求死亡追求毁灭，只有毁灭的过程才是他所追求的真正的人生，毁灭的那一瞬间那一过程，才是他寻找自己实现自己的唯一途径。这人物使我想起歌德笔下浮士德与海伦生的那个儿子，一心要蹦到天上去，结果却毁灭了自己。他的生命的唯一意义便是追求毁灭的那一瞬间。那一瞬间也是他唯一能忍受的人生状态。

写这人物，我只能发掘个性方面的、性格方面的、气质方面的内涵，而不能从思想方面全面地反映你的精神。我对你思想方面缺乏全面的了解，特别是你的社会思考。当然这也不能一概而论，我觉得你的思想上与你的个性和气质是完全统一的、浑然一体的。你的思想是性格和气质的自然的流露和外化，不像是从外部修养得来的。所以说写了你的性格反映出你的气质，就应该反映了你的思想。我对这个人物的塑造充满信心。我很可能把他写成一个盲目的有劲无处使的充满激情的人，是人类生命的一种奇怪现象，从某些方面说是一个反自然反生命的奇特个体，是个连创造自然、创造生命的上帝也无法理解无法对付因而感到后悔的人物。因为自然的生命都是求生存的，可他根本不能容忍生存，故此他只能追求毁灭。

这个人物所追求的东西，也正是我内心所强烈向往的。不知怎么我现在只想喊叫。我连小说也写不成了。原先我习惯用冷静笔调来处理文章，现在我根本无法忍受这种冷调子。一拿起笔就想喊叫。可我又知道，喊叫的文字是根本不具备艺术性的。故此我一个字也写不了。而我接触的关于你的题材，正好合上了我骚乱的心境与笔调。我可能会将这题材写成一些极为粗陋极为野蛮的文字。

这样此人物与实际的张宏完全是背道而驰的。我所写的可能是我自己，我自己所向往的理想人格，或者是我自身的现实性格现实心理的反面。

一九八八年九月三日

宏兄：

你所说的“自救”对我有很大启示。但根本的拯救只能靠万能的主——对这一点我只是有一种直觉的接受，但一直无法理性地理解它。望你来信时能否详细谈谈。我一直想搞清这一点，上次看刘小枫的《拯救与逍遥》也有此强烈的愿望，但终于没有得到结果。这可能真的如刘小枫所说，是一种情怀问题。但我相信，我天性中应该说有一种很本能的对宗教的关注，一种心灵要求。但可能是受环境限制太深，特别是，我对自己总想做到“说服”，而不愿屈从于某种“情怀”，因此在这一点上我实在无法轻信。我总在质问着自己。宏兄，退一步说，作为一个现代人若要具备这样一种情怀，特别是在我们这样一种从无宗教气氛的地方，可以想见是多么难了。接连好几年来，我在这一点上一直十分痛苦。

关于“民族”问题,你误解了我的意思。你应该知道我绝不是什么“民族主义者”。我只是说在人的苦难问题上，有一类人表现得特别集中、突出，并且以“民族”的形式大面积出现，这一群人习惯地被称为“汉民族”。而我也是其中一员，所以便沿用了“民族”这一概念。应该说，我的出发点并不是“民族”，而是“苦难最深重的这一民族的人”。我指的人正是你说的“个体的人”。我的意思是说，在我们这里，只存在“群体的人”，而没有“个体的人”，或者说，只有“群体”，而没有“人”。拯救的第一步便是将人从群体中剥离出来，还原成个体的人。这种还原的不可能，才是我说的我们现实的痛苦。换一种说法，我们这里因为不存在个体，所以尚不存在“个体的痛苦”，而只有“没有个体的痛苦”。从这方面看，我承认人类文明发展的层次之分，承认这一地方的人与另一地方的人有层次之分，就像人与一般动物有层次之分一样。

正因为有两种层面的人，所以我说苦难也是有两种层面的，一种便是最直接的赤裸裸的肉体苦难,另一种才是人的本质的苦难。比如像我们，当你在那里考虑个体的自我拯救之道时，我却在这里经受着最直接的肉体折磨、心灵折磨。我的父母、弟妹及兄弟的儿子都在经受着这种最直接的肉体折磨，并且是每一天每一年，并且一生一世，每生每世。宏兄，你可能很难体会到这种生活的惨烈程度，我甚至都不忍心向别人讲一讲。置身于如此的现实环境中，你所说的那种高层次的“自救”便等于是一种谈玄论道。我相信拯救的问题绝对是一个现实的日常的、渗透在我们每一天每一时的问题，而不是一个形而上的玄学问题。我相信在这样的现实苦难面前，即使是上天也绝不会闭起眼睛去谈玄论道，他一定会惨目伤心，泣不成声。这时他绝不会想到他个人的拯救之道，而会自动地、自主地选择牺牲“自我拯救”之道，而投身于众生的苦难之中。宏兄，这里我也许误解了你的意思，实际上我甚至没搞懂你的意思，就权且当作我讲自己的。我只忠实于我的现实感受、心灵感受。我以为宗教就是建立在最直接的现实苦难之上，而不是基于某种哲学玄思。如果不是当时现实的苦难深重，耶稣还根本想不起“拯救”这一问题呢。拯救是后来的事，最基本的前提是苦难。耶稣所关注的首先是苦难，然后才是拯救。并且我相信，耶稣关注的首先肯定是最直接的肉体苦难，然后才联想到整个人类的本质的苦难，然后再想到如何拯救的问题。释迦牟尼的传说正证明了此点。他原是一个王子，一次偶然的机会看到别人病、老、死，突然悟到整个人生、整个人类的苦难。所以从这方面讲，我盼望有孙中山、陈独秀出现，暂且缓解一下我的兄弟姐妹们的肉体折磨。连耶稣都亲手为人治病，做些最切实的事情呢。谁能说这不是主的旨意，借助于孙中山、陈独秀们，为受苦难的众生做些最切实的工作呢。谁能说关心拯救问题，不是从关心最琐碎的现实问题开始的呢。更何况当一个人在困苦绝望、一片黑暗的日子里，任何一只援救之手都无异于主的拯救。这方面我的感受太强烈了。主存在于我们悲惨生活的每一时每一刻中。主既是一种希望，一点光明和温暖，主更是一种实际的援助。主同我们说，你要切实地改善你自己的处境。当初我把你们创造成人，你们应该有一个人的样子。而我们这里却没一个人，主怎么会不伤心落泪呢。宏兄，请千万不要轻视、不要拒绝哪怕每一点滴的现实改善。

基于同样的现实感受，因此你所说的“艺术是一种技艺、技巧”，我同样难以理解。我以为艺术应该是一种心灵，而不纯粹是一种技艺。人的心灵里什么都有，本身就是一个世界。并且我十分不懂宗教怎么是反艺术的。我倒是曾经说过，宗教是艺术的最高境界。宗教与艺术在心灵这一点上达到最纯粹的融合。正是心灵的需要、灵魂的需要，在产生宗教的同时，也产生了艺术。也许这正是一个东西的两个侧面，是心灵的两个侧面。我甚至认为，不管是哲学、宗教、艺术等等，它们的本质都是一样的，这便是一种心灵的充溢与外泄。只不过外泄的方式不同，于是发而为艺术或哲学或宗教等。如果将艺术从心灵中剥离而单独让它以“形式”的方式存在，我以为这是一种对人或对灵的切割或冒犯或肢解。并且你把陀思妥耶夫斯基开除出“艺术家”行列而称他为宗教思想家，我更以为是对一个伟大心灵的肆意肢解。我真不懂，能创造出《罪与罚》这样一种超自然的非凡艺术作品的人，怎么会不是艺术家。我读陀氏、托氏，只感受到一个博大无边的心灵、一双焦灼悲悯的眼睛，而没有想过他们到底是艺术还是宗教。至于陀氏、托氏后期作品的抽象演绎性，我以为只证明他们创造力、生命力的衰退，而不是宗教思想对艺术的破坏。我以为一个没有宗教情怀的艺术家,绝不是一个真正的艺术家。而每一个真正追求艺术的人，最终必然会达到宗教的境界。陀氏对艺术、对宗教的追求，实际上都是一个伟大心灵对生存、对人本身进行追求的自然而然的发展。最高的艺术感动便是关于人、关于存在的宗教式感动，一种灵的颤动。

宏兄，你两次提到在艺术上你是一个“形式主义者”，头次我还不相信，或不理解，这次便有些吃惊。我原以为你是一个现实感极强的人。

对形式主义，我曾经设法想理解，但终于还是被现实感受所冲散。你是否能向我详细谈谈，或者介绍我读几本这方面的书？而在我现在看来，你所说的“个人自救”，以及“艺术”和“形式”的反抗，与其说是基督的，倒不如说更接近于佛，特别是禅宗的“顿悟”什么的。虽然在我看来，耶稣和释迦牟尼在根本上完全是一样的。这以后再谈。

一九九一年一月十五日

后记

这里的文字，是除了小说之外我近三十年来的大部分创作。自觉并没有多少文学价值和文学意义，只有纪念意义，是我个人心灵生活的实录，类似于一种私人笔记簿式。一直有一种看法，认为小说是写给别人看的，散文则是写给自己看的，至多供几个相知的朋友间交流。可能正因此，对这些篇什自己竟然非同一般地爱惜。

上世纪八十年代对于我来说，意义非同一般。与当时的许多年轻人一样，求知欲特别强，内心的奔突与挣扎也特别激烈。那时我还很难写成一篇完整的文章，唯一能写的便是信，一提笔便几页十几页，真正如流水。我几乎把自己的一切，所思所想所见所闻所读等，全倾吐到信里了。到九十年代初，数量大得惊人，已然无处可以置放，不得不处理掉一批。丢弃怕别人捡去看到，撕毁又没那么多力气，只有烧。我也是头一次知晓纸张烧毁后的尸体会庞大得如此吓人，只得提到无人的河滩上去。有四周树丛的遮掩，动作便很悠闲，都不知烧了多久。烟火的迷离抽动中，人的意识也有些溃败漫漶。近几天整理旧稿，有了解情况的朋友提议，说不妨把当年的信找出看看，或许比一般的无聊文章更具价值。匆忙翻读一些，于是打印出来，列成一辑曰《往日书》。其中致程永新老师的几封信已收进他的《一个人的文学史》一书中，我因手中没有原稿，于是从他的著作中转录而来。

《战栗的手指》一辑所收，是平日读书时记下的一点感想。在熟人朋友圈中，我是个典型的书呆子。自己私下也非常认可这种书呆子身份，说这一辈子我基本上什么事也没干，唯一干过也唯一愿意干的事，可能就是读几本破书。生活中的诸多实际事务,就我内心来说都觉没什么意思的，不值得花太多工夫来对付。当然也包括所谓写作，写小说，同样没意思。直到现在我仍坚持以为，与其写一些毫无意思毫无价值的所谓小说，那种不痛不痒可有可无的文字，不如把时间节省下来，扎扎实实读几本有意思的书。一本书读完，当然会有些感想吧，很多时候寻思着要把想法记下来。但不待下笔，结果仍不了了之。觉着没意思。有写这无聊读后感的时间，同样又可以读几本新的书。偶然写下的几篇，基本都收在这里。其中《蒲宁及其他》写于一九八五年,当时以《略谈作家的才能特点》为名发表在《萌芽》杂志。那是我平生头一次在报刊上发文章，惊喜是不必说的。那些年我好像一直在读别林斯基、车尔尼雪夫斯基、勃兰兑斯等人的文学评论，于是自己也学着写一写。

一生中最荒芜的日子可能是九十年代，我到现在这家地市报编副刊。太忙，时不时整夜加班。整整十多年，差不多是我最好的壮年岁月，都交给这张报了。如果说收获，可能在与社会的接触上。因很特殊的原因，我的工作调动一直无法弄好。能干的人瞬息之间办成的事，我却得付出六七年光阴来对付。本无任何行动能力，甚至见了生人都讲不出话，却非得拐弯抹角，捉摸着四处找人帮忙。这就像一个全身瘫痪者，却要翻过一座巍峨的高山那般，当时的无奈与悲凉可想而知，对这个社会的感知也可想而知。另一方面，在报社待着，多半是有写稿任务的。纯粹的新闻稿实在不想去跑，也不会跑，于是我有意把眼光放在最底层的艰难人生上，写了些人物纪实，《受难的境界》等几篇都是。这样既完成了单位上的任务，自己也获得了一层对周围社会的真切体认。

还有几篇小说式的东西，其实我当时写的应该是散文，只是弄了个第三人称，或摆个虚构的架子，觉得这样更好展开。《夜雨》从大的故事到其中每个细节，全是我的亲身经历。《楼上的朋友》则写一个梦，也全是真的。我当时总喜欢在细小生活中附会出某个大主题，诸如无救与拯救之类。如果说前几篇还玩了点手法什么的，《那年的苍穹》则是纯粹的个人生活纪实了。一九九二年我因肾结石住院，一点小小病症，到了我们这样敏感气质的人身上，无异掀起了滔天巨浪，让我经受了一个人所能经受的全部惊吓与恐惧。这次事件可能真的太有戏剧性，不只发生在我一个人身上，同时也发生在我的家庭里，好像冥冥中有谁在着意安排着什么。一直到今天想起，我都非常不解。这篇文章原本太长，我把后半有关家庭的内容截掉了，仍有两万字，关于病本身的，留在这里。

书中所收文章，大多在刊物和报纸上发表过，如《萌芽》《青春》《佛山文艺》《青年文学》《创作评谭》《星火》《百花洲》《江西日报》《羊城晚报》等。感谢编辑的辛苦劳动，更感谢促成此书出版的一切善缘。

二〇一三年十二月六日写

二〇一四年六月十八日改写